碎瓦集

——夏天敏散文随笔

夏天敏 著

云南出版集团
云南人民出版社

图书在版编目（CIP）数据

碎瓦集：夏天敏散文随笔 / 夏天敏著. --昆明：云南人民出版社，2021.3

ISBN 978-7-222-19850-0

Ⅰ. ①碎… Ⅱ. ①夏… Ⅲ. ①散文集－中国－当代 ②短篇小说－小说集－中国－当代 Ⅳ. ①I267②I247.7

中国版本图书馆 CIP 数据核字（2021）第 013047 号

组稿编辑：赵 红
责任编辑：王 逍
策　　划：蓓蕾文化
责任校对：任 娜
责任印制：代隆参

碎瓦集——夏天敏散文随笔
SUI WA JI XIATIANMIN SANWEN SUIBI
夏天敏 著

出版 云南出版集团 云南人民出版社
发行 云南人民出版社
社址 昆明市环城西路 609 号
邮编 650034
网址 www.ynpph.com.cn
E-mail ynrms@sina.com
开本 710mm×1000mm 1/16
印张 17
字数 260 千字
版次 2021 年 3 月第 1 版第 1 次印刷
印刷 成都新恒川印务有限公司
书号 ISBN 978-7-222-19850-0
定价 45.00 元

如有图书质量及相关问题请与我社联系
审校部电话：0871－64164626 出版部电话：0871－64191534

目录

【人间俗事】

【生活滋味】

【写作人生】

【山河情怀】

人间俗事

白 鸡

这些山，你说不清像什么，不灵秀、不峻拔、不险恶、也不雄浑。什么也不长，像工厂废弃的铸铁毛坯。硬硬的、带着毛刺的、灼热的，色彩黯淡得像从画板上刮下来的脏颜料。就是这样的山桶样地将这个小县城箍住了。在城边，望了山，你只会忧郁、只会沉默、只会变得和山一样凝滞而压抑。

小城是灰色的、沉滞的。天上常有雾样的灰尘，街上的灰被风挟行着，抽打着行人的脸。树极少，偶尔见到一棵，树身佝偻、叶片低垂，蒙了一层厚厚的灰。鲜亮的、翠绿的、带水滴的、令人心醉的绿色呢？

这样的小城，会有火车过吗？当然没有。只有汽车。有汽车就有车站，就有旅客，就有帮人挑东西的挑夫。

车站简陋归简陋，在布满灰尘、污迹和痰的候车室里，也像模像样地有几条缺了肋条的座椅，有裹着土黄色披毡，将青布包头蒙着脸，蜷缩在椅上睡觉的汉子。极少有着装鲜亮的旅客。有个带污迹的报栏，虽然缺了一块玻璃，但报纸还经常换。

这报栏好像是为他而设的，常常只有他看。但他似乎又不配看，

更不应该会看。

他年近五十了吧，自己不清楚，别人更无法判断。瞧他那衣服，啧啧，也算衣服？都说某些衣服质地好、有光泽、厚墩墩的，和他的比，没门。打从穿上就没洗过一回，油腻腻的、光滑滑的，摸着腻手呢。下面的裤子撕成了片，亏他用细线扎住，才不会像旗帜样飘了。头发呢，似乎从没理过，莲乱得不像样，如果那山上像这样长些草，哪怕杂乱些也好。脸上呢，横的竖的皱纹，像大旱之后龟裂的隙缝，是痉挛后扭曲的痕迹。眼睛，那也算眼睛吗？红红的，溃烂了，桃子似的，布满血丝，被人们称为“红线锁眼边”。高度近视，凑近玻璃，将鼻子压得扁平。

他叫“书包子”。包者，傻也。

谁知道呢，他读过大学。他的父亲在中华人民共和国成立前当过镇长呢！如今灰蒙蒙的一条有着过街楼的、将天挤剩了一条缝的街，曾有小半条是他家的。他还有个在台湾的哥哥，是个“参议员”什么的。街上铺满庆祝中华人民共和国成立的爆竹灰的时候，他毕业了。还没分工就被刷回来了。接着，他爹被斗死了，剩了一个老娘。

接着，房子被没收了，字画烧了几天几夜。他和老娘被撵到一间偏房来住。

没有生计，又不会什么手艺，因写得一手好字，又会写各式应用文，摆了个摊子，帮人书写。才理得点头绪，又出毛病。帮人写状子，事发，说攻击政府。来了几个人，将他带去审了一通，也没头绪，放了，不许他再写。

不写就没吃的，只得卖东西。原本剩下的就不多，像被水洗过。老娘已经偏瘫，终日睡在床上，床上只有一条毯子铺着。盖的是床破棉絮，没有正反，咋盖都行。虽然几十岁了，他和老娘也只有挤在这张床上睡。

屋子中间，他用几块土基垒起来，算作灶，也煮得熟饭吃。

有人见着他可怜，介绍他帮人挑东西。他木愣愣的，不会揽活。

别人揽了活，分给他挑，挑得歪歪斜斜、踉踉跄跄，醉酒一样，常将人家的东西撒了一地，人家呵斥，他便傻笑，也不会搭话。给多少钱，也不讲价，拿起就走，就这还像当过大少爷的。带露水的青石板深巷里寂静得很，虽然远处有喇叭声，传到这儿来，也被清凉的青石板稀释了，没了噪声，倒像空谷的风。也有一两枝桃花从某个土围墙里斜逸出来，不像这小城，也不像在最革命的年代里。

还有菜薹的叫卖声，是乡下的少女，赤了足，拖着垂到腰间的独辫子，系了围腰。虽然穷，围腰上也要绣一两只蝴蝶的。褪了色，蝴蝶还是会飞，触须都动呢。还有田野的风，吹斜了它的羽翅。

比穿军装、扎小辫的小妞好看多了。

菜薹是刚刚冒出的油菜的茎，绿绿的、嫩嫩的，一掐就出水，使人想到少女的皮肤、婴儿的脸蛋。

“买菜薹——”

这声音悠悠的、婉婉转转的、余音袅袅的，像山溪的水，有情有致、有韵有味，在小巷里回旋，被桃花吻了一下，变成绯红色的了。

每听到这声音，他就要出来。痴痴的、木愣愣的表情在他脸上少了些，红红的眼里也有了些柔情。只有这时，他的心才稍微活泛一点，有些做人的味道了。

他捧了缺口的土碗，一只手在身上蹭个不停，换只手，又蹭。油腻腻的袖子横着在眼睛上抹了一下，算是整理过了仪容，才递上碗。

这一天，就用菜薹就饭。菜薹是翠绿的，生活也有了些绿色；菜薹是苦涩的，生活呢？

每天仍去车站，仍看报纸。看了就想说点什么，又没人可说，也不敢对人说。

小城没有什么好去处，唯一的公园，早就成了某派的司令部。小城又有不少遗老遗少，别看他们蓬头垢面，邋邋遢遢、奇形怪状、形形色色。有穿长衫马褂的，有穿对襟衣的。热天用破葵扇，冷天拎个篾条编的烘笼，笼在前襟下面，热气是一丝跑不出去的。他们每人是

个谜，是部书，是历史城墙上的浸了水的、发了霉的、生了苔的斑斑驳驳的青砖。

他们没去处，爱一群群蹲在小城最热闹的街边，谈古论今。他去过一回，听别人摆，心里不以为然。都是野史，上不得台面，一个蒙一个罢了。也是他晦气，要不然，这群奇形怪状的人根本没谁注意。他来的这次，人家重视起来了。

一个个盘问，都是些狐鬼、神怪，周公、妲己的故事。批一通，滚回去养老骨头去，莫在街上丢人现眼。叫子女来领，就像当年老师叫他们去领调皮的子女一样。独独他讲的是报上的事，而且，他又有个哥哥在台湾。

胖子王大娘是居民委员，跺着小脚，先砍他的血脖子，后砍他祖宗三代。她虽然像模像样地戴副老花镜，却不识字。就骂，觉得这样更解恨。又叫上周四婶、瞎五娘、幺伯娘等人轮流批、轮流骂，折腾了一个星期，见他痴痴的，只会用油亮的袖拐子揩清鼻涕，只会揉通红的眼，又可怜，又恶心，便将他放了。

他还是改不了看文字的习惯，没有书，只得看报。看了，心里痒痒的，想讲话。晚上回家后，屋里黑漆漆的，阴森森的，连蛐蛐也没一个，想这想那，更想讲话。

开头，他还能和老娘讲话。老娘的耳朵还不太聋，七十多岁的人了，瘫在床上，也想讲话。

晚上，他侍候老娘吃了、睡了，就燃起一盏煤油灯。煤油灯是墨水瓶做的，他扯不起电线。青石板的小巷静寂寥，连高音喇叭的战斗吼声，也幽幽的，听不真切，朦朦胧胧，像呓语，像睡着了磨牙。这个年代闹哄哄的，他这偏厦倒静，静得人心里发毛。从身上掏出一两张尿片似的报纸，是从街头巷尾捡来的。光线太暗，眼睛也拙，只得用灯将就，常将头发燎焦了。从头看完，想和人交谈，说点什么。觉得心里积了很多东西，觉得心里有潭绿莹莹的水，想流淌，要不，准会生虫子。

和老娘讲话费力，但还是讲。讲陈三跛子的脚越发烂了，要饭吃，被馆子的人推了一跤；讲周铁根告地状，写了几张纸，用石块压着，任人望，被派出所带走了。讲一阵，见老娘头一点一点的，将老娘安置了睡好。还想讲，又自己讲给自己听。讲一阵，也乏味，吹灭灯，睡了。嘴里还在嘟嘟囔囔的，想停，可不知咋搞的，嘴里还是在讲，及至自己听到自己的鼾声，嘴巴好像还在动，像梦呓。

久而久之，就成了这模样，嘴里咕咕哝哝、嘟嘟囔囔，眼睛越发红，面部肌肉越发僵，大家觉得他是精神有些问题了。

他买了一只鸡婆，价钱贱。鸡婆白色的，纯白，白得晃眼睛，像雪里刨出来的。有一只脚趾断了，结着血疙瘩，那是被主人打的。因为犯忌，花圈不是白的吗？孝幡、孝鞋不是白的吗？临断气的人，不是睡在白森森的病房里的吗？白鸡就是祸祟。也许是这家人遭了什么祸事，这年头，没有祸事倒是怪事。怪鸡，觉得晦气，气了，就打它，将一只脚打断了。拿来卖，三文不值二文的，脱了手，拿了钱就走。人心险恶呀，将鸡卖给别人，祸祟也就转移了。他不怕，都到了这个地步，再加点祸祟又算什么呢？

将鸡抱回去，漆黑的屋里，多了个雪白的鸡，亮堂多了。鸡“咕咕、咕咕”地叫，也有生气多了。老娘见了，连吐几口口水避邪，又叨叨咕咕，说原本就晦气了，还嫌不够，出钱买祸害。不过叨叨半天，也容了它。

鸡漂亮，没一根杂毛，小眼睛亮亮的，还有一道红边，倒不是“红线锁眼边”，装饰性的。性子温柔又文静，“咕咕，咕咕”的声音，不大不小，清晰柔和，显得恬恬淡淡，挺有教养的。走起路来虽然还有一只脚有些跛，却也大大方方，端庄淑静，大家闺秀似的。有时把头微微歪在一边，目光凝滞而哀伤，像思索着什么不愉快的事似的。爱干净，不随便在地上刨土，经常安安静静地蹲着，“咕咕、咕咕”地唱一支只有童话里才有的安谧而又温馨的歌曲。爱用嘴耐耐心心、细细致致地梳理羽毛，多像浣衣水溪边的姑娘，在梳理云鬓样的长发。

他找来草药，给鸡的脚敷好，又用竹片做夹板，拿细麻线缠好了，还专门给它舀半勺给老娘吃的白米饭，他自己吃的是苞谷饭和洋芋。吃得差不多了，又问它："白鸡、白鸡，他们咋个要打你，好下得了手呀，脚都打断了。"

"咕咕、咕咕。"白鸡回答。

"噢，他们恨你，说你带来祸害，可怪得你么？也是。"

"咕咕、咕咕。"白鸡垂下眼皮，眼圈潮了。

"疼呀，当然疼，十指连心啊。算了，不要和他们生气了，自己保重自己。"

"咕咕、咕咕。"白鸡翻开眼皮，感激地望着他。他伸开皴裂、粗糙的手掌，轻轻地摩挲着鸡的羽毛，那羽毛光滑滑的，像少女披散的发。鸡温柔地垂着头，甜甜地睡了。

老娘耳朵不行了，对她"吼话"太费力，又要闩了门，又要老鼠一样贴着墙听，没人了才敢"吼"。"吼"的多是天气怎样、菜价如何。现在有了白鸡，可以天天和它咕叨，贴心润肠的、推心置腹的，没有歧视，没有呵斥，没有告密。谁说这只是鸡，它是有灵性的生灵啊。

给鸡垒了窝，砖是从墙角拆下来的。墙豁了口，他又到城外去拾谷草，一下午拾了一抱，到家，细细揉绒了，才铺在鸡窝上。

每天，给老娘洗完脸，头件事就是把鸡放出来，让它在屋里溜达，溜达得差不多了，他做的饭也差不多了，先舀了老娘的，然后舀小半勺给鸡吃。别人把鸡食撒在地上，他却找个碗装鸡食，每顿鸡吃了还把碗洗干净。

吃完，鸡蹲在他的脚边，他又帮它梳理羽毛，像给小女孩梳头发一样认真，边梳边跟鸡说话。一个絮絮叨叨，一个咕咕、咕咕，柔声慢语、温和低沉。阳光斜着穿过门棂，洒一条余晖，屋里温馨、宁静，哪像在最革命的年代呢。

帮人家挑东西回来，他总忘不了要捡一些菜叶，洗尽，让它啄。他会到城边菜园地里掘一些蚯蚓，捉些虫子，捡鸡蛋壳，弄碎了拌在鸡食里给鸡吃，让它的脚早好。鸡呢，一听到他的脚步声，就“咕咕、咕咕”地叫着，走到门边来迎。躬着头，在他的脚边蹭来蹭去，他就蹲下来，和鸡说话。这时，一脸晦气少了许多，眼里少了些忧郁，少了些灰色的麻木。

他甚至觉得衣服该洗一洗了。于是，就笨手笨脚地洗。没换的，就蹲在火边烘干了，天明又穿上。他甚至觉得头发该理一理了。于是又去理发，但没人愿理，连专给乡下人理发、手巾脏得像抹布、洗头水可以压田的剃头匠也不愿给他理。于是他自己用剪子理，虽然剪得像狗啃的，总要清爽些了。

鸡的脚渐渐好了。喂得好，鸡的羽毛也发白、发亮，走路娉娉婷婷，更端庄淑静。一天，红了脸，羞羞答答地微微偏了头，“咯得、咯得”叫，老娘听不清它叫什么，却知道下蛋了。他将手伸进鸡窝，一颗圆溜溜、热乎乎的鸡蛋到了手里。他大喜，高兴得手也微微抖起，将鸡蛋捧在手里，来回滚着，轻轻摩挲，放在红红的眼睛上滚来滚去，热乎乎的，据说可以治眼疾。

一天，居民委员来叫他出义务工，见他将白鸡抱在膝上，用手轻轻摩挲。他眯着红眼，和鸡细细说话，神情专注而痴迷。委员大感惊诧，认定他的脑子是有问题了。委员没有再叫他出工，将这事沿街细细地和其他的居民摆了，大家说：“白鸡，能养么？不出鬼才怪！原本就呆了，当然要疯。”

“书包子”升了一级，成了疯子。

有小孩在他后面叫疯子，一群群起哄，还扔瓦片，瓦片打在身上，被盔甲一样的衣服挡下来，他却还没多大事地“咕咕”笑，咕咕哝哝地说话，还哼小调，不是更疯了么？

到车站，没多少话，便蹲在墙角晒太阳、翻起衣服找虱子。又闭上双眼养神，听见有人说话，没管，从来没有人和他说话的。那人还

在讲，真真切切的，称“大爹”。他微启眼帘，是个乡下妇女，弯腰在他面前，背上背个小妹，手中还拉一个，向他问道。他心中一喜，终于有人同他讲话，白鸡一下蛋，这不是好的预兆么？他忙站起来，认认真真回答，指手画脚讲清了。见乡下妇女牵的小女孩畏畏缩缩的，眼光痴痴的，心里怜悯，弯下腰，想同小女孩说话。头才一低，小女孩“哇”的一声惊诈诈地哭了，兔子样地后缩，躲到她妈妈的背后。他又颓唐了，想起了自己的白鸡，想念自己的白鸡。

勉强挨到天临黑，挑了两桩生意，他匆匆回家了。才进门，就找白鸡，可白鸡没在。往常，他才推门，白鸡一听到脚步声，就从圈里或者什么角落箭似地跑到他的脚边，嘴里“咕咕，咕咕”地、热切地叫着，亲亲热热地蹭他的裤脚，又用尖尖的嘴，轻轻地在他的裤管、鞋面啄着，痒痒的，怪舒坦。

白鸡呢？白鸡哪里去了？

老娘说刚才白鸡还在门边转悠。找了一圈，不见。屋里除了铺底和鸡圈，一目了然。铺底用竹棍捅了一遍，边捅边唤，声音急切切的，手却悠着劲儿、怕碰到鸡，划火柴看，手也抖了，终究不见。

这鸡素来不出门，胆小、怕事，爱清净。

找出门来，眼睛近视，将眼眯成一条缝，“咕咕、咕咕”地唤着，在左右转圈子。墙角落、小巷巷都找遍了，也有鸡，却都不是纯白的，粗野、傲慢，不像白鸡温柔。走出二十来家，见前面电杆处有一簇白毛，在风里一摇一摆。走近，果真是白鸡的，这些羽毛，被他抚摸了多少次。地下有瓦片，带血迹，他心里紧起来，身上发疟疾般抖起来，额上布了密密一层汗。又往前找，又见羽毛、瓦片，还有血迹。他心里陡然热起来，愤怒的情绪，像涨潮，万马千军的勇士操着戈，随着潮起潮落猛冲，心里憋得难受，感情的堤防又坚固，使得更毛躁。他不由得大吼了一声“鸡嘞！”声音沉雄、凄厉、哀伤，像狼嗥，像断了肋骨的犬吠。这一叫，多年的积郁找到了突破口，一发不可收拾了。

"鸡嘞!""鸡嘞!"

他的眼睛越发红，声音长长的，闪着寒光的四散开来。

薄暮已经降临、幽长的小巷家家户户紧闭，有一两棵蒙满灰尘的树沉滞地摇了摇。

"鸡嘞!""鸡嘞!"

他的目光渐渐黯淡，不红了，只是灰黄，只是麻木。喉咙也哑了，声音也不尖锐，也不凄厉。只是木然的声带的振动，听起来却更哀婉、更悲伤、更沉痛。

他本能地走着，木然地叫着。家家关了门，又无街灯，这声音更显凄厉，搅得人心神不宁。

突然，一家的门开了，出来个牛一样壮的汉子。他甩开拽着他袖口的女人的手，走到他面前："走，呆子，我带你去找鸡，一帮小杂种把你的鸡打死了。"中午，他亲眼看见一帮十来岁的娃子，在居委会主任小儿子的带领下，围攻一只白鸡。他们喊着"打疯子的白鸡哟，打疯子的白鸡哟!"白鸡落荒而逃，瓦片打落了它一簇又一簇的羽毛。终于，它头被打破了，脚被打断了，再也跑不动了。这帮小子们把它踢来踢去，像踢足球。他——四蛮子见不惯，出门来吵："小杂种些，打人家的鸡作啥子，啄到你妈的眼珠了吗?"他妈出门来，拣起白鸡："丧德呀、丧德呀，一条命呀，来生来世也要报应呀。"见是白鸡，猛地醒过来，连吐两口口水说："呸！丧门星！怪不得不得好死。"颠着小脚，远远地将白鸡扔到灰缸里去了。四蛮子带他找到鸡，禁不住冷，跑回去了。他急急地将鸡捧在手里，鸡的毛被打得零零星星，乱翻翻的。掉了毛的地方，露出了殷红的肉，脚断了，头也打出血了，无力地耷拉着。

鸡身上还有点热，他看了心里如刀绞。深秋的夜，有月牙，风不硬，却冷飕飕的。他看着看着，大叫一声，撕心裂肺的，"鸡呀——命呀!"这一声，使得才走到自家门边的、跟人打赌在坟地里蹲过一夜的壮汉四蛮子，也打了个寒战，匆匆推门回去了。白鸡慢慢地翻开眼睛，眼里尽是幽怨，哀伤，悲愤，困惑的表情。

一会儿，白鸡无力地闭了眼，脚蹬了蹬，一滴清泪，流出了红红的眼边。他抱着白鸡坐了一夜。这一夜，他和白鸡絮絮叨叨地讲了一夜话。天亮时，鸡完全僵了。他突然从床上跳下来，赤着脚，猛地开了门，猛地冲出去，猛地将鸡掷到住在斜对门的居委会主任家门前，又猛地将一夜未曾解开的衣裳撕开，露出了平板板、瘦得像排骨样的胸脯。他“噢!”地大叫一声，“哈、哈哈”地大笑起来。以后，他不再去挑东西了。以后，大街小巷，常见得到一个头发像乱草堆，眼睛又红又烂，衣裳撕成条状的人，默默地走，冷不丁，大吼一声：“噢——!”

声音振聋发聩，叫人猛地一惊，吓出一身毛毛汗。

朝 门

一

孤老头赵四耶收养了个孤儿。

赵四耶住在一座朝门里。这朝门，就是过去阔绰人家的大门，飞檐斗拱，朱漆大门，门前有十多级石阶，门两旁还蹲着两个石狮子，不远处有个马蹄形的拴马石。这户人家原是小城的首富，祖上征剿边民有功，封过侯的。

这座朝门现在残败得很，当年朱红的油漆大门，如今剥落得像得了白癜风。瓦脊上的草蓬勃兴旺，甚至还长了几株苞谷，结了穗，却没有人拿得到手。

赵四耶从小就在这座朝门里当差，现在带了这个叫福寿的孤儿住在朝门的厢房里。他有个习惯，天天早上要把朝门的大门开了，然后端端正正地坐在那条磨得溜光水滑的春凳上。他坐的姿势也是有讲究的：双膝收拢，腰板挺直，目光平视，两手扶膝。有熟识的人打门前走过，暗羡这赵四耶，都什么年纪了，还这么有精神头。他坐在那里，时常觉得门口马蹄嘚嘚，人声喧嚣，甚至还听到马的喷鼻声，一激灵，才知道是幻觉，叹口气，怏怏地起来了。

赵四耶在大户人家当了多年的差，学了不少规矩。那次，一家人请客，他带了福寿去。他年岁大，人家请他坐首席，但他坚持不坐。一是因为他年岁虽大，辈分却和结婚的年轻人一样；二是他几十年没坐过首席，众人簇拥着，尊他为大，让他浑身不自在，屁股上像有火燎着。换了位置，才舒坦了。人家要给福寿让位置，他也不准，说小娃儿家，站着吃就是，不用坐位子。散了席，自然是不能马上就走的。他被请到一间屋里休息，屋里只有一张竹躺椅。那时还没沙发，竹躺椅便是最舒服的了。人家见他年纪大，让给他坐。他本来是可以斜躺着的，却端端正正坐着。那躺椅的横杠很硌人，一支叶子烟还没完，腰杆就酸得支撑不住了。他瞅见门边有个散了辫的草墩，就摸过去坐着，果然舒服了许多。福寿趁机躺到躺椅上，还把腿叠在一起，一颠一颠，很惬意的样子。赵四耶气得要死，想要发作，但在人家家里，就只能狠狠瞪他。福寿瞥了赵四耶一眼，吓得马上直起身，像他一样规矩地坐着。坐了一会儿，坚持不住了，赶紧爬起来。年轻人窃窃笑了。

这天夜里，赵四耶睡得正熟，突然被“嘭嘭嘭”敲门的声音震醒。赵四耶摸着黑下床来，屏息敛气地走到门边。他并不忙开门，打开一个拳头大的小方孔朝外窥视。月光下，有个衣衫不整的长条汉子，提着个行李卷，身侧还有个小男娃儿。再仔细一看，他倒吸了口气，这不是孙科长吗？怎么成这样子了。他急忙拉开门，门外那汉子木木地站着，许久，才沙哑着嗓子说：“四哥，兄弟犯了错误，投奔你来了!”还没等赵四耶回过神，那汉子已牵着小娃子进了朝门。

这一宿，赵四耶和汉子没睡觉，汉子讲了他犯事经过，两人都流泪了。

中华人民共和国成立初期，这朝门里的宅院成了区政府的驻地。赵四耶过去受压迫，现在毋庸置疑有了依靠。区长仍然叫他看朝门，并且派了个姓孙的警卫员来协助。这段时间，他觉得生活格外充实，过去不过是给大户人家看大门罢了。现在区政府的招牌却醒目地挂在朝门上。他和那警卫员相处得极好，每天早上，警卫员才起床，地已经扫得干干净净了，连警卫员的洗脸水也打来了。警卫员在食堂吃饭，伙食差些，他常做了好的请他吃。警卫员也启发他，讲些翻身作主人的道理，还教他唱了几首新歌，像《解放区的天》之类。

纵使他荒腔走调，唱得五音不全，却极认真。他见到领导出入大门，不用说区长、书记，就是个办事员，都要不由自主地站起来，把腰躬了，一脸谦恭虔诚。那警卫员见了笑他，给他解释不要这样做的道理。他瞪着眼，半信半疑，但门一响，他的腰又弯下来，又垂头而立。

有一天晚饭后，区长出来散步，和他们一起在朝门的石阶上聊天。这姓孙的警卫和区长讲话没大没小，经常打断区长的话，有时还指手画脚。赵四耶想，怎么能这样跟区长讲话呢，人家是官呀。他担心区长发脾气，就小心地察看区长的脸色。看了半天，区长虽然红了阵脸，但最终没有发脾气。后来姓孙的警卫员提出要跟区长掰手腕，赵四耶更是吃惊，这小孙，翻了天了，跟什么人不能掰，偏要跟区长掰，还有个上下尊卑没有。区长爽快地答应了，还提出让他当什么"裁判"。区长脱了平时穿得很板正的蓝制服，露出粗壮的胳膊，和小孙蹲到拴马石那儿，两人扎好马步，两只粗壮有力的手握在一起，只等赵四耶喊"开始"。赵四耶局促不安，脸涨得通红，比人家掰腕子的还激动。区长说："老赵，喊呀！"他才费力地喊了一声。两人立即投入较量，两只胳膊上的肌肉因用力更加鼓胀，上面的筋道血管有小拇指那么粗，像蚯蚓那样蠕动。两人的额上都渗出了汗珠。渐渐地，区长有些不行了，手开始倾斜，紧咬着牙齿，腮上鼓了核桃大的一个包。赵四耶心中着急起来，啊呀，你这个小孙，咋能把区长逼成这样呢，见好就收了吧，输了人家的脸往哪儿搁，哎呀，哎呀，快松了吧，嘿，整啥子名堂，硬把人家扳倒了。

小孙警卫赢了，高兴得又喊又叫，还说："区长，我就说嘛，你那点力气，我撇着一只手都赢！"区长脸一红一红的。他还要叫区长钻拴马石，这是事先说好了的。这时围了不少人，区长有些尴尬，说："算了吧，我请客，今晚到'吉洪顺'吃酸辣面。"可小孙不依不饶："不行，不行，先钻了再说！"赵四耶见区长脸色不大好，忙说："算了，算了，区长有关节炎，不要叫他钻了。"这小孙，啥子脑袋啊，还问："你咋个晓得区长有关节炎？区长身体好得很呢，一天走百十里路不成问题！"赵四耶见他这样，不好再劝，说："我替区长钻了吧，这拴马石，小时我常钻呢。"小孙正在兴头上，说："就要区长钻。前次打扑克我输了，钻桌子钻了几转呢！"区长脸色渐渐阴了，说："好，我钻！"就去钻了。那拴马石是马蹄形的形状，中间那个孔不大。区长一钻，众人高兴了。钻到半截，费力了，卡得紧紧的。众人见区长狼狈的样子，"哈哈哈"大笑起来。赵四耶又气又急，嘿，整啥子嘛，出洋相了不是。小孙呀，你那脑袋是咋想的哟！区长憋足了劲，将身子束得紧紧的，终于挣脱出来，脸上全是密密的汗。区长伸手一抹，因为之前在地上撑着，手上尽是灰，把脸抹得花猫一般，众人更笑得欢劲。区长"哼"的一声，大步流星走了，连外衣也记不得拿。

后来，区政府搬走了。里面的房子做了职工宿舍，将朝门的后门钉死，改了道，门直通大街。这朝门就成了赵四耶的住房了。

区长走了，小孙警卫也调到地方上。后来听说升了科长。之后呢，他那脾气改不了，成了右派，劳教两年后，单位不要他了，老婆也跟他离了婚。于是他带着这个没有娘的娃儿来投奔赵四耶了。

赵四耶是个古道热肠的人，平素最讲忠义二字，老友落魄，理应扶助。第二天他收拾了朝门的西厢房，给小孙父子住。朝门是越发破败了。赵四耶靠帮人挑水过活，无力修缮。远远看去，寒烟衰草，门楼颓圮，也叫人寒心，只是朝门前的地永远干净着，记载着主人几十年的辛勤。

二

赵四耶的娃儿福寿和老孙的娃儿孙军在一班读书了。福寿大一岁，但和孙军一样都读四年级。

这天下课，福寿见班主任刘老师家买了车柴炭（褐煤），就拉孙军去帮忙。孙军和他去了。刘老师见他们来，很高兴，拍了拍福寿的头。他们卖力地将柴炭一块一块抬上楼去，楼梯窄，又无窗，黑洞洞的。孙军力气小，好几次差点踩空落下来，但还是卖力地抬。后来，他看见刘老师工作了的儿子正跷着二郎腿在里间看报，有些气恼，对福寿说："不要抬了，养着这么大的儿子不动手，我们瞎忙什么。"福寿不吭气，半晌，抹抹头上的汗："还是抬，我们才交了入队申请呢。"孙军急白赤眼地说："怪不得你这样积极啊，我才不耐烦。"说着"蹬蹬蹬"地走了。福寿追上他，拍拍他的肩："我爹说了，刘老师要尊敬，老师有事要帮忙。"孙军白了他一眼，还是走了。

后来，福寿入了队，孙军却没。老孙叫了娃儿来，问了情由，长长叹了口气，啥也没说。

老孙是个旷达的人，虽然落魄了，也忧伤颓废了一阵子，但很快恢复了元气。他学会了补锑锅的手艺，天天挑了担子，在街上长一声短一声地吆喝。每天揽了生意，就饶有兴致做起来，但还是改变不了先前的脾气，讲得高兴了，就把上司们的底抖搂出来了。赵四耶想，这人啊，怪不得要吃亏，嘴痒了，就该拿火钳烧红了烙烙。自己也见过主人几桩偷鸡摸狗的事，却是把嘴封了，何尝说过人家一句话。

没有人的时候，赵四耶把这意思讲了，劝他改改脾气。老孙听了哈哈大笑，他说自己是个人，嘴巴生来要讲话的。还说别人事情做得，自己凭啥连话都讲不得。再说，自己已经掉到底底下了，难道还会开除回机关么。赵四耶说："你要想想娃娃呀，学了你，怕没得好结果呢。"

那次上语文课，刘老师讲"画龙点睛"这个成语的来源。刘老师说隋朝的吴道子龙画得好，画好了，一点睛，龙就飞走了。同学们听得津津有味。孙军平时好看课外书，恰巧从一本书上看到过这个故事，知道是东晋的张僧繇，他就将这话讲了，还说这本书是福寿他俩一起看的。刘老师脸红一阵白一阵的，不好下台，就问："赵福寿，是这样的吗？那书叫什么名字？"福寿犹犹豫豫地站起来，结结巴巴地说："我，我没，没看过，这，这些书。"同学们"哄"地笑了。

从此，孙军和福寿闹了别扭。孙军再也不搭理福寿了。

后来，福寿升为中队长，两道扛。

老孙找孙军来问了缘由。他陷入了沉思，心情沉重忧郁起来。他知道孙军是对的，但这样下去，是会毁了娃娃的。自己已经吃够了苦，不能让娃娃再重蹈覆辙了。但要违心地教娃娃做不该做的事，说不该说的话，又怎么对得起良心呢，怎么对得起娃娃呢……

三

事情发展比想象的还严重。那次，学校组织上郊外鹿鸣山种树。这里原来是风景区，山上的树苍苍郁郁，冠盖相接，青翠欲滴。特殊时期被砍去炼钢铁了，剩下光秃秃一座山。冬天的夜晚，烧了旺旺的火，一些闲散的人在他那儿闲聊天。赵四耶爱忆旧，常将朝门内的奢侈豪华、方圆规矩讲给众人听；老孙改不了脾气，说些愤世嫉俗的话，讲过鹿鸣山森林的毁灭，是一些人头脑发昏的做法。孙军听了这话，就记在了心上。到了鹿鸣山，一边挖树坑，一边就讲这些听来的话。这些话被其他同学告到老师那儿，刘老师大吃一惊，忙告诉那些同学不要传，他要调查。刘老师平时就讨厌孙军，常找茬批评他，但他是个好人，知道这话让如果被上面知道了，这娃儿就毁了。那是什么年代呀，还有老孙的臭底子呢。刘老师当天晚上就去找了老孙，把孙军的话和问题的严重性说了。老孙惊得木怔怔的，半晌说不出话。刘老师又安慰他，说这事就不汇报了，但一定要好好教训他。否则要闯大祸的。

刘老师走后，老孙擦去一头的虚汗，想了想，更恼怒得不行。自己已沦落至此，孙军还不知天高地厚，这不是找死呀！老孙将孙军找来，压住满腔怒火，问："你去种树时讲了些啥子？"孙军见他爹脸色不对，说："我，我没讲啥子。"老孙越发怒了，猛地一拍桌子："还说没讲，刚才刘老师才来过，你还抵赖!”孙军也发了脾气：“刘老师来了又怎样，他还不是记恨我戳他的老底，说三道四!”“放屁!”老孙更气愤了，“老实讲，你在鹿鸣山放什么狗屁了?”孙军倔巴巴地：“我没放屁，我讲的是你说的话。”老孙又压了压气：“大人说的话，小娃娃家不要乱讲!”孙军说：“大人讲得，小娃娃就讲不得，啥子道理?”老孙火冒三丈，“啪啪”给了他两嘴巴，打得孙军左摇一下，右摇一下，扑倒在地。老孙见娃娃蜷缩在地下，一下子后悔了，心疼得不行。是啊，打小娃娃的妈就狠着心抛弃了他爷俩。自己落难，受人歧视，被人凌辱，娃娃也没少跟着吃苦。一颗童稚的心，一株尚未结苞的小花，已经受到了他不该受的伤害，生活再苦，自己也没摸过娃娃一个指头，他教娃娃要做个正派善良的人，可是，天呐，再这样下去，孩子不是要毁了么？可这能怪孩子吗？老孙将孙军拉起来，见他两边脸已经肿了起来，印上了深深的指痕。他又气又心疼，默默地流泪了。孙军见他爹流泪了，才“哇”的一声哭起来。老孙一把将他揽进怀里，爷俩悲哀地呜咽着，倾诉着无尽的忧伤。

长夜悠悠，江风习习。朝门里，幽然飘忽的煤油灯，将爷俩的身影印在了漆黑的墙上。

四

多少年后，赵四耶和老孙都垂垂老矣，那朝门更颓圮破败得不行。年复一年，朝门的瓦脊上积了好多土，和瓦脊一般平了，青草蓬勃，苞谷穗也一年比一年大了，只是没人能上去摘。

福寿发达了。他一直顺利，小学时是中队长，中学是团支书，高考前入了党，被免试推荐读了大学。以后由科长到局长到县委副书记。他在小县素以老实、忠厚、谦恭而著名。机关家属区家属闹了纠纷，去他那里扯上几个钟头他也不会烦。

陈老汉和他的邻居

天近黑的时候，一个赤着双脚、脚上糊满泥巴、只穿着一件褂子、双臂晒得赤黑的老汉，佝偻着腰，扛着比他还长一截的带齿的犁耙，一只手牵着牛的缰绳，步履蹒跚地进了院子。老汉将牛关进了牛圈，给牛上了饲料，然后蹲在屋檐下，卷了根叶子烟。淡蓝色的叶子烟雾冉冉升起，融进空明如洗的暮色中去。老汉心情似乎不太好，狠巴巴地咂烟，眼睛向紧靠着围墙外的那排白杨树瞥来瞥去。这白杨树委实长得好，才两三年工夫，已经有了碗口粗。本来，白杨树就容易栽活，也肯长，只要种上十年左右，就可以伐下做梁、做家具。盘得好，一棵卖四五十元呢。这几年，这个坝子的庄稼人像受到什么启示一样，家家种起白杨来。

屋前种，屋后种，路边种，还有更邪的，连庄稼也不种了，将树像排蒜那样齐齐整整、密密麻麻地种到自己的地里去，还像伺候庄稼一样泼水、泼粪、松土、除虫、打农药呢。那些树苗也有灵性，拔着节向上窜着，看着真叫人心痒痒，它们是在往外长票子呀。庄稼人精明着呢，他们算过，种一百棵树，每天要长四五元钱呢。坐在树下搂票儿，谁不愿意呢？

想到白杨树的好处，陈老头心里更加烦闷。儿子陈平是个小学教师，读了十几年书，越读越懵懂。下田劳作，也像个木盆里的鱼，拨一下动一下，死气沉沉的。倒是啃起砖头厚的书来，像吃沙糕一样泡酥。还要种花，在院子里种了一排牡丹，一排芍药，还有夹竹桃。好看倒确实好看了，但能当衣穿、当饭吃么？能把它贴在眼珠子上么？前两年，他就讲过，叫儿子顺着围墙栽一排白杨树，可是儿子不听，他的牡丹花还没开，别人家早就顺着墙密密匝匝栽了一排树。儿子性子又弱，说话慢吞吞的，家里前些年将不用的东西卖了，他将不多的几文票子放在手里揉来搓去，有些舍不得的样子。

这树栽了也罢了，别人家精灵，跑到你前头去了，谁叫你自己只讲不做呢。可特叫人不服气的是，栽树的人太霸道。这家人姓赵，全村几乎都姓赵，丁丁拐拐，连连绊绊，算起来五百年前都是一家，走错路遇到的都是亲戚。不晓得怎么搞的，这几年他们突然热衷起宗族关系来了，修坟山，查家谱，叙血缘，有点闲钱余米，撑晕了。他老陈头是这个村子的外来户，在人家的窝子里，不是只能缩着脖子叫人捏掐么？

当然也不是全部姓赵的都是恶的，只是在住家隔壁的赵老大太出格了。他家里弟兄多，一大个一大个的，竖起来丈把高，解木板要解一大堆。赵老大也仗着人多，对邻居老想欺着吃，讲两句不平话，哥几个就脱了褂子，攥了钵样大的拳头，鼓着牛卵子大的眼睛，齐排排竖在你家门口，一语不发。想想看吧，谁受得了。

赵老大去他家围墙外栽了树。栽了就栽了吧，老话说："吃得亏，打得堆。"可他老陈头后来在自家自留地的边缘栽了一溜树，赵老大却做出拆桥堵路、填沟挖墙的丧德事。原来，他们两家的地连在一起，老陈头将树栽在了两块地的交界处，赵老大硬说这树的根须会窜到他的地里来，将养料吸了去。他老陈头也不敢保证根不会窜，他既不能下道命令，叫树根光朝自己这边地里长，又不能打道石坝将树根截住。明明是歪理嘛。老陈头耐着性子，称比他小一辈的赵老大为

"兄弟"，还递烟卷儿给他，可赵老大愣是不接，嘴角喷着唾沫，非叫挖了不可。栽这些树时，正是大旱天，老陈头天天跑到大老远的水塘里挑水来泼，白花花的汗碱把一件褂子都咬烂了。有一天，挑得太乏了，老汉头一晕，一个跟头栽在水塘里，幸得好旱天水浅，才没被淹死。旱天过去了，这排树舒眉展眼，叶嫩杆直，精精神神地站在那里，片片叶子嫩得滴得下水来，闪闪灼灼，像一潭揉皱了的春水。一起风，一棵棵小树轻扭腰肢，沙沙细语，低低浅唱，叫人心醉，能舍得挖么？

老陈头感到再讲下去是没用了，他突然来了气。自个儿的娇儿嫩女受了别人的欺侮，温驯如绵羊也会以角相搏。老陈头的畏惧心理消失了，一种不受理智约束的原始愤怒，在他心里凝聚，他红着眼，指着赵老大的鼻子，说敢挖他的树，他就将赵老大栽在他围墙边的树全部刨去，他敢保证他的树根没有伸到他的院子里来么？他们的树枝早就伸到他的院子里来了，遮得院里的兰花也蔫头蔫脑的（儿子的花早被他拔了丢了），像害了痨病。

也许是他的眼珠太红，也许是他的声气太激愤，也许是赵老大自知不占理。总之，那天，赵老大是愤然走掉了，再也没提挖树这件事。

可是，不久，他栽的那排树就被人用镰刀将皮一圈圈割去了。事情是夜里干的，神不知鬼不觉。看着这排前不久还生气勃勃、青翠欲滴的树，叶片萎缩下垂，失去了水分和光泽，老汉心疼得掉了泪。

老汉蹲在屋檐下，越想越闷，心里沉甸甸的，像压着个石碾子。他想站起来走走，突然，头上"啪"地摔下一块瓦，差点打在他青皮锃亮的光头上。他抬头一看，儿子在房上搭瓦呢，悄没声儿的，他蹲了半天也没听到有人在上面，想必那黝黑黝黑的瓦倒是棉花做的。

陈老汉将准备甩出去的半块瓦片摔下，见儿子贴在檐口上，那里有一大枝斜生出来的白杨树枝，风一吹过来，会将瓦片撩拨下来。儿子一只手抓住树枝，一只手握住镰刀，蹙额锁眉，犹豫不决的样子。

儿子文弱，又到处顾着脸面，可就该受人欺侮啦？老汉喊：“砍掉它，你发什么呆！”儿子没吭气，手一松，树枝又弹回原来的老地方。

老汉来了邪劲，跑进屋里“咕嘟咕嘟”喝了大半瓶酒。喝完，将空酒瓶使劲一摔，甩了外面的褂子，赤裸着精瘦的上身，提起镰刀跑了出来。

陈老汉跑到围墙外去，抓住那根树枝就要砍。儿子下来了，说：“爹，砍树做甚？找根绳子把它扯过去不就行了，犯得着伤筋动骨吗？”

老汉虽然酒也到了顶，也倒是明白人，他瞧瞧青枝绿叶的树，树枝一摆一摆的，叶片摩挲着，发出沙沙的声音，像在向他乞怜。他将镰刀朝地下一丢，气哼哼地去找绳子。

陈老汉和儿子才把树拴好，赵老大和他的两个兄弟来了。他两个兄弟抱着手，蹲在地下。“谁拴的？”赵老大问。“我拴的。”小学教师声音怯怯的。“你干嘛，吊脖子找不到地方了？”“你说话咋个这样冲，树枝把瓦刮下来了，我爹要修枝，我怕伤着树，牵根绳子扯一扯。”“还要砍树啦！砍树的人还没生出来呢！哪个扯我一片叶子，我掰他一个指头，哪个砍我一根枝枝，我将他的脚折断。”

老汉胸脯一起一伏，酒精炙烤着他的胸膛，侮辱的语言刺激着他狂暴的神经。他浑身战栗着，眼珠子发红，一股强烈的冲动使他突然大吼一声，抓起一把放在地下的条锄，举起就朝赵老大挖去。赵老大慌忙一闪，条锄正好挖在一个放在墙角的烂瓦缸上，“哗啦”一声，烂瓦缸立即变成一堆碎片。儿子慌了，拼着全身的力气扯住老汉的胳膊：“爹、爹，你整啥子，你不要命了？你想犯法吗？”老汉被一股狂暴的力量驱使着，自己似乎已经管不住自己了，他吼了一声，一把将儿子推得老远，提起条锄又要去挖。赵家三兄弟哪见过这阵仗，爬起来一溜烟跑得无影无踪。老汉还要去追，被儿子死命拽住，动弹不得。老汉将锄头甩了，蹲下来，用双掌捂住脸，哭起来了。老汉越哭越伤心，声音苍凉而又嘶哑，像只受了伤的老狼。儿子也流下了辛酸的泪。半夜，老汉酒醒了，想起先前的事，不由得一阵后怕。他不明白是什么神秘的力量驱使他这样做，想到一旦出了事，吃官司不说，这个家也算完了，他出了一身毛毛汗。

转眼，到了栽秧的季节，家家的秧一栽进去，浑浊的田水里便漾起一层层绿色的涟漪。天遂人愿，这年的雨水来得早，来得勤。淅淅沥沥，庄稼人心里好安逸。可下的时间一长，庄稼人又焦虑起来——凡事不能过头，雨下多了，会将田里灌满，只要一淹过秧尖，就会把秧呛死，这秧苗娇嫩着呢，才生的娃娃似的。老陈头披着一件蓑衣、戴着尖尖的竹笠，在田埂上走来走去，他眼看田里的水越来越满，快要淹过秧尖了，急得嘴唇上起了一层燎泡。庄稼是一家人的命根子，如果泡了汤，莫说秋后翻盖房子、添置用具、给家里每个人扯上两套衣服，就是一家人吃饭就都成了问题。他仿佛听到秧苗在田里发出微弱的呼救声，又像看到久病的亲人在痛苦中挣扎而自己无力救助一样焦虑、痛心。

说来真是冤家路窄，老汉家的田和赵老大的田紧紧相连。赵老大家的田比他家的地势低，如果之前他们没有龃龉的话，只要在田埂上扒个口子，田水就能顺着淌下去了。儿子放学回来，也急得很，顺着田埂走了几圈，步子也不像以往那样沉沉实实、不慌不忙。儿子思虑再三，提出要找赵老大商议。老汉知道这事办不成，眼一愣，“不要拿脸去贴人家冷屁股了，老辈子说‘佛争一炷香，人争一口气’，秧子呛死了，重栽。”

儿子闷声不响地走了。他去找村里的一位年长的老者去说情，结果，赵老大说如果水从他田里淌过，他白汗长淌地施的几十挑肥就冲走了。儿子请来过话的老人吃了饭，托他再去疏通，讨好地拿出了十来个在城里也难得买到的学生作业本，说送给赵老大的儿子读书用。老陈头再也忍不住，一拍桌子：“算了，就是豁出这茬秧子不要了，也不要恁个低三下四的，是人，就要有骨气！”但那请来说情的老者一走，老汉又觉得心头空落落的，有些后悔。

第二天，雨下得越发大了，陈老汉心里火烧火燎的，顾不得窝在铺上将息一下他那敲骨打髓般疼的老寒腿，披了蓑衣，扛了条锄，出去了。到了田里，老汉惊得嘴都合不拢了——田埂又被加高了，抿得光光的，是赵老大连夜干的，好毒哇！满当当的水淹得翠生生的秧苗只剩下了一指长的尖子，可怜巴巴的，像细线一样在水里一摇一摇的，像快溺死的奶娃娃一样孤弱无力。老汉心里一揪一揪的疼，看着看着，一股愤慨之情渐渐充溢心间。他举起锄头就要朝田埂上挖去，但就像有一只巨大的手，在空中将老汉的锄头紧紧揪住，使得老汉高高举锄的动作定格在空中。旋即，老汉的锄头轻轻落了下来。陈老汉感到背后凉阴阴的、痒酥酥的，像有什么锐利的东西逼近，回头看了看，什么也没有。他又将锄头高高举起，结果仍然没挖下去。如是几次，老汉终于泄了气，“嗨”地重重地叹了一声，将锄头远远撂到田里。锄头落下去，溅起了一股浊黄的水花，一排秧苗被锄头柄碰歪了，只剩下针似的一点点尖尖。老汉心疼了，裤腿都没挽，“扑通”地跳下田去，小心翼翼地走到丢下锄头的地方，将锄头移开，像扶起稚嫩的小孙孙样地扶起秧苗，又抓了几把田泥，把秧苗的根固好，还掬了几捧水，将秧苗上的泥巴冲洗掉，小心翼翼地，怕惊醒熟睡的婴儿似地蹚了出来。

老汉决定把田里多余的水挑掉。他找了一个硕大的粪桶，将水装得满满的，步子跨得大大的，把水挑到路边沟里去倒掉。愤怒使他浑身充满力气，精神陡增。他飞快地舀水，飞快地挑，恨不得马上将水倒完。但他毕竟上了年纪了，况且矮小的身材和凸显的骨头也说明他不是个好劳力。几趟下来，他的步履就有些蹒跚了，青灰色的脸变红了，脸上满布的皱纹成了流汗的沟渠，脚像踩在棉花上，一副酒店醉汉的样子。但他坚持着，他仇恨地瞪着那条加高了的埂子。

这时他儿子和几个学生放学回来，看见了这一幅令人心酸的景象。当教师的儿子当着学生的面，流下了辛酸的眼泪。他将父亲连拖带拽地拉到田头让他坐在条锄柄上，自个儿接过水桶默默地挑了起来。

几个学生悄然走了，过了一会儿，他们各自从家里担了水桶来，加入了挑水的行列。这当中还有两个学生是赵姓人家的子弟呢。水慢慢地少下去了，被泡了几天的秧苗重新露出了娇柔的身躯。一阵微风吹过，它们簌簌地抖干净身上的水珠，越发显得娇嫩清新，楚楚动人。疲惫地瘫在地上的老汉，嘴角出现了一缕难得的微笑。

天有不测风云。转瞬，阴霾多雨的季节过去了，又到了燠热缺雨的季节。秧苗已经长得有手指粗，高过膝头了。这时的秧子进入青春期，像刚刚发育的青年人一样猛吃猛喝，如果缺水，这茬稻子算完了。

水库决定开闸放水，陈老汉的田在赵老大的田的上首。潺湲的溪水首先进入老汉的田。老汉望着汩汩流入田里的水，望着嗷嗷待哺似的秧子贪婪地"嗞嗞"地吸着水，惬意地在轻风的爱抚下葳蕤起伏，吸着醇清的香味，笑了。

赵老大家可吃大亏了。他田里要放水，必须经过老陈头的田。尽管他家在村里有势力，尽管他弟兄孔武而有力，但他于理有亏，对老陈头不准放水的决定也奈何不得。赵老大急了，天天跑到田里去看水，不看还好，越看越心焦。太阳火炼似的倾泻在田里，毒花花的。水田上凝聚着一层白蒙蒙的水气，像一片又一片的吸水海绵。他看见老陈头的田里蓄着满满当当的田水，翠绿色的水田上面，水汽氤氲，风一吹来，绿波起伏，茁壮而密集的秧子织成了一张绿色的颤动的图案，生气勃勃，而他田里的秧子呢，叶子卷缩着，死头干僵，了无生气，似乎点根火柴就可以将它们化为灰烬。他心里也像这块快干枯死去的秧一样灼热难耐。他几次想挖开田埂，放一点水到田里润一润秧苗，但一看到怡然自得地在田那边哼山歌的陈老汉，他又气馁了。

晚上，赵老大老着脸皮，去请村里德高望重的赵五爷去说情。谁知还没等他开得口，赵五爷一口唾沫差点啐在他脸上。原来，这正是小学教师陈平请过的人。

赵老大气哼哼地去找他兄弟，想叫他们来帮着挑水灌田。谁知这个大忙季节，几弟兄虽然嘴上说愿意出力，无奈也腾不出身来顾他。赵老大恼了，将横披着的衣裳甩了，找了一担特大的水桶，就要去挑水，又要叫两个十来岁的娃儿，他老婆带着个吃奶娃儿他也不放过，找了担小的水桶叫她背上娃儿去挑。老婆说："不要使牛性子了，几挑水顶屁用，不够太阳舔一嘴的。"他不听，带着一家子挑水去了。

赵老大仗着自己底子好、气劲足，又急火攻心，就疯了般挑起水来。但这里到池塘里，来回要半个小时，虽然他跑一趟抵得老婆娃娃跑两趟，但挑了半天，手摸下去，也才一谷节深，刚刚泡住禾根。这点水，真像老婆讲的，还不够太阳舔一嘴。他又乏得不行，脚踝像针扎样疼，眼里也漾出了点点的金星。

老陈头这时正坐在自家田边的坡脚上，这里茂草纷披，野花闪烁，清香袭人，煞是歇凉的好地方。他看见赵老大步履蹒跚，行动维艰，感到很解气。但赵老大没看到他，老汉觉得不够味，立马扯开喉咙，扯声咽气地唱起山歌来，尽管老汉唱得又哑又涩，黄腔野调，够难听，但老汉却认为生平从来没有唱得这样好过，透出自得和嘲笑的意味。

赵老大听到山歌，气得差点想捡起土块甩过去，吐口唾沫，飞奔着挑水去了。

陈老头看到赵老大的两个娃儿抬着木桶，脚步蹒跚的，油黑的汗淌湿了两个娃儿的小背心，心里又有些不忍了。尤其是看到赵老大的婆娘还背着嫩娃儿挑水，娃儿被太阳晒得蔫摆摆、红头紫脸的，这婆娘不停地用袖子揩着汗。他几次差点喊出来，让他们不要挑了。老汉使劲拧了大腿一把，生怕喊出来。又怕耽搁时间长了，做出不理智的举动来，忙匆匆走了。

夜，静得很，只有点点的流萤在飘动。这里那里一只只青蛙在聒噪，燠热凝滞的空气散尽了，空气变得清凉而湿润，还渗进了禾苗醇厚的馨香和各种杂草微辛的清香。吸一口，连肺腑都浸润透了空气中的清甜。人在这样的环境里，心情特别好。老陈头蹲在田埂上，聆听着禾苗拔节的声音，心里像抹了蜜似的甜。

老汉转过赵老大田的这边来，静夜里，听得见秧子在贪婪地吮吸田水的“吱吱”声。昏黄的月光下，看得见秧苗挺直了，叶片像剑一样地斜伸着。赵老大不愧是种田的好手，又肯下死力，照顾秧子像照顾娃儿一样精细。他亲眼看到赵老大在毒日头下拔鸭子草，太阳将他的皮子一层层晒蜕，白花花、红汝汝的，看着怪怕人的。赵老大家娃儿多，底垫少，买不起化肥，每天鸡未叫、月未落，他就将两个半大娃儿叫起，揉着眼，去拾现在一般农户都不大用了的牲畜粪便。天泛白，爷儿也回来了，他挑得满满的，娃娃压得弯腰驼背，将肥送到田里，才让去上学。老实说，光从秧子来看，他老陈头的秧没有赵老大种得好。夜里也看得出来，赵老大的秧子齐崭崭、密刷刷的，手一摸，粗壮壮、肉嫩嫩的，直起腰来，秧子可齐大胯呢。老汉弯下腰去，用指头量量水，只有半个指节深了。这秧子是吃了天地精华，吸了夜露琼浆才活得这样神气的。可明天，毒花花的太阳一出，那点水，都不够晒个一时半刻的，秧再好，也无用了，等着割干草吧。

想到割干草，老汉心里蓦然一惊，心情变得复杂了。一个老庄稼人，是不兴糟蹋自己和别人的庄稼的。走到哪里，看到一棵苞谷一穗谷子倒在田埂上，他都会去扶起来，不管是不是自己的。这是天物，糟践不得啊。孙子撒了几颗饭粒在地下，沾上了灰，他也要连灰吃下，儿子说不卫生他也不听。现在倒好，眼睁睁地看别人恁好的一田秧子死去，心头落忍吗？他虽恨赵老大依仗人势、蛮不讲理，想起种树和挑水的事来就恨得牙痒痒，想看他笑话。但又觉得好端端的一田谷子毁在自己手里，罪过大得很哟。他看见赵老大的几个娃儿褂子都烂了，圆滚滚的小砂锅肚露在外面，脚上是前面卖生姜，后面卖鸭蛋，鞋根本穿不了。没有这季庄稼，赵老大一家，不要说添置衣裳什物，就是吃饭也成了问题，还要卖公余粮食呢。今年是包产到户的第二年，庄稼人失去的对土地的希冀和热恋，又都回来了，个个都拼了命干，个个都觉得而今政策调头，个个都想多向政府交公粮，而赵老大这块田却颗粒无收。以后，家家卖余粮，唯独没得赵老大；家家穿新衣，唯独他家穿破衣；家家吃喷香的新米，唯独他家在借别家往年的陈苞谷，人家会怎样说呢？

老汉心跳起来了，背脊上也觉得一阵发麻。

老汉决定放水了，但这个决定是不彻底的。他不想挖开埂子，这不是讲和赵老大，忘记过去了吗？等赵老大上门承认了错误再放，不显山、不露水地放点水。那行！老汉咂巴了两根叶子烟，手突然触到放在田埂上的自家带来的钢钎，心里一动……

老汉跳下他的这块田去，使劲用钢钎在田埂底部捅，他想在田埂下面捅出个鸡蛋大的小洞，让水流进赵老大田里，保住他的秧子。

静寂的夜。不远处斜坡下的坟堆后，突然传来阵低沉而又压抑的哭声，那哭声是很复杂的，漾在清馨的夜里，使人想到遥远的往事；那哭声又是很沉重的，使人心灵得到净化。哭的人正是准备来偷水的赵老大。

贵妇还乡

一

“世界上的事情真是难说得很，昨天是鬼，今天是人，捧起来捧到天上，跌下去跌到岩底。”吴老四坐在火塘边，边咂叶子烟边说话。

这是高原山区的一个小村，天才断黑，家家就睡了，一是省点煤油钱，二是坐着也无聊。吴老四家在村边岩坎上，岩的四周是两座巨壁般的山峰。一推开门，视线只能看到绀蓝色山峰的半腰，有轻曼的白云缥缥缈缈飘飘袅袅，有时会飘到你身边，伸手一掬，还真能掬到一缕。晚上，家家灯灭了，仿佛一个世界已经消失。几声犬吠，更使人觉得空旷、悠远和惆怅。

吴老四用树枝拨了拨火，火旺了，吊在三脚架上的小铜壶里的水开了，嗤嗤漫出来，将火焰压了下去，激起一屋水汽。他伸手到滚烫的壶上，稳稳扎扎、从从容容将水提下来，手一点烫的感觉也没有。

此刻，他很少沸腾、很少发烫的心却沸腾了、发烫了。

几天前，突然来了一群人，打头的是公社革委会的王主任，接着是大队的谢支书，还有生产队的指导员孙狗剩。他们和吴老四打了个招呼，径直来到他正房侧边的偏房里。

偏房里，住着遣送到这里来改造的地主老太太刘五氏。

这么多干部来，刘五氏脸陡地灰了，忙从火塘边站起来，低垂着头，一副卑躬、虔诚顺从的样子。指导员孙狗剩语气温和地说：“刘老太太，公社、大队的领导看你来了。”

刘五氏简直以为自己听错了，指导员哪天对她不是横眉竖目的，一见到他那丧嘴垮脸的样子，老太太就不由得身子发抖。今天怎么啦，太阳从西边出来了，河水爬到山头去了。见她一脸惊恐惶惑的样子，公社王主任语气变得更温和：“老人家，坐吧，人上年纪了，站不起多少。”说着，将那把唯一的竹椅让给老太太坐下，孙狗剩手脚麻利地提了几个草墩过来让众人坐下。

“是这样，你姑娘是不是叫刘丽娟？她从外国回来了。”他停了一下，察看老太太的反应。

“丽娟，回来了？”老太太脸上现出一缕苦涩的笑容。“不……”她摇摇头“不会。”她脸上的愁苦更深了。

“是的，她是回来了，前天到县上的。她男的是马来西亚的一个大资本家吧，来开广交会，向我们国家提了回来探亲的申请，周总理亲自批准你女儿回来的。”

“真的，真的？丽娟回来了，回来了！”老太太脸上现出梦幻般的神色，“我的儿，她回来了。”老太太脸上流下两滴浑浊的泪水。

“这两年，队上对你照顾还好吧？孙指导员，你们对照顾刘老太太有些什么具体措施？”

“这、这，咋说呢，有点照顾，不咋个。”孙狗剩神色局促，心情紧张起来。

“刘老太太，你说说，队上照顾还可以吧？”

“可以，可以。”老太太头像鸡啄米一样点着。

“过去，送你来改造，是党的政策。”王主任正了正神色，（老太太脸陡地又灰了）“现在，根据政策，县革委会决定让你们母女团聚，这也是党的统战政策。如果过去有不周到的地方，你要能体谅。希望你们母女谈话时，能掌握好原则，该说什么，我们不强求，你自己考

虑。”王主任又对狗剩说：“老人家的困难，你们尽快解决，最近两天，县里要来小车接老人家。”

当天晚上，孙狗剩和他婆娘提了鸡，拿了红糖和糯米来看望刘五氏。

“快叫奶奶，小狗，这是刘奶奶。”狗剩老婆对儿子说。

“刘奶奶，小狗家爹性子直，没弯弯肠子，莫看他黑风丧脸的，对人有当面无背后，说过就忘。那回……”他把嘴巴凑近老太太耳边，“他们要叫你去挖埂上那条沟，是他挡了。”

孙狗剩脸上难得地挤出一笑，他这人个子高、肤色黑，平时凶神恶煞，笑起来更吓人。

一家人和刘老太太摆了一晚上龙门阵，不知道的还以为是失散多年的亲人团聚哩。

后来，一辆小车终于接走了刘五氏……

吴老四喝了一大口酽茶，吐掉嘴里的茶叶，又骂了句：“妈的，红的花的，白的黑的，闹不清楚哟。”

他想起刘老太太才来时的情景。

——他从山上打柴回来，见门外陡峭的石坎上，一个身材矮小的老年人在艰难地爬。

“走快些嘛，磨磨蹭蹭的，这点石坎都爬不动。”

“指导员，我、我老了。腿脚不行，爬、爬不动。”她气喘吁吁地说。

“你老了，政府没送你来养老，瞧你这点样子，怕还要派两个丫头娃子来服侍你哟。”

站在下面的汉子吼了起来。

老太太提着一包行李，又继续爬。一个趔趄，差点摔下去。

他看不惯了，下去帮她把包裹提上来。

“老四，队委会研究了，这地主婆交给你管了，你是几代的雇农出身哟！她有什么违法活动，立即报告队里。”

那汉子走下石坎去了，又扭过头：“刘五氏听好了，每三天汇报一次思想。”

——侧屋里，老太太一人摸着铺。这间房子很旧了，风从瓦缝里吹进来，墙上有个牛肋巴窗。铺完床，刘五氏呆呆地坐在黑屋里。

——“他爹，不要熏脖子了，吃饭啰。”五大三粗的婆娘喊。

他坐在草墩上，抬起碗来就扒，扒完一碗，若有所思地朝侧屋看了看，里面黑漆漆的。

“唉，七老八十的了，送到山上来干啥子。”婆娘说：“你没听狗剩讲，中华人民共和国成立前人家在城头有几条街呢，丫头娃子一大帮，一天一封红糖砂糕，一年几套铜钱厚的布褂子。”这婆娘一生人没下过一次山，认定世界上最好吃的是红糖砂糕，最好穿的是铜钱厚的布。

“舀碗饭过去吧，这么大年纪了。”

“啥?”婆娘眼睛瞪得溜圆，“你怕疯了，人家送来给我们监督，你倒捡个妈来养起。”

“老巴巴的，走了一天路，又是小脚，唉，人哪，哪个能保证一辈子都走好运哟。”婆娘嘴硬：“要舀你舀，我倒没有这么好的心肠。”

从来连自己的饭都不兴舀的吴老四舀了碗饭，泡了汤，拿起一盏煤油灯一起送去了。

——老太太上山拾柴跌跌撞撞，步履艰难，他帮她把松枝拖到村外，指指松枝，示意让她自己拖进村去。

——老太太做了双猫猫鞋，拿给正在搓苞谷的老四婆娘，婆娘假装不知，老太太放下鞋，悄悄出去了。婆娘拿起一看，高兴地笑了。

——老四的小儿子穿着猫儿鞋，在井边蹦蹦跳跳的。指导员的婆娘来挑水：“哟，顺娃，好漂亮的鞋子呀！给姨妈瞧瞧，哪个做的呀?”

“刘奶奶做的。”顺娃回答，“她还说要给我做狗儿帽哩。”

——地里，指导员狗剩气势汹汹：“老四，你不要忘了你是几代的雇农出身，不要忘了你小腿上的伤疤，不要丢底现形，小眼瞎气，一点小东小西就打瞎眼，你是忘本变质，立场不稳！老四。”

他抱着头，蹲在地下，一脸痛苦和愧疚的神色。

——屋里，婆娘正给顺娃系兜兜：“啧，啧，到底是大户人家，绣的这蝴蝶会飞、花开得香喷喷的。”说着，递给顺娃一碗糖水鸡蛋：“给刘奶奶送去。”

老四挡住门，阴沉着脸，一把将鸡蛋碗抢过来，“噌”地放到桌上，糖水溅了一桌子。

“咋个了？你扯羊角疯了？”婆娘问。

他不答，丧着脸，蹲在地下裹叶子烟。突然，安在门枋上的纸盒喇叭响起来：“社员同志们听好，吴老四阶级阵线不清，和管制分子拉拉扯扯、吃吃喝喝，丧失阶级立场，忘本变质……”是指导员狗剩的声音。

老四木痴痴地蹲着，眼瞪得老大，烟烫着手也不知道。突然，他跳起来，理起一根扁担，就要去捅纸盒子，婆娘一把扯住他：“你莫发疯，指导员说，换个喇叭 50 元，你换得起？”他颓然蹲下。

二

后山老四的岳母老丈人家修房子，老四去帮几天工，才去两天，又被人叫回来。

一进门。老四惊呆了，他困惑地揉了揉眼睛，怀疑是不是走错门了。

屋里，被柴火熏得黑黢黢的墙用石灰水刷亮了，虽然还翻着黄。两边墙上，贴了新年画，左边是《奇袭白虎团》，右边是《沙家浜》。房子中间请了宝像。天花板用报纸裱糊过了。地下是才挑的黄土垫的，拍打得光溜水滑，还有股新鲜泥土味。靠墙边，他家原本缺腿少脚、开裂瓦口的椅子桌子不见了，换上了一套半新不旧的家具。正中桌子上，还有台新崭崭的收音机，最使他惊奇的是窗台下竟有一台新缝纫机，像模像样地连线都穿好了。

婆娘从里间闪出来，说：“竖什么菩萨，认不得了？指导员说了，过几天人家刘老太太的姑娘要来看一眼，叫做好准备，你来得正好，快帮我把那个案桌搬过去，黑漆漆的，难看死了。”

“不搬！”老四气鼓鼓地说：“吃饭量肚皮，打米量家底，咋个就是咋个，不要整虚的。”老四犟着牛筋，又像往常一样蹲下去咂烟了。

“你呀，硬是背时倒灶的命，喊你吆鸡你吆鸭；喊你下河你要上架。反着反着地做。昨天，你不在，这屋头的活路，尽是人家指导员和他婆娘带人来做的。”

——一行人，不晓得从什么地方抬了许多东西，在孙狗剩的带领下送到了老四家。老四婆娘惊愕得合不拢嘴：“指导员，这是咋回事？”狗剩哈哈大笑：“你发财了，人家刘老太太给你家的呀，留给顺娃讨媳妇的。”指导员摸着顺娃的脑袋：“顺娃，留给你讨媳妇要不要。”顺娃提了提快要掉下去的裤子：“要。”众人哈哈大笑。

——众人忙着收拾屋子，刷墙的刷墙，裱屋的裱屋，连狗剩也忙得不可开交，石灰溅了一脸一身，尤其脸上一大点石灰，惹得众人哈哈大笑。一个小伙凑着一个中年人说：“指导员梦着那砣油呢。”“难怪呢，听说人家舍得得很，还有，上面重视着呢。”

一个小伙将四娃家的一个已经坐歪了、连草辫子都散了的草墩甩出门去，草墩“骨辘辘”地滚到石坎底。“短命的！”四嫂吼起来，“还要坐的呀！你好大家底，没有坐的，老娘拿你来垫着坐。”众人大笑。小伙也嘻嘻地笑着：“四嫂，不要现穷相了，说不定人家送你套漆过的小板凳，对了，有靠背的那种，凉悠悠、光滑滑的，多好。”四嫂不听，跑到石坎下将草墩提回来了，只是放在猪圈侧边。

四嫂煨了一锅白酒，一半人用土大碗舀着吃，吃完了，又蹲着裹叶子烟。甩草墩的那个小伙说：“今天倒是划算，又记满工分，又得白酒吃，巴不得天天有洋人来。”中年人说：“指导员还在干哪，日头从西边出来了。”一老人喊：“狗剩，快喝白酒了，冷掉啰。”指导员出来，看了看土大碗：“顺娃，到我家拿摞小瓷碗。”小秋嘀咕一声：“心真细哪。”

婆娘突然打住话，老远就有人在石坎下喊：“四嫂，给整得差不多了，我们来瞧个稀奇。”

石坎上，叽叽喳喳站了好些个婆娘、娃娃，打头的，是狗剩婆娘。

“娘耶，恁个漂亮，一辈子长这么大，算开了眼了。”一个瘦婆娘惊叹地叫着，眼睛珠轱辘辘转着，不够使的样子。

“啧啧，这个机器，人影子都照得出，哪里搞来的呀？那回他爹进城医病，看到在廊檐下的一个婆娘踩机器，倒是好得很呀，半天了都没看够，比起这个来，黄黢黢的。等我回过神来，他爹魂影子都不在了，找了几条街才碰着。”众人笑起来。

一个娃儿要去扭收音机，他妈脸吓得寡白，一大巴掌打去，娃儿哭了。“你个龟儿子还要号丧，叫你不要多手多脚。整烂掉，连你爹你妈卖掉也买不起。”娃儿不敢哭了。指导员婆娘说：“自家的娃儿自家管好了，出了事，没有哪个搂得起，还有政治影响。”

沉默了一会儿，到底是些婆娘，又热闹起来了。

“四哥，丧着脸做啥子，难道是怕我们沾你的光？丧嘴垮脸的。”

老四吐口痰，咂他的烟，不作声。

“他发痧了，到我后家帮了两天忙，整病了。”婆娘圆场。

“四嫂，人家来了，好好招待，听说刘家姑娘嫁给了外国大鼻子，票子都是用大背篓背哟，少不得给个千儿八百的。”

老四扭过头，脸色越发难看。

“到时候不要鼻子朝天，做些人模狗样的动作哟。”瘦婆娘瞟一眼老四，尖酸地说。

老四烟咂得“叭叭”响，憋得眼睛发绿。

指导员婆娘不理会：“我就说，人家四哥四嫂会为人嘛，伺候老太太好，这回，不捞一网才怪。”

老四站起来，脸涨得通红，“噌”的一脚，将一只在他面前的老母鸡踢出门去：“烦死人，丧热闹风。”

众人面面相觑，悄没声地走了。

三

岩坎上，老四将条锄顺横了，坐在上面喘气。

天气真好，温热温热的，晒在身上暖烘烘的，但四围的山太大，太陡峭了。绀青色的山，铁桶般将这小山寨箍住，轻曼舒柔的白云，安慰似的轻轻抚弄坚硬的山体。有几只山羊，寂寞地发出了几声叫唤，叫得人心里怅怅的。

"老四，咋个你还有心肠来刨地。到处找你，躲到这儿赏景了。"狗剩汗流浃背地爬上坎来，他的裤管被荆棘勾了几条口子，脸上罩满黄灰。这两天，他一会儿大队、一会儿公社地跑，确实忙得不行。

"老四，刘老太太和她姑娘已经到了公社，过把天就下来。她姑娘到外国好些年，想吃点家乡的特产——竹荪。县里周书记交代一定要办好这件事。公社王主任把这光荣的任务交给我们了。这事，队委会研究，只有你才完成得了。"

"我不去！"老四犟着牛筋。

"老四，这是为啥呢？是不是……"狗剩掏出装在左边口袋的烟来，这是专门发给上面来的人的。"队上决定了，这段时间给你记满分，你借的粮食，也交代过保管员了。"

"不去。"老四还是那句话。

"那，那是为啥呢？"狗剩晓得他是顺毛捋的脾性，耐心地问。

"我立场不稳，忘本变质。"老四硬咬着腮帮子说。到此，狗剩算摸着点脉了，他温和地说："老四，你是个死脑筋。过去的事儿你也不能怨我，那时上级叫这样做。现在，上级叫我们反过来做，我们就反过来做，按上级说的没错。"

"上级叫你吃屎你也吃屎。"

"你！"狗剩有些恼怒了，"咋能这样说。"

"是这个理嘛。"

"好了，老四，不说这些了。这事，算你帮哥的一个忙吧。"狗剩知道老四是牛脾气，服软不服硬，也知道老四见不得别人为难，讲感情得很。

"各家的房子各人晓得，各家都有本难念的经。"狗剩一脸悲戚的样子。"一年窜出窜进，跑上跑下，群众不满意，上级常批评，难哪！

这次上面抓得紧，当作政治任务来完成。搞不好，夹夹鞋有你穿的。老四，你就当帮兄弟我的忙吧！”狗剩说完，注意观察着老四的表情，见他脖子上的青筋没有先前粗了，又说：“小时候，我俩光着屁股在一堆混，放牛时，遇到别村的娃娃欺负我，哪回不是你帮我的忙，哪回不是你帮我将他们打跑的？”狗剩说得很动感情，此刻，他真的激动了。

也许是儿时的往事最能感动人吧，老四缓缓地站起来，扛着板锄走了。到岩坎边，他冷冷地甩了一句：“试试看吧。”

老四的脚被崴伤了。

猴子岩，是这里最陡峭的一座岩，听那名字就知道，只有猴子才上得去。全村只有老四一个人上得去，早些年，他还不时会上去一趟，现在毕竟有了些年岁，腿脚不如以前灵便了，也就没上了。这岩上有片楠竹林，里面出竹荪，一种最珍贵的山珍。

老四费了天大的劲，才在悬崖壁立、人迹罕至的猴子岩上采到了半提篮竹荪。他手脚并用，谨慎而又敏捷地朝下爬，在离地面一丈多高的地方，脚一滑，滑下来了。当即，他贴着石壁的那半边身子就被凌厉的尖石刮破了，鲜血淋淋的，脚也崴伤了，肿得老高。壮牛一样的人，只得睡在床上了。

刘老太太和她女儿最终却没来。刘丽娟在吃完竹荪后，终究没有提起要回山村的兴致，带着她妈，从公社回县城去了。

热闹了一阵的山村终于沉寂了，不晓得从哪里抬来的家具和物件，从老四家又不晓得抬到哪里去了，原来的旧家烂什又被抬回来了。霎时，屋里变暗了，变旧了，变得更沉寂和空寥了，就像人走场空无布景的剧院，叫人心里很不是滋味。

老四躺在床上，叫婆娘将刘丽娟请公社的人捎来的唯一的一袋水果糖和两斤饼干，挨家挨户地分去，小儿子不让，挨了他一耳光，哭了。

日子恢复了老样子，还是那样单调，还是那样沉寂，连狗剩都懒得经常在喇叭匣子里喊这喊那了。

老四的脚好一点了，睡在屋里太寂寞，他摸着爬起来，想到村里走一走。

走到井台边，听到几个打水的婆娘在说话。

“到底是资本家婆娘，看不起我们贫下中农，来了公社，人家都不耐烦来一趟。”狗剩婆娘愤愤地说。

“是嘛，害指导员忙得脚底板翻天，来了么？人家指头缝撒一撒，指导员就有点摸头了。”瘦婆娘尖酸地说。

“别胡说，指导员才没有这想头呢。倒是，你们给听说了吗？刘丽娟给老四家带了好多东西。”狗剩婆娘说。

“不就是点糖和饼干，人家拿来分了，你不是也得到点了么？”胖婆娘说。

“说你笨，一天还吃三顿。那是做做样子的，人家拿点出来，底货自家享用。”狗剩婆娘说。

“哟，真的？”

“怪不得，不图锅巴吃，不在锅边转，老四心机厉害得很哩！”婆娘说。

“我不信，咋个那几天你们忙的时候，他不动手呢，还像气得很呢。”胖婆娘说。

“这就是人家高明处了，装给人看的，两口子一个红脸，一个白脸，演戏呀！”

“啧啧，面带猪像，心中明亮。”

“该他背时，哪个叫他拍马屁。”

老四气得差点背过气去。他踉踉跄跄地走了，他不想回家，他怕见到那刷得白不白、黄不黄的墙，怕见那些花花绿绿、惹人心烦的年画。他慢慢爬到岩坎上，慢慢裹叶子烟吃，心情平静了一点。远处，绀蓝色的山背后，响起了一阵沉沉的雷声，山上的雾浓起来了，将他包得严严实实。他知道，雷阵雨要来了。

坚实的土地

一

杏妹家住在这条名叫“坡脚”的小小的乡街子上，少说也有几十年的光景了。她的爹爹老茂源早年间是个赶溜溜场的小贩，贩点梳子、篦子、红丝绿线、蛤蜊油之类。打他经常落脚在街子上的一个小寡妇家后，不明不白就生了杏妹的姐姐。年轻的老茂源——这个时常穿着铜板厚的毛蓝对襟衣裳，蹬着白毛布底剪子口鞋子，鞋子里还有一双绣着鸳鸯戏水，堪比工艺品的鞋垫子的齐齐整整、干净利落的小贩，从此就定居在这里了。

将耕牛和所有大农具交公那年，老茂源家住进了几个客人。这乡街子后面不远的大山上，到处都长着郁郁葱葱、高大挺拔的松树和杉树。他们是县木材公司派来采购木材的。见老茂源有个贤惠善良、勤劳肯干又善于持家的老伴，见他家里有着农村少有的素净和整洁，就欣然住下了。他们在这个家里，充分地享受到了茂源老伴殷勤的服侍和热情的款待。

因为这，茂源家成了这几位老客的常住店，也因为这，杏妹从小就能经常得到乡街子上其他女孩得不到的东西。比如说小小的圆镜子，那玩意儿当时就不普及，似乎除了区干部王云姐有一面外，其他人就没有。可杏妹就有一面，她经常揣在身上，随时掏出来瞅瞅镜里的那个刘海齐眉、杏眼泛波、鼻孔微翘的面孔，还冲她露出洁白瓷实的牙齿和两个深深的酒窝，那美劲，就甭提了。其他小姐妹羡慕得很，常结了伴来看。杏妹不自私，拿了给大家看，小姐们你抢过来，她抢过去，爱不释手。也有那顽皮的放牛娃子想借去当“照妖镜”——借着太阳的反光将别人眼睛照花，杏妹一概不借。虽然他们答应爬上大槐树，给她采一大背箩又香又白又甜，可以拿来点在豆花里，清香宜人、撩人胃口的槐花儿。

杏妹还有肉红色的化学梳子，还有装在小圆铁盒里的百雀灵，还有一副翠绿的头绳……总之，她经常有这些使居住在遥远而又闭塞的乡街子上的小女孩们瞠目结舌、惊讶不已的小玩意儿。光凭这，杏妹就成了小姐妹中的中心人物。她要上山拾菌子，身后就跟了一溜小丫头。不等她拾的菌子铺满篮底，小姐妹们便把她们拾到的最好的菌子，像什么一窝羊啦、鸡纵菌啦、青头菌啦统统送给她。杏妹要强，坚持不要，小姐妹们就说是送给住在她家的叔叔们吃的。那些叔叔也真傻，说在省城的饭店，这些菌子比猪肉还贵呢。其中一个大一点的姑娘说：“杏妹，前回大家拾的菌子你给他们说了么？我托你请他们买的红绸子买到了么？”杏妹脸一红，心虚地摇了摇头，半天不说话。那个姑娘明白了，悻悻地提起篮子，独个儿走了。走出几步，扔出一串话：“有啥子稀奇，不就是你家住了几个公家人么，长大了，我自家去买。”

杏妹就是这样在小姐妹的羡慕、敬佩、嫉妒中度过了童年。这五天赶一次的乡场，在农村，既是乡民们销售土特产和购进如煤油、盐巴、火柴之类必需物品的经济活动，又是访亲会友、洽谈私事，联络通信的社交活动。“他大爷，赶场来，瞧你，荷包胀鼓鼓的，发财啦!”“没啥，没啥，卖了一对双月猪，扯两丈灯芯绒，打十斤盐巴，

剩一把镍币。来，抿一口!”他大爷将土大碗的边用手掌擦一把，递过来，二人蹲在柜台下，就着酒絮叨开来。大闺女们成群结伙，嘻嘻哈哈，拉拉扯扯，碰到相识的，就相互打趣一会儿。碰到穿着出格、引人注意的人，总要叽叽喳喳地评头论足，那被人议论品评的人，脸上不自在，心里别提有多美哩。

眼一眨，杏妹像含苞的荷花，在风儿的蛊惑下，悄悄地、亭亭玉立地开放了。她长得如同年画上走下来的一般，腰肢纤细，肌肤微黑却润泽；五官精巧，眉目款款含情。

人大了，当然也就不再爱那些小镜子、绸带子之类的东西了。再说，如今，那些玩意儿不说供销社玻璃柜里应有尽有，就是小贩的摊上，也花花绿绿，叫人眼花缭乱地挂着、摆着不少。抱只老母鸡插支草标一卖，少说也买半提箩。

杏妹毕竟是杏妹，她有永远叫人叹服、叫人羡慕和嫉妒的地方。“的确良”衬衣在城里也是俏货，据说穿着和放在柜里的寿命都是八年，而且凉快得像风扇吹着。城里人都难得买到的时候，杏妹不知怎么又弄到了一件。

她对着镜子精心梳妆了好半天。才洗过的头，淡淡地溢出一股素雅芳馨的香味，将刘海微微卷曲了，更显鹅蛋脸的俏丽。然后换上这件水红色的“的确良”衬衣，在镜里左顾右盼。这可不是那巴掌大的小镜子，而是一面真正的方框大镜子——杏妹的爹老茂源前些年从遣送下乡的剃头匠那里买来的，价钱便宜极了。只是镜子的水银掉了不少，亮一块，黑一块。杏妹往最大一块上一凑，那镜子如同中了魔术师的魔法一样，处处增辉。粉红的色调宛若天上掉下的云霞，喜得杏妹像喝了一杯醇厚的春酒，脸也红了，心也跳了。

这一天，别提整个乡场是怎样的震动了。那些山里来的大姑娘小媳妇，那些梳着东洋头、“一边倒”，白衬衣上又套红褂褂的小伙子们，眼睛错了位，脚步中了邪，乱踩乱踏，全然不顾别人的怒声呵斥。杏妹儿时的小姐妹们更是兴奋得不得了，像是自己也穿上了这样的衣服一样骄傲地簇拥着她，来来回回地逛街，一遍又一遍地装作买东西问价钱，往人多的地方走，甚至一遍又一遍地喝木瓜凉粉。这东西两分钱一碗，委实便宜，凉津津的，甜蜜蜜的，解渴又不伤胃，姑娘们实在爱喝。有人以为来了城里的宣传队，想回去叫家人来看戏，及至问清了是街上开小旅店的茂源家闺女时，才吐口唾沫："呸，疯癫癫的，酸木瓜，中看不中吃。"

姑娘们游累了，玩倦了，心里的风帆被一种莫名的幸福和满足填满了，才像一群喜鹊一样飞到杏妹家后园。吃着杏妹摘来的青绿青绿的杏子，将"的确良"衬衣你比试来她比试去。结果，大家说，还是只有杏妹穿着好看。

不知不觉间，随着街边土墙上"农业学大寨"的标语被经常吹起的尘土盖得模模糊糊，比朦胧诗还朦胧的时候，随着第一块土地分到社员手中，银色的犁铧破开了第一垄深褐色的泥地的时候，乡街子上前不久还让乡下人叹为观止、视为稀奇的东西一件件多了起来。先是杏妹家斜对面，以前叫杏妹帮买绸带的那个姑娘王云曼家，她哥在一个煤矿工作，带回来了一台深黑色的、连人的声音都收得进去的匣子，一天到晚放得震天价响。小姐妹们蜂拥进她家。王云曼的哥哥将她们安排在堂屋四周坐定，放了一首软绵绵、轻飘飘，叫人瞌睡虫直朝眼皮爬的歌，还自己爬起来歪脖扭颈翘屁股地扭了一通。小姐妹们羞死了，觉得肉麻，闭了眼不看。王云曼的哥哥觉得无趣，"叭"一下将录音机关掉，去找他的朋友去了。王云曼等他哥走掉，叫拢小姐妹，自个按按键，换磁带，轻巧熟练，那神秘的物体像她手里的小花巾，想咋绞就咋绞，想咋扭就咋扭。看得小姐妹心里像上紧的发条，紧绷绷的。等她弄服帖，小姐妹们的由衷佩服才爆发出来，你一言，我一语，夸得云曼脸红通通的。杏妹第一次没有成为主角，心里怅怅的，找了个背亮的地方坐着，一声不吭。等大家唱够了，笑够了，将录音机拿来放，有云曼的，有娟娟的，有狗妹的……独独没有杏妹。杏妹是金嗓子呀，一亮喉，四乡八里都听得见，清悠悠的，脆生生的。等大家看见她的时候，她的眼睫上挂着两滴泪呢。

二

杏妹要离开家和她老姨母子一同进城去的消息，使得她那帮从小形影不离、情义深厚的小姐妹很是惋惜。这杏妹，总爱做些惊世骇俗的事，总爱在精神和心理上都比她略胜那些小姐妹们一筹，这次当然也不例外。杏妹的爹——那个精明过人又精力过剩、先于大家之前发家致富的老人进了一趟城之后，虽然没有像电影上的陈奂生那样住招待所，却将亲戚家沙发的图纸在大脑里印了下来。回家后，他用根棍子在地上画了图形，叫个山木匠按图纸打了出来，虽然土俗，却也像回事。之后，杏妹爹爹请进城的小马车捎了几包水泥回来，一夜工夫，赤了膊的爹和几个愣头小伙子将河沙混进水泥，管他什么比例不比例，将屋里的地面抹得光溜水滑，叫人不忍心踩下去；她爹爹将原来的旧衣柜拆了挡板，变成了装谷子的粮食柜子，又仿城里的式样打了三门柜，三门柜木纹清晰，色调柔和，漆光可鉴，尤其是中间那面大镜子，尽可任杏妹顾盼流连、随意鉴赏自家的丰姿美容。小姐妹们搞不明白，为什么她竟然置这些不顾，要进城去。这个杏妹呀，你还要什么？

杏妹有杏妹的想法，近来她觉得心里怅怅的、闷闷的、空落落的，好像少了点什么。可少了点什么呢？她也说不清楚。

那天，杏妹家来了个多年没走动的老姨。老人家虽然矮小，精神却很健旺，浅灰色的外衣上套着一件京绒黑马甲，脚穿一双平底方口鞋，人显得干干净净、利利索索。老人家嘴有一张，手有一双，说话间，要做的事也做了。她见杏妹有一截已经过时的料子，拿来铺在桌上，捏着截杏妹用得薄薄的、像刀片一样的香皂片，这里比比，那里划划，三剪两裁，“哒哒哒”在缝纫机上一打，不费什么劲就给杏妹做了件合身量体、式样新颖的衣服。小姐妹们见了啧啧称赞，杏妹更是佩服得五体投地。她央求老太太教她，老太太笑着说：“好杏妹，老姨几十年难得来一趟，你让我舒舒筋骨，换换气儿，你要学，跟我进城去，包准一教就会。”杏妹见老姨跟爹爹叽叽喳喳，经常在说些什么，可一见她来，就不说了。她是机灵人，心想必和自己有关。听说老姨的儿子还没有娶媳妇，只见过照片，人还机敏清秀，只是不知到底怎样。老姨做事挺有谱儿，不直说，只说让杏妹跟她进城学缝纫，正合了杏妹的心意。

三

老姨家住在城里靠西的一个深巷里。这巷子七拐八弯，曲里麻花，窄得只有四五尺宽。还沿着墙根堆了一大堆煤炭，老姨说：“这是一家司机堆的，怕烧到儿子讨媳妇也烧不完。”杏妹不明白这司机是要准备开煤场，还是为了显示优秀和富足。反正，人一进巷，就得像过独木桥一样瞅瞅对面有没有人。杏妹不懂，第一次单独出巷时就在巷中间碰到人，她只得退回去，心里好生不快。

老姨家住的天井更窄巴，四五家人，家家门口都有一堆炭，家家屋角都有一只鸡罩，罩子里都有鸡。这只鸡一叫，那只也叫，此起彼伏，热闹得很。家家都有一只火炉，也是放在檐下，一到傍晚，这家点火，那家放烟，这家切菜，那家泼水。收音机在唱京戏，录音机在放港澳歌曲，妈妈在大呼小叫，学生娃子支张矮凳在忙赶作业，老头儿在给放在煤炭上的花草浇水，憋屈了一天的芦花鸡、大阉鸡、老母鸡在追逐、在找食。真是家家炊烟，户户忙碌。这小城的生活空间太窄了，生活节奏太混乱了。杏妹茫然，无所适从了。

老姨家窄归窄，却很齐整。能利用的空间都利用了，床下以及其他看不见的地方都放满了暂时不用的杂物。墙壁是用印废了的香烟纸反过来贴的，隐隐看得见有些金马在奔，却又很白，这洁白的整体和隐隐可见的图案给墙壁平添了无数乐趣。墙下沿还贴了一圈浅绿色的纸，像办公楼室内的装饰，可惜房子太老，这儿凸出来，那儿陷进去。老姨家人不多，一个女儿，一个儿子，都大了。他们就用旧的布单挂上，以示男女有别。

杏妹从来不失眠，这天晚上，她却睡不着了。屋里闭了灯，一团漆黑，但显不出静谧。这儿那儿都是鼾声，老式挂钟的钟摆声，以及窸窸窣窣的不知什么声。这些鼾声似乎都触手可及。粗犷的、深沉的，像地震一样低啸的，无疑是大姨的儿子春林发出的。她突然感到害臊，这么多人挤在这小小的、古老的房间里，气息声混合着、回荡着，刺人耳膜，除了从心理上挂起一块布幔外，还有什么办法呢？她想起她那个在楼上的、只属于她一个人的房间，松木的楼板，刨得光溜水滑，释放着淡淡的香味。老式的雕花床，宽大平整，是母亲留下的纪念。临后街的窗外，是自己的菜园，杏树的树枝斜逸到窗前，信手就可以摘一枝来插在花瓶里。天气好的日子，她不关窗睡，让温馨的夜风将淡雅清悠的花香送到房间；偶尔起风了，天亮时，自己的桌上、被上、头上到处沾着星星点点的花瓣。

她想起了老姨的儿子春林，这小伙没工作，在车站各处当临时搬运工。他不像小说中写的那类蓄着长发、留着小胡子、穿着胸前印着洋文，肥大的喇叭裤脚比腰身粗的，见到姑娘就抛飞吻、打拍子的青年。相反，他很沉静，沉静得有些忧郁；他很稳重，稳重得连该说的话语都省掉。他见到杏妹，既不惊讶慌张，也不热情招呼。只是淡淡地打了个招呼，点点头，然后倒了半桶凉水，蹲到门外冲洗去了。冲洗完，他换了套干净的衣裳，泡了杯浓茶，独自蹲在石坎上，不和谁说话，慢慢地喝茶，直到将五磅热水瓶喝完了才进屋。

第二天，杏妹独个儿上街去买菜。老姨一家人都是忙人，早上起来匆匆忙忙走了，将钥匙交给杏妹。

街上到处是花花绿绿的广告，到处是大门敞开的商店，到处是摆摊的小贩。商店里，一个柜台坐着五六个营业员，打毛衣的打毛衣，吹牛的吹牛，好像没得什么事。有个卖书报杂志的商店，摆了十一二种杂志，却坐着六个营业员。杏妹平时爱看杂志，一下子买了七八种。她看到柜台里稀稀落落所剩不多的杂志时，心里有些难过，她不明白这么多人靠什么生活，这样闲着多难受。

当她买了菜要转回去时，突然见到一辆拉满货的汽车迎面而来。几个蹲在街口的青年人突然像张满弦的利箭，倏地射到汽车的车厢上，车一点也不减速，而那几个人却像旧小说里飞檐走壁的剑侠，稳稳地伏在货堆上。其中一个跳到驾驶台的站板上，一手抵住车窗玻璃，一手扬着一包锡箔纸包的香烟，把头够进窗里："师傅，到哪里下货，我们帮你，又快又好又不损货物，价随你开。"驾驶员停了车，满脸怒气地下车来，叉着腰，朝车上人大吼："滚下来，妈的，不要命啦，碾死你事小，你要害老子蹲班房？"几个人讪讪地下来，嘴里还在说："师傅，我们帮你卸，照顾这一回吧。""老嘴老脸的了，赏回脸。"驾驶员骂骂咧咧转身要走，先前爬在驾驶棚的那小伙挡住他，双手将烟递过去，司机一挡，烟掉在地上。小伙也不恼，腆着脸："高师傅，我们打交道也不是一回两回了，场面上得撒开点，前回就说照顾我们，咋个又反悔。昨晚几个兄弟打到一只牙狗，还叨念着你呢，今晚赏光，来整二两。"司机不耐烦地摆摆手，默许了。这帮勇士又跳到车上。杏妹眼热了，心里好一阵难过。那边作揖递烟的就是春林呀，她不敢想下去了。

老姨兴致蛮高，买了四张票，说是新片子，叫吃完饭一起去看。春林支支吾吾，说是有事，老姨面有愠色，说："啥事恁多，白天搞不完，晚上还要搞？"春林不搭腔，面有难色地退到后面换衣服去了。

杏妹和老姨她们看完电影出来，时候还早，老姨称了两毛钱的葵花子，让她和表姐慢慢嗑着，顺着大街闲逛。老姨指着照得夜晚的街道像白昼一样的街灯说："城里就是好，不像你们那里，一到晚上黑黢黢的，鬼都打得死人。"对这，杏妹倒没有异议，但她觉得憋闷，人多得像雨后冒出的蘑菇，这里一簇簇，那里一串串，更像突涨的暴雨，将街的河床涨得满满的。街两边，卖画片的、卖甘蔗的、卖凉粉的比白天还多。突然，杏妹眼睛一亮，她几步走到路边的一棵电线杆边，好奇地打量着一个老太太，接着，忍不住掩嘴笑了。原来，这老太太不知从什么地方弄来一套玩具枪，她将一个猫头鹰的模型挂在电线杆上，这猫头鹰里面大概有什么装置，只要将枪瞄准射中，猫头鹰的眼睛就会眨动，还会放光，一闪一闪的，更有趣的是在眨动时，会发出一声声跟猫头鹰别无二致的声音。这也不奇，奇的是这老太太是典型的老派妇女，三寸金莲的小脚上还缠了裹脚布，头上朝后挽了个髻，穿件长过膝盖的对襟布疙瘩衣裳。她像职业的射击运动员一样眯着左眼，伸直右臂，一枪又一枪地射击。她的枪法好极了，几乎发发都中，所以猫头鹰的眼睛不停地眨，咕咕的叫声不绝于耳。但是她的生意并不好，没有人愿丢二分钱来射击，因为不远处还有几个这样的由小伙子经营的摊子。杏妹笑过后又觉得心里老大不忍，摸出两毛钱递给她。老太太殷勤地将枪递过来，杏妹谢绝了。

路上，老姨好一阵责怪，说不该拿钱给她，说这老太太本是农村人，异想天开地来城里发财。杏妹听后背一阵凉，仿佛老姨在说自己，忙加快脚步先错开老姨。

凌晨了，春林才回来。他喝得酩酊大醉，刚推开虚掩的门，就跌了一大跤。老姨和表姐费了很大力气，总算将他搀扶到床上。过了一会儿，他醒了，低低地在床上抽泣。老姨慌了，问他啥事，越问，他越哭，哭得那样伤心。杏妹有生以来第一次听到一个男人这样哭，这哭，包含了多少屈辱、苦楚、愤懑。这是一个恢复了人的自尊时候的哭，这是一个灵魂受到鞭打后痛苦地抽搐的哭，哭得杏妹心里酸酸的，哭得杏妹恨不得也跑到旷野里，放开喉咙大哭一场。

这一夜，杏妹怎么也睡不着。表哥经过一阵声嘶力竭、发自肺腑的痛苦嘶嚎后，现在沉沉地睡着了，沉重的劳作和极度压抑的痛苦使他疲乏了，虽然他在睡梦中还在发出深深的叹息。杏妹感到一阵从未体验过的惆怅。窄小的屋因为没有光亮而不复存在，也因为没有光亮而感到空旷。她隐隐地感到城里的一切非但不能使自己充实一点，反而强烈地刺激着她稚弱而又渴求着某种希望的心。她记得当她穿上那件色彩艳丽，剪裁得体，凸显她身体优美线条的服装上街的时候，小巷里无事的、蹲在石坎上的、站在老榆树下的大嫂子们、小伙子们，发出了各种各样意味的笑声：“瞧，上海包装，乡下货，一身土味还装洋哪！”“这种人，苞谷皮皮还没消化干净，狗插皂角，装起洋（羊）来了。”她臊得一阵风似的跑开了。小城里一切是紧张的、烦乱的，每个人都在忙，每个人都为了占住自己生活的空间而努力着，但这里没有她的位置，她甚至觉得这里也没有老姨和表哥春林的位置。虽然老姨一再地、不无得意地自诩城里人，虽然春林作了最大的努力保持着他的生活位置。但这些对杏妹都没有什么诱惑力了。她想立即回家，回到那条古朴、简陋，但又实实在在的乡街子。回到那些成为土地的主人，在坚实的土地上浇下一滴滴汗水，播种下希望的小姐妹中去。她突然强烈地爱上了乡下的房子、房子背后的菜园，以及承包在自己名下的小河边的那块黑油油的土地。在这块土地上，她的灵魂会得到净化，空虚的心会得到充实，应该得到而没有得到的东西会如愿以偿。她觉得老姨和表哥到那条乡街子上也许会比现在好得多，姨妈那一手漂亮的剪裁技术会把小姐妹们打扮得像出水芙蓉似的，自己家宽敞的临时房子够她使用的了。她每天为了占一个当街的摆摊地点去和人家争吵，老太太间的污言秽语够难听的；春林会修收音机，可在城里靠这为生，没门，有一条街一溜溜摆了几十铺修这东西的摊子，轮不上他。如果在乡下有这样一铺摊子，人们就不消抱着那样大的匣子进城了。

杏妹睡着了，睡得挺稳、挺沉。她嗅到了甜润润、凉津津，沁人心脾的晨风，她梦见了长满庄稼的绿得滴水的土地……

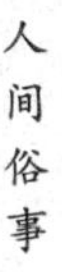

老　屋

一

胡源下了车，直奔爷爷的家。爷爷的家在小城的一条深巷里。

胡源的爷爷叫胡四，人称胡四老爹。胡四老爹家也算是小城的老户了。记不得多少年前，他们迁到这座小城，当然也就在这座房子里生活了。

你瞧那门，不得不佩服木匠祖师鲁班的弟子们的聪颖。门分里外两层：外层是“签子门”，说句洋话就是栅栏门。签子门后一公尺，才是正儿八经的木板门。这多好，多保险，有人来了，打开里门，从签子门中望出去，该招呼进来的，招呼进来；该打发走的，打发走；若是歹徒，隔着门，也犯不了科。

有了两道门，屋内自然黑，也潮湿。可胡四老爹习惯了，觉得幽静。他喜欢一个人坐在火塘边，喜欢在火塘边细细地裹叶子烟；喜欢将那五六尺长的、缀着一串道光年间铜钱的烟袋伸到火塘里点火，腰都不用弯；他也喜欢半眯着眼，似睡非睡地坐上一下午。

日子就这么平平静静地流淌着，不知不觉，老人家就到了古稀之年。妻子几年前就作古了，只有一个儿子在省城带着家小过日子。儿子要接他去，他无论如何也不肯。他的根在这儿，在这座古老的小城里。

为了照顾风烛残年的胡四老爹，儿子将去省城教书的胡源调来守在爷爷身边。

二

“砰砰砰”，胡源放下手提包，叩了好一阵的门，老爷子才终于听到敲门声。开了门，见门前站着个陌生人，穿着一套浅灰色的衣服，脖上还系了一条红白相间的脖领儿。这样子，胡四老爹在中华人民共和国成立前见过，那时小城来了几个洋人，说识宝得很，来盗宝的。

胡源叫了声爷爷，老爷子愣了一下，醒了过来，才晓得是孙子胡源。

进了屋，老爷爷忙去掩了门，屋里变得阴暗起来，门外的光，经过两道窗纸的过滤，变得很微弱，屋里的家具模模糊糊的，像蹲在暝色中的猛兽。胡源仿佛来到了另一个世界，来到一个他完全不认识的世界。还没待他的视力完全适应屋里环境，一股又潮又腥又霉的气味直冲鼻腔，这是一种空气被凝固了的气味，是一种久远而陈腐的气味，熏得他直想呕吐，他掏出手绢掩了鼻，忍住了。这举动被爷爷看见了，老爷子皱了皱眉。

最使胡源惊讶的，是堂屋里还放了一口沉重的、硕大的、黑漆老寿材。

屋里光线本来就不好，又放了这么一口沉甸甸、黑黝黝的老寿材，这使胡源感到有些惊悸，心情更加压抑，还有一丝忧伤。他想找点什么东西给寿材罩上，才走近，“喵”的一声，只见一只和棺材一样颜色的黑猫，蹲在棺尾，眼里闪着绿莹莹的光。

这寿材，是胡四老爹辛辛苦苦置下的。在小城，人们把死的事看得比活的事大。譬如老人生前的生活尽可以过清贫些，但下葬的时候一定要大操大办，否则，死者不放心，活人要挨骂。胡四老爹日子再紧巴，也要一分一文地攒。几年过去，居然购置了这具上好的、令多少老人都羡慕的好寿材。

天才亮，胡源就醒了。他不想再睡，房间里的空气污浊得不行，憋闷得不行，光线几乎没有，白天和黑夜区别不大。他不明白房间里为什么不开窗，他记得小时候和爷爷住在这房间里时，对空气好不好、光线够不够没什么感觉，他只记得这房间外有棵小桃树，春天，桃花灼灼，他想看桃花，还要从屋子里绕出去。他想，如果能在墙上开个窗就好了，可爷爷说，这窗是不能开的，因为祖祖辈辈都是这样。读小学时，他还用半截粉笔，在墙上画过一个歪歪斜斜的窗呢。

三

胡源要改造屋子的计划，倒是没费什么力就得到胡四老爹的批准了。老爷子知道，孙子二十五六岁了，要做些准备，若是现在这样子，任是啥人也讨不进来的。

开工那天，老爷子早早就起来了，似有无限眷恋。在屋里东摸摸、西摸摸，走走停停，停停走走。几十年了，他都在这屋里生活，这屋里的一切，他都那么熟悉，要拿什么东西，眼到手到，不会拿错的。这屋里的东西，他又那么有感情。那把锑壶，自己动手补了多少次；那张吃饭的小方桌，钉了多少张铁皮，费了几多心思。尤其是外面的签子门，像老朽的枋条，一碰就碎，他用竹片衬着，用铁丝缠着，虽然像打了石膏的伤腿，但照样牢牢实实的。

爷爷迈着沉重的步子，走到签子门边，他站住了，深情地抚摸着签子门。那张憔悴的脸上，隐藏了多少艰辛，多少眷恋？瘦骨嶙峋的手臂上，蚯蚓般攒动着一团团青筋，像古老的钟鼎文。胡源目送着爷爷蹒跚地穿出深巷……

胡四老爹走到巷口，听到背后传来“噼呖啪啦”的巨响，他心中空落落的。扶着墙，看见老屋像被爆破一般腾起一股灰尘；看见屋里的东西被年轻人“稀里哗啦”毫不心疼地甩出来。看见签子门被他们撬的撬、扳的扳、拔的拔，眨眼工夫，就出现了一个巨大的豁口。他感觉自己的肋骨隐隐疼痛，感到那个巨大的豁口和弥漫的灰尘向他扑来，要将他吞噬。他的心里一阵胀痛，眼前渐渐迷蒙。

房子终于改造完毕，胡四老爹被接了回来。一进门，老爷子觉得眼睛不好使了。屋里全变了样：早先的两道门拆了，修成砖墙，砌了三扇窗子，几道强烈的光线射进来，屋里变得明亮而温暖；墙重新刷了，白得晃眼，下半截漆得蓝殷殷的；地下打了水泥，干生生的；他那宝贝寿材也被挪到了墙角，上面还加盖了草席；房背后也开了窗，亮堂堂的。窗外那棵桃树早死了，没人管，干死的。远处正在修一幢洋房，人像蚂蚁一样爬上爬下，热闹得很。他怨恨自己咋不早点跟孙子打个招呼，这房间能开窗么？自古以来的规矩，房间是不兴开窗的，这房间是留给后人结婚用的，难道做那种事也要现日现天？可这是孙子辈的事，不好言于人前的。老爷子顺手捡块烟纸盒子，用来挡住窗口。

第二天，老爷子发现烟纸盒子被扯了丢了，他忍着气，又拿来挡上，后来又被扔了，爷孙俩展开了拉锯战。如此几次，直到好性子的胡源发了脾气，才作罢。

四

美好的东西始终是美好的。胡四老爹在这经过改造的，保持了原来建筑风格，但更加明亮、整洁、干燥的环境里，渐渐觉得适应了，觉得舒服了。虽然他心里有些迷茫，虽觉得现在这个环境是舒服的，却又不由自主地怀念过去。但他不再埋怨屋里太亮了，亮一些，人也多几分精神气儿；他也不再埋怨录音机太闹，闹一些，总比听老鼠打架好得多。

爷孙俩的生活，终于趋于和谐。

然而……

胡四老爹一生的夙愿，就是拥有一口上等寿材，他认为那是人的最好归宿。小城里的老人们对火葬深恶痛绝，提起来就恨得牙痒，如果发明火葬的人站在他们面前，他们会毫不留情地将他撕成碎片。胡四老爹吃咸菜，煮老白菜帮子，病得连哼哼的力气都没有了，也舍不得买颗药吃。当他一分一分地抠，一厘一厘地攒，终于攒足三百元时，他异常兴奋。他邀了几个懂货的老倌儿，到小酒店里扎扎实实地喝了一顿酒，郑重其事、神色庄严地来到木材市场，经过反反复复的比较，反反复复的鉴定，反反复复的争议，反反复复的磋商，终于买了一口众人都称赞的寿材。当人们簇拥着寿材往回走时，在众人投来称羡的目光中，胡四老爹感觉到了自己存在的价值，以及自己作为一个人的地位和尊严。他的背无形中挺直了，说话也变得豪爽起来。

新家具购来了，这是胡源倾其所有买来的。这套家具造型大方、美观，充满时代感。明快的乳白色，看了使人觉得很舒坦、很熨帖。但这套新家具和那寿材摆在一起，无论如何也协调不起来，因为它们之间对比太强烈，反差太大了。尽管胡源给那沉甸甸、黑黝黝的寿材加盖了一床褪了色的旧床单；尽管他在寿材前头放了块纸板，又在纸板上贴了一幅生机盎然的水彩画，但那沉重感、压抑感和不协调感总也无法从他心里驱散。

这天，胡源学校里的几个青年教师来玩，正称赞胡源的房间，称赞他的新家具时，一个女教师看见墙边凸立着一个什么，掀开盖在上面的被单和草席，吓了一大跳。“妈呀，好怕人，胡源，你咋摆个这种东西在屋里?”胡源脸上一阵发烧。正要答话，爷爷却端了一盆水来，要给寿材“擦身”。胡源知道他要做什么，心里很火，又不好发作，“改时行不行，这么多人，真是的。”爷爷说：“不打紧，不打紧，你们玩你们的，影响不到我。”胡源来了火：“你不要抹了行不行，你不烦也不怕别人烦，遮盖好，还要弄出来丢底现形。”“丢底现形……”爷爷气得脸色煞白，“我怎么丢底现形了，我没偷、没抢，我，我就想死了有个落头……”胡源本想发作，一看屋里还有外人，终于忍住了。他气得脸上青筋暴凸，急剧地咳起嗽来。

当他办好未婚妻的调动手续，商定了结婚的日子，并写信告诉未婚妻屋里的陈设时，那个远在省城理发室工作的姑娘，来信表示无论如何也不同意这样做，她在信中说：“你想想寿材和新式家具，喜事和代表死亡的东西放在一起合适吗？太不吉利了！远在省城，我就感到阴森森的，我希望我来的时候不会看到它……”

胡源心情很矛盾，爱人希望得到的是一个崭新的跟过去没有任何联系的屋子。而爷爷……自从经过了那晚上的冲突以后，他实在是不忍心再提出这个问题了，至少目前不行。他陷入了痛苦之中，常常一个人拿起信来看，看了又陷入沉思，尔后又拿起信来看，看了又放下，神魂不定、食不甘味的样子。

爷爷知道是那封信引起的，但他不识字，不知道是什么内容。这天，趁胡源上课去，他从胡源枕下抽出那封信来，拿到街上请帮人算命、写信的人看了，终于知道了信的内容。结果老爷子也陷入了苦闷之中。

连续几天，老爷子都是早出晚归，一句话也不说，脸色很不好，心事重重的样子。

又过了几天，爷爷才心情沉重而又非常决断地说：“地点我找好了，在老君庙，你叫人将寿材抬去寄放吧。”

胡源非常吃惊：“爷爷，这……”

爷爷说：“不用说了，抬去吧。”

抬寿材那天，气氛凝重而沉闷，像真的给爷爷出殡一样。

渐渐地，沉重、凝滞的气氛消散了，这个家真正地与现代文明协调了，胡源也渐渐变得轻松了。可爷爷打那以后就没露过笑脸，总是很忧郁、很沉重的样子。

这天晚上，胡源一觉醒来，见屋里亮着灯，爷爷披着衣，脸色很悲戚，站在堂屋中“咕咕哝哝”地讲着什么。继而，他伸出手，浑浊而又干涩的眼里发出光来，他伸出手来作摸索状，很愉悦欢欣的样子。

胡源知道爷爷是产生幻觉了，心里一阵发酸，忙扭过头去。

家里，仍是充满沉重的气氛。

又是一天晚上，一个很大的炸雷把胡源从梦中震醒过来，外面雨声很大，爷爷会去哪里呢？他急了，头上冒出一层毛毛汗来。一想，肯定是去老君庙了，他是不放心哟。撑了伞，踏着满街横流的泥水，胡源感到了一阵寒意。已是初秋，高原的天气，一下雨是很冷的。他想到爷爷，唉，为了他那个固执的信念，什么都不顾了，

他终于到了老君庙，风雨中的老君庙像个巨兽似的蹲在那里，黑黝黝的，叫人心惊肉跳。才到大门边，又打了个炸雷，震得他目瞪口呆。闪电过后，周围更黑了。这座庙早已年久失修，正殿做了纸盒厂的一个车间，这间偏厦也破烂得不行。他摸到庙门边，见门是被锁着的，窗子却开着，老爷子没有钥匙，居然从窗子翻进去了，唉，也不知跌倒没有。

他见老爷子将雨衣盖在寿材上，但雨衣太短，盖了这头顾不了那头。他又想移动，却是徒劳。老爷子身上被房上淌下来的雨淋透了，冷得瑟瑟发抖却全不在意，一心一意地在那里给寿材挡雨。胡源赶紧从窗口跳进去，将身上的衣服披在老爷子身上，又用伞给他撑住。想不到，老爷子接过伞，又将伞拿去给寿材遮雨。胡源气懵了，硬将老爷子拽着回去了。

爷爷病倒了，这么大年纪，身体又弱，这一病结束了他的生命。

爷爷终于躺进了他认为世界上最好的眠床里。死时，他的脸上看不出一丝痛苦，嘴角还残留着温馨的微笑和满足的神情。

尽管邻里熟人都谴责胡源，说年轻人容不下老年人认为有价值的东西，但各种各样的议论很快就过去了。

老屋终归变成了新房，胡源不久后便欢欢喜喜地在新房里举行了婚礼。

卖豆腐的秀女

天黑麻麻的，秀女就醒了。她的眼多涩呀，她多想闭着眼睛再眯一会儿……

娘在灶房里忙乱着，灶里煮豆腐的柴火毕毕剥剥地响着，那声音，听着也亲切，透着温馨的气息。灶火很旺，将灶房的下半截映得通红，一团团的水蒸气将娘围住，像剪影似的。灶房小，盛不下彤红的火光和乳白色的蒸汽，溢到秀女房间来了，红红的火光使她疲惫的脸上漾出了青春的色彩。

秀女多贪恋这温暖的家，她今天多不想出门。

娘听见了窸窸窣窣的声音，知道秀女起床了，忙从锅里舀了一大瓷碗豆浆，又从瓶里“刷”地倒了好多好多的糖在碗里，端进来给秀女喝。娘见秀女坐在床沿，目光怔怔的，脸色也不大周正，忙将碗递给秀女：“女，快趁热喝了吧，才开锅的。看你，瘦了。”秀女将豆浆接过来，“咚”地放在床头柜上，烦躁地说：“头不梳，脸不洗的，喝什么豆浆。”娘又伸手到她的额上：“莫不是病了吧，去不起别去了，歇一天吧。”秀女将娘的手挡开：“莫烦人，不要颤惊惊的。”娘叹了口气，出去了。

确实，秀女是个温柔女，什么时候会发脾气呢。

秀女心情确实不好，昨天，为了摆豆腐摊的一个位置，她受了好大的气哟。

这一年多，秀女一直在县城里一个商店的门口摆摊，这里当阳，人多，生意好做。这婆娘来了，毫不客气地占了她的位置。秀女迟了一步，见有人占了自己的位置，她心虚了，胆怯了，红着脸，像做错了什么事似的走到那婆娘面前："大嫂，这里是我的位置，请你挪一下。"可那婆娘昂起头，凶巴巴地说："你咋个恁个没得谱，这地点是哪个的？捡块瓦片、拈根谷草都是政府家的。你拿出纸来看，天上到哪里，地下齐哪头？前头有几尺，后头有几丈？是你的，我马上挪窝子！"她说的纸是指地契，秀女哪有什么地契呢。秀女不习惯和人吵，当街十面，舍嘴拾脸的，她被这婆娘的一串轱辘话气懵了，半天说不出话来。那婆娘得意地坐下了，拿出一双毛布底鞋垫，从容不迫地纳起来了。

这天，秀女没卖豆腐，回来了。

秀女挑着担子出门了。门外，是一条通向城里去的土路，路的两边，是两条被牛车的木轮碾成的深深的车辙，车辙中间，路面不知怎的被踩得像阶梯似的，人在上面走，须得一蹬一蹬地跳，像上一条通往城里的天梯。小时，秀女很爱一蹬一蹬地跳，觉得挺有趣，她多想这样跳着进城去呀。可爹和娘不让她去，也从不带她去，怕她要这要那，他们没钱买呀。前几年，爹还没死，进城卖豆腐是爹的事。爹每天从城里回来，总阴沉着脸，一个人蹲在火塘边抽旱烟。要不，就是掏出那不多的零票票、硬币，数了又数，最后叹口气，一并交给娘。那时，她觉得多么奇怪呀，进城卖豆腐，不是玩儿一样么；她多不想把自个儿拴在石磨上，拴在灶房里，她多想看看那花花绿绿的世界呀。秀女把这想法和爹说了，爹默默地看了她半天，最后，低头抽烟去了，没说一个字。

现在，她可知道爹当时的艰难了。那些年，买豆腐是"走资本主义道路”。爹有病，下不了大田，一家人的吃喝没有着落，才打起了卖豆腐的主意。他们家，从爷爷辈起就做豆腐，在这一带挺有名气，队长知道她们家的困难，对做豆腐的事睁一只眼闭一只眼。可进了城就不一样了。那时，市管会管得严，不准私人的东西上市，见了就要没收。有一次，爹偷偷地将豆腐挑到城里一条小巷去卖，被市管会的人发现了，要将豆腐没收，爹苦苦哀求，几乎要跪下了，可人家不吃这套。几个人提起担子就要走，爹一把拽住绳子，不让提，可咋个是人家的对手呢，几拖几拽，一箩豆腐打翻了，一方方雪白的、滋嫩的豆腐打碎了，爹抓起一块块带泥的豆腐朝嘴里塞，塞得眼睛暴凸，腮帮鼓胀，喉结嚅动。塞了一嘴又一嘴，连看的人也忍不住背过了身子。

爹死了，轮到秀女进城卖豆腐了。她去的时候，街上到处摆满了各式各样的摊子，卖东西再也不受管了。但卖的人一多，摆摊子的位置就成了问题。

秀女想起她第一次进城卖豆腐的情形。

那天，秀女挑着担子转了半天也没找着个合适的位置。卖豆腐要赶早，迟了，要跌价的。别人的已经卖了半挑，她的还没开张呢。总算，秀女看见一个商店的门前有一个空位置，她兴冲冲地几步走过去。可刚摆下，就出来一个三十来岁的肥胖的妇女，生着重叠的下巴，样子很凶悍。她用手指着秀女：“挑开挑开！你没长眼睛吗，这是什么地方，不要影响我们营业！你倒是机灵得很，见缝就钻！”秀女第一次出门，没见过这阵仗，也没被谁大声地吼过。她又羞又气，满脸通红，怯怯地站在那里，像一只从深山里跑进闹市的小鹿，不知该怎么办好。那肥胖的妇女见她不动，又逼上一步：“你挑不挑，不挑我就把你的担子掀了，掀了还要找你要手工钱！”秀女弯下腰收拾担子，心里很难过，眼泪“吧嗒、吧嗒”地落在豆腐上，像被一阵风刮落的绿叶上的露珠。

这时，店里出来了一个既秀气，又显得有些病弱的女子。她对那

胖妇女说："算了，算了，人家小姑娘出来卖豗豆腐不容易。抽浆磨水，起更熬夜的，如果你被人这样整，你心头安逸吗？"那胖妇女乜斜了这秀气的妇女一眼，瘪瘪嘴说："你心好，我一个人做恶人，背骂名。一门口整得乱翻翻的，像乱坟园，成什么样子。"

那秀气的妇女笑笑，没吭气。

从此，秀女就来这里摆摊了。

秀女乖巧，又勤快，她知道，如果不和商店的人搞好关系，在这里是摆不长的。商店里每天都要去取货，手扶式拖拉机一来，店里的人就发愁。这个商店除了秀气的林姐和那个胖胖的胖姐外，其他几个都是卖杂货、卖酱油出身的老太婆，甭说搬东西，看着她们的半大小脚和一扭一扭的身子都使人发愁。店里只有胖姐身体好，但货一来，她不是去取款，就是带小孩。只剩下像柳枝般婀娜娇弱的林姐和几个老太婆。秀女生得单薄，但有力气。庄稼人，没力气可不行。她闲不住，也看不过意，"蹬蹬蹬"地跑去帮忙，又快又麻利，一拖拉机的货大半都是她搬完的。

林姐心好，刮风了，下雨了，她总要将秀女和其他在门口摆摊的人叫到门内避雨；天冷了，打霜了，她也总要叫秀女她们进来烘烘手，暖暖脚。有时，见他们的担子太重，就叫她们将小凳儿什么的放在店内，第二天再来取。秀女敬她，爱她。有一天，秀女赶个早，天才亮就到城里，见柳枝儿一样的林姐在卸门板，沉重的门板压得林姐打了个趔趄，秀女好心疼，忙去帮她卸。以后，逢到林姐值班卸门板，秀女就起个大早，出门时，星星还在眨眼，田野还在朦胧的睡梦中，草尖上的露水打湿了裤脚，冰凉，秀女顾不得，急慌慌地赶到城里，为林姐卸门板。

胖姐就不同了，她对秀女们总是那么不客气，经常丧着脸，像借了她的白米还了她粗糠一样，只有叫秀女她们做事的时候，她才会从肥胖的脸上极费劲地挤上一丝笑容。那笑的样子，也叫人很不舒坦，秀女宁愿她不要笑。她见秀女她们对林姐好，心里老大不高兴。一天下雨，秀女她们照样将担子挑到檐内，照例到门内避雨。恰巧上面一个干部来商店检查工作，他见状心里很不舒服，脸上布满阴云，但也未开腔。这时，胖姐在隔壁柜台喊："刘同志，你过来瞧瞧，这种药调过价没有。"这刘同志过去后，胖姐叽叽喳喳地讲些什么，过后，林姐受到了批评，当月的奖金险些被扣掉。

胖姐还爱占便宜。秀女卖豆腐的第二天，胖姐从柜台里出来了。她先到一个豆腐摊前，掐了一坨豆腐往嘴里塞："哟，这豆腐咋个这样老呀，木渣样的，锯子都锯不动。"走到另一个摊前，她用手压了压豆腐；"嫩得淌水，当真乡下的水不出钱呀。"走到秀女摊前，她又掐了一坨放在嘴里，方方正正，雪白滋嫩的豆腐缺了一个角，龇牙咧嘴的，多难看呀。秀女不吝啬，但她爱美，爱整洁。胖姐嚼得差不多了，才说："这豆腐散糠糠的，莫不是没将渣滤掉，味道也不咋个周正，有股煳味。"秀女脸一红："胖姐，哪里呢，卖给人家吃，也当自家吃，咋能那样呢。"胖姐说："算了，矮子里面拔将军，没得朱砂，灶心土也充数，将就一块吧。"豆腐称好了，胖姐接过秤去左看右看，看得人心烦，秀女不过意，又切了一小块递过去。胖姐接过豆腐开始掏钱，左掏右掏，都掏不出钱来，"瞧我这记性，昨天换衣裳将钱换在脏衣裳里了嘛，明天给吧。"林姐在柜台里喊："我这里有钱，拿去垫着吧。"胖姐脸色有些不好，"一人不烦二主，就欠她的吧。"另一个卖豆腐的小伙子说："你柜台里的钱有的是，先垫着吧。"胖姐狠狠瞪那人一眼："你硬是说的比唱的好听，商店是我开的，能乱拿钱？我要是有那个脾气，早就发了！"她拿起豆腐，转过身，对小伙子说："嘿，你咋个搞起的，没长眼睛啊，挑开，挑开，路都没得了，我们不做生意了？"

胖姐就经常这样来买豆腐，有时一连几次不给钱，装作忘记了，即使给了，也经常欠点零头。

一次，秀女带了些生洋芋来，在林姐的火炉上烧了吃，林姐吃了一个，不吃了。胖姐走过来："哟，小林，咋个不吃了，吃不惯这土

果果呀？你硬是瞧不起贫下中农。”说着，自个儿拿起最大的那个洋芋，用篾片刮得干干净净，黄生生的，吃得满嘴里冒热气。连吃几个后，她说：“秀女，你的洋芋肯定是沙地洋芋，干生生、面乎乎的，真好吃。是不是卖点给我？”秀女知道，她是又想要洋芋了。第二天她背了小半背篓来，送给林姐一大半，送给胖姐一小半。林姐在柜台那边说：“算了嘛，人家秀女一点心意，给她钱倒显得不领人家的情了。”第二天，林姐拿来了一块鲜红鲜红的围巾，说：“秀女，这围巾是我老头从外边带来的，我有好几块，颜色太艳了，戴不出去。你是小姑娘，戴着正合适。”秀女要给钱，林姐说：“除了钱，就没别的了？”秀女脸好一阵烧，把钱收回了。

胖姐有个小男孩，三四岁的光景，虎头虎脑的，眼睛圆圆的，大大的，蛮逗人爱。秀女很喜欢他，没有人来买豆腐时她爱逗他玩，给他讲些大灰狼吃小山羊之类的故事。在商店门口摆摊的，有卖豆腐的，卖凉粉的，卖橘子的，还有卖柿子的。胖姐一看卖柿子的老头一来，就对小家伙说：“咪咪，你看，老爷爷挑着啥子来了，你看，老爷爷在叫你呢，快去。”不懂事的咪咪跑过去，歪着头说：“老爷爷，柿子真好吃，是吗？我要吃多多的。”老头不过意，忙拿了几个给小咪咪，小家伙左啃右啃，吃得一嘴黄生生、脏兮兮的。秀女心里好一阵难过，可惜了一个多好的小鬼头。

一次，小咪咪要吃生豆腐，秀女说：“咪咪，冷豆腐不能吃，吃了肚子疼，孃孃买别的给你吃。”小家伙不懂事，偏要吃冷豆腐。胖姐看见了，凶狠狠地一把将咪咪扯进去：“贱鬼，你家三辈人活二十一天，连豆腐都没吃过，做出这种下贱样子来。来，我买奶糖给你吃。”说着，从玻璃瓶里抓了一把糖给咪咪。秀女心里好一阵难过，眼泪从眼角溢了出来，背过身，悄悄擦了。

秀女觉得有些累了，停下担子，站着休息起来。

生意虽然难做，秀女毕竟熬过来了。做了一两年的生意，家里居然有了两千多元的存款，娘什么时候见过这么多钱呀，每天都要打开装钞票的小黑匣子，一遍一遍地数，流着泪，说爹要活到这年头就好了。娘在家用推豆腐的渣又喂了四五头大肥猪，卖了四头，得了一千多元，留下一头自家吃。家里的两间烂房子也被修得新崭崭的了，安了电灯，秀女的寝室里还买了对现成的沙发，添了个三门柜。秀女现在穿的是式样新颖、颜色艳丽的服装，脑袋背后的头发马尾似的拖着，跟城里姑娘一样的了。

然而，秀女近来心里却越来越不舒坦，越来越不踏实。每当清早踏着清凉的露水去城里的时候，她心里总是一阵惆怅，一阵空虚，一种淡淡的、自己也说不清的忧愁。

她和娘讲了自己的烦恼，娘说："莫不知足了，前些年你爹进城卖豆腐，做贼一样的，东躲西藏，到处受人家气。你现在光明正大地做生意，赚了这多钱，还不好？"

这也罢了，秀女发现现在的生意越来越难做了，一条街，一座城，到处是商店，到处是摊子。商店连商店，摊子重摊子，有的商店一个柜台坐着四五个人，卖货的比买货的多。来了个顾客，到处都有人在招呼，热情得很呢。这个边远的小城，工业不发达，除了传统农业外就没啥了，包下的地，玩儿似的就种完了，大家都来做生意。可还有多少事还没做呀，像鱼塘，就空着；山上，就秃着。

近来，秀女周围卖豆腐的摊子突然多了起来，一长溜摆了十几摊，白花花的一大片，来几个顾客，你扯我拉，都说自己的豆腐好，还有更绝的，录了音，说自己的豆腐是祖传的手艺，如何如何好，一天不歇气地放。秀女不习惯这样做。她静静地坐在那里，不吭气，不夸好，不虚张，灵秀的眼睛水汪汪地看着人家，那眼睛，多洁净，多恬美，像夏天的小桦林，像一潭深秋的水。不知是秀女卖的豆腐特别滋嫩，特别的干净，特别的甜美，还是秀女做生意从不做手脚，每次称的秤杆总是高高翘起还是其他原因，人家都特别爱称秀女的豆腐。秀女总觉得欠了同伴们什么，称完了，总要怯怯地看同伴们一眼，眼里流出同情、歉疚的目光。有时看到同伴半天没开张，她心里比人家

还焦急，帮人家宣传。说那豆腐是清早从河中间打的最洁净的水点的，说做豆腐的豆子是从松花村买的，颗颗溜圆，筛了又筛，簸了又簸，似乎这样做的豆腐更好吃。有时，秀女干脆借故走开，请同伴们看住摊子，让她们多卖点。

一天，一个十五六岁的小姑娘来卖豆腐，她是个新手，挑着担子转来转去地找不到位置。秀女知道，再转一阵，今天她这豆腐算白挑来了。秀女叫住小姑娘，说自己今天家里有事，要早点回去，把位置让给了她。

秀女歇够了，挑起担子走。村里的小姑娘湖水到城里上中学，打秀女面前匆匆过去了，秀女多想问问她学校的情况呀。秀女只读过初中，那年头，读的什么书呀，现在……秀女心中一阵惆怅。

秀女卖豆腐，一闲下来就觉得憋闷得慌。一个人呆呆地坐在凳子上想心事，不和小姐妹们笑闹，恹恹的，闷闷的。林姐爱看书，她见秀女这副祥子，就拿书给她看。先是拿些电影画报，花花绿绿的，小姐妹们挺爱看，讲这个的长相，讲那个的穿着，讲流行的头型发式、衣服款式。秀女翻翻，觉得没趣，心里更烦了。有时，秀女也觉得自己太贱，现在虽然苦点，毕竟能正儿八经地摆摊了，毕竟卖了这么多钱，还要什么呢？人呀，要能知足就好了。

那天，林姐带了几本科普杂志来，秀女一看就怔住了。上面有几条有关栽蘑菇、养鱼、养黄鳝之类的文章，可惜太简略，还有一些外国字母在里头，秀女弄不懂，她多想知道这一切呀。

进城了，秀女看到街头上围着一大圈人，在看什么。走近，才知道是张布告，人头上，勉强看到“××县农业中学招生启事”几个字，秀女撂下担子，急慌慌朝人缝里就钻。围观的人看见一个秀气的姑娘这样莽撞，都很诧异。秀女看完，知道这是一所不同年龄、学历，专教养殖、种植、修理等等专业的不包分配的学校。秀女挑起担子，飞似的跑去了。

魔　洞

一

“汪汪汪！”深夜的山谷里，大黑狗凄厉而又激烈的叫声，吵得人的耳膜生疼。四爷从沉睡中醒来，伸脚蹬了蹬山崖垮下也不会惊醒的孙子岩生。岩生嘟哝着：“啥呀，这招丧的瘟狗，叫啥呀叫。”四爷不再喊他，披衣下床，轻轻挪到门边。隔着门缝，见惨白的月光下，一个人在挥舞着棍子撵狗。那狗固执地坚守在门前，恪尽职守地挨了几下却毫不退让，坚韧不拔地和那人展开了拉锯战。四爷从那人的吆喝声中终于辨认出来人是谁了。他“哗”地打开门，吆喝住狗，让那人进来了。

漆黑的屋里洋溢着四爷欣喜的声音：“岩生、岩生，快起来，你看谁来了！”岩生不能再睡，不情愿地爬起来：“啥人恁个金贵，正在好睡，吵死！”四爷“扑哧”一声笑了，还没点灯呢，岩生还看不见呢。四爷摸索着找到竹筒，“噗”地朝烧着树疙瘩的火塘吹去。站在黑暗里的人说：“别，别点了，这样好。”四爷说：“京娃子，你怕没有煤油呀，才灌了一壶呢！”刘京说：“跑了一天山路，又被狗咬得心慌，我想在这里歇歇。”四爷说：“岩生，点亮灯。黑底摸天的，你还没吃饭吧！”岩生擦着火柴，灯亮了，清汪汪似潭水，晕晕的光圈荡动着景物。四爷“呀”地叫了一声：“娃娃，你是咋个了！”岩生也看清了，刘京一脸的血污，灰西装也被荆棘勾破了几条口子，白衬衣上像桃花潭水一样洇了几团红，脚脖子肿得老高。刘京捂着伤腿，哼哼唧唧：“别问了，人都快饿晕了，快整点吃的来。”四爷不理他：“别动，饿不死你，不治好腿，废了你。”四爷吩咐岩生抬出土罐来，粘一巴掌辣辣的酒，刺棱棱向伤腿抹去。刘京“哎哟”一声，疼得差点晕死过去。四爷眼都不眨，又将那错了位的腿劈柴般扳过来。随后将一点什么药丢在嘴里，嚼得绒绒的，“噗”地吐在伤口上，几掌抹开，完事。

四爷忙完，才发现岩生蹲在火塘边，漠然地咂着叶子烟看他做事。岩生这娃儿是个机灵的小伙子，可能是瞌睡不够，才蔫摆摆的。四爷吩咐岩生去淘米，取了梁上悬着的老腊肉。柴火噼噼啪啪地响着，火焰的舌头把夜舔得残缺不全，夜在痛苦地痉挛。火上悬着的吊锅，“噗噗”地冒着老腊肉的香味。岩生盛饭时，手是抖的。山区缺米，过年才吃的。他舀了一碗给四爷，四爷挡住，“什么珍贵肠子，还吃这个，给京娃子吧！”岩生端碗的手不收回，四爷火了：“叫你不要舀就不要舀，我怕肚子疼呢！”刘京一把夺过碗：“饿得很了！”没长肠子一样地吞下，嘴里烫得发出“嘶嘶”声。“莫慌、莫慌，慢慢吃嘛。”刘京一连吃了几碗还要吃，四爷断喝一声：“把碗放下，不想活了。”刘京抹抹额上的汗，眼里还馋着。四爷说：“岩生，你也吃点。”岩生不吭气，冷冷地用脚把锅扒开。

岩生和刘京在一面青青的山坡上奔跑，追逐。四爷和刘京的爸爸在挖地。两个小兔崽子玩够了，又想出骑战马的游戏。八岁的岩生趴在地上让九岁的刘京骑。岩生爬得飞快，刘京骑在他的背上挥舞着木棒，快活地嘶喊。轮到岩生骑了，刘京乖乖地趴在地上，岩生才跨上半边身子，四爷瞥见，厉声呵斥：“下来！下来！一边玩去！”岩生嚷着：“我要骑马，我要骑马！”四爷火了，给他屁股上一巴掌：“骑马，骑什么马，折你的寿！”在旁边的前县委书记，刘京的爸爸刘清阳说：“娃娃家，轮着骑嘛。”四爷硬铮铮地说：“血脉到底不一样呵，咋能乱骑呢。”刘书记说：“我犯了错误，来这儿改造，和大家是一样的。”四爷说：“秦琼还卖过战马，刘皇叔还打过草鞋呢！血骨到底不同，就是剩几筒骨头，称秤也比我们重啊。”刘书记苦笑。岩生还在笑，四爷趴下：“来，骑爷爷！”

那条凶猛的黑狗悄悄地进来了，它闻到了老腊肉的香味，趴着门，仍然不信任地对着刘京狺狺不已。刘京的脸色陡地难看起来，他提起那条没伤的腿，给它一脚。狗又狂暴起来朝他扑着叫着。四爷喝道：“畜生，瞎了眼啦！”岩生说：“你踢它干啥，它不懂事你也不懂事。”刘京的脸变青了，但随即转过来，想温存地摸摸狗，狗却退到一边去了。四爷说：“你是咋个搞起的，三更半夜来这点。是不是你爸爸又出事了？”岩生歪歪嘴：“爷爷，什么世道了，净讲老话。”刘京镇静了一下情绪：“出来过一下打猎的瘾，撵只岩羊，谁晓得迷路了，人也跌成这样子。”四爷说：“你打得成啥岩羊，来约岩生也就不会出事了。”岩生眯着眼不吭气。

柴火渐渐弱了，凛冽的山风从门缝钻进来，人就有了寒意。刘京眼都睁不开了，说睡吧。四爷叫岩生去收拾房间，岩生磨磨蹭蹭，四爷骂道：“屁眼生疮啦，粘在板凳上了！”岩生不情愿地进房间，四爷说：“把新铺盖抱出来，你那铺盖多久没洗了！”岩生说：“才洗过的嘛，你不是洗得太勤了么？”刘京说：“能睡就睡得了，讲究啥呀。”四爷生气：“你到底抱不抱呀，杂种儿！”四爷又说：“不就是床新铺盖嘛，小家子气。你该记得你是咋个进氮肥厂的？不进氮肥厂，你能买新铺盖，能说到媳妇？”岩生蔫了，说不出话来。

四爷进了趟城，刘书记现在已经是专员了，捎了几次话他都没去，最后派人来接。刘专员听四爷说岩生的媳妇是个好女子，但她爹妈嫌岩生是农民，要把姑娘嫁给一个年纪大了的城里工人。刘专员心情沉重起来，他打电话给人事局局长，之后，岩生就被招到氮肥厂当工人了。临走，刘专员给了四爷一笔钱，说是给岩生娶媳妇用的。四爷生了气，四爷是硬气人，咋能收钱呢。岩生当工人，村里的人都羡慕。放羊的王老七说：“四爷你真是好眼力，那年头就看出刘书记要当专员。这不，好处不是来了么？”四爷气得眼睛红，受了极大的污蔑似的说：“放你娘的狗屁哩！老子当年救人家，是见不惯你龟孙些的这脾气。虎落平阳被犬欺，龙游浅底被虾戏。我若想到日后有好处，我就是众人的儿！”王老七忙赔不是：“四爷、四爷，跟你讲笑话哩，就生气了。”四爷不依不饶：“我一辈子就讲个忠肝义胆，分得清上下尊卑，从没想到施恩图报，当着面讲，我马上将岩娃子叫回来，啥子个工人不当了！”

岩生却死活要当工人，进城才俩月，岩生已经习惯了工厂的生活。那里有电影、电视看，有球赛，有舞会，虽然他不会跳，却喜欢看，更主要的，如果回来，说好的媳妇也飞了。岩生梗着脖子说：“什么闲话我不管，这个工人别人当得我咋个当不得，我死也要死在厂里！”

岩生终于取出了那床红艳艳的崭新铺盖。岩生摸着柔软温馨的被子，想着新婚用的被子被人睡过了，心中实在不是滋味。新被子柔软得像二凤那丰腴的身子，岩生心里升起一股屈辱的怨气。在厂里，他每月只有六十多元的工资，顿顿吃开水泡饭，有时烧一火炉洋芋吃也顶一顿。他使劲擦一下眼，差点流下泪来。

爷爷已经给刘京倒了满满一盆洗脸水。爷爷平时用水省着呢，这半山上的寨子水比油金贵，要到十里以外的箐里去挑。他平时洗脸只是打湿帕子，洗完还要使劲将帕里的水绞到猪食盆去。刘京把手伸进水，就疼得叫起来，“咝咝”地甩手。四爷说：“岩娃子帮京娃子洗洗吧。”岩生把头扭到一边，不理。四爷说：“咋，屈了你了！”刘京不好意思，说自己洗，但就是不动。岩生想，他这样睡下去，糟蹋新铺盖了，于是蹲下来帮他洗，手无形中重了，把刘京洗得杀猪一样地叫，四爷又骂："你不会轻点，又不是阉牛！"岩生忍不住"扑哧"笑了。

四爷说："京娃子，你爸爸身子骨还硬朗么？"刘京说："好着呢，常念着你，说你是天下最好的人，还问你的腰咋样了。"

太阳晒得死秧，地面被晒起了煳臭味，要是谁此刻划根火柴，肯定要将苍穹都燃起来。庄稼汉子都裸了黝黑的背脊，连奶娃子的婆娘也将汗褂脱下来，露出长长的面袋似的奶子。被监督劳动的刘清阳书记和社员一起挖田坐。别看他白白胖胖高高大大，却没有多大力气，累得呼呼喘气，汗水瀑布一样淌下来，手脚都打颤，还落在妇女的后头。一个青皮后生走过来："你装什么模样，连蹲着屙尿的婆娘都不如，再偷奸耍滑，老子饶不了你！"刘书记抬头看了看崖畔上用石灰写的大字——"将无产阶级文化大革命进行到底"。咬咬牙，又狠命挖了起来。四爷火了，四爷是血性的山里汉子："幺娃儿，你吼啥子嘛！不就是个小队长么？你咋个能和人比，你是吃洋芋坨坨长大的，你家祖坟没冒过青烟。要比老子和你比！"那时四爷已经五十来岁了，幺娃子虽然精瘦，确是青皮小伙子。幺娃子说："比就比，不比是牛养马下的！我先让你一锄！"四爷吐口唾沫："秋二哥要你让开，平锄！"众人呼地围过来，乐得偷闲看热闹。四爷甩了褂子，愣着眼，咬紧腮帮，狠命挖起来，幺娃子毕竟年轻气盛，超过四爷半步。众人喝彩加油，四爷舍命地挖。突然，四爷"哎哟"惨叫一声，突然蹲在地上，腰疼得撕心裂肺，脸色煞白，虚汗一层层涌出来。

在一次干部会上，已经升了专员的刘清阳同志深情地说："我们农民多好啊，他们勤劳、吃苦、忠厚、仗义。那年，在黑石凹……"

二

都睡了，岩蓬下的这座茅草屋又恢复了深夜的寂静。岩生在黑暗里大睁着眼睛，他觉得事情蹊跷极了。这个憨厚的山区青年虽然才进氮肥厂半年，但外面世界已经渐渐地启动了他迟钝的心智。刘京浑身的血迹，夜半三更闯进山寨，是不是出了什么严重的事。在氮肥厂，他听到许多关于刘京的事，打群架，酗酒，争风吃醋，闹得满城人都知道。他给他洗脚的时候，在他裤脚上摸到把硬硬的东西，刘京忙掩饰地用手压住。如果刘京犯了事，把他窝藏起来，不是犯法的吗？岩生额上渗出细密的汗珠。

岩生悄悄爬起来，他蹑手蹑脚地打开木窗，接着摸到四爷的一只烂草鞋。他用劲把草鞋扔出窗去，蜷缩在窗外的狗看到一个黑色物件飞过，立刻勇猛地扑过去，又大声狂吠起来。突然，睡在房间的刘京猛地跳起来，跌跌撞撞要往外跑。四爷惊醒，问什么事呀，刘京刚出门，黑狗懵了头，又逼过来，狂暴地扑咬。刘京出不了门，急得瞎撞瞎碰。岩生回到床上，差点笑出声。四爷打着赤脚下楼来，喝住狗，问咋个了，出啥事了。黑暗中刘京瑟瑟抖个不停，连话也讲不清了。他说起来上厕所，被瘟狗咬。四爷狠狠地踢黑狗，黑狗委屈地呜咽着退回门外去了。

岩生心里有数了。

天才亮，四爷就爬起来。他一把握住那只正在报晓的雄鸡的脖子，拖出来要杀。岩生说："七十岁的生日都舍不得吃，要杀了？"四爷说："你进了城，学些啥了。自古是舍嘴待客，何况是啥人！""啥人，人呗，说不定还不如我呢！"岩生意味深长地说。四爷说："屁话，屁话，我活七十多岁还是糟糠之人，何况你，莫闹脾气了，快去挑水。"

吃饭时，刘京趔趔趄趄爬起来，见门大哗哗地开着。他惊叫："快关门，快关门。"岩生冷冷地："开着凉快，又不是新媳妇，见不得人。"

刘京脸变得难看起来。四爷说他有伤，怕风寒，关起就是了。饭是留着过年吃的白米，菜是极好的菜，黄焖鸡油汪汪、香喷喷地诱人，还炒了冬笋、木耳等山珍。刘京神色自如起来，将四爷请到正中坐下，又斟满酒，给四爷也满上。他祝四爷健康长寿，还撕了最好的鸡脯子给四爷，四爷笑得眼睛眯缝，直夸京娃子到底不同。岩生斜斜眼："聪明有种，富贵有根嘛。"四爷笑起来："娃儿，懂事了。"刘京微笑着，撕了块鸡肉给岩生："兄弟，莫这样说嘛，你我弟兄是患难之交。我有啥对不起兄弟的还望海涵，不要计较才好。"

挺气派的一道大门前，岩生在门口徘徊一阵，他看见门框上有红色按钮，不晓得是啥，就用力敲门。出来一个胖胖的女人，气汹汹地说："整啥子嘛，门铃在那里不会按，敲得心烦。"岩生憨厚地笑笑："我找刘专员。""找专员干啥，上访的？去去去，这是私宅。"正好一个气宇轩昂的人出来："是岩生吗？咋不说清楚。宋妈，让他进来。"

客厅里，岩生歪着半边屁股坐在沙发上，里面有四五个粉嘟嘟的姑娘在谈笑。刘京指着岩生脚边的一个尿素袋子："又是黑木耳啥的吧，叫不要拿偏要拿，你爷爷也真是，怕我们天天吃老腌菜。"姑娘们哈哈地笑起来。刘京对一个胸口挺得快爆的姑娘说："拿回去孝敬你妈吧。"那姑娘嘴一撅："哼，你当我们养着猪呢。"岩生脸色白得像纸，差点背过气去。刘京拍拍他的肩，"跟你开玩笑呢，还气了。跳舞，跳舞。帮我们搬搬沙发吧。"岩生站起来就走，背后传来了一阵放纵的笑声"土包子""傻帽""山老坝"。

大黑狗在门口蹲着，刘京丢了个骨头给他，它衔来吃了。刘京又扔了个才啃了两嘴的鸡翅膀给它，它乖乖地蹲在刘京脚下了。刘京温情地摸着它的头："四爷，这狗好眼熟，我好像在哪里见过。""咋不是呢，它爹，还保护过你爸爸呢。多好的一只狗啊！"岩生悻悻地说："现在它可保护不了谁！"刘京脸又白了。随后，他笑起来，摸出一沓钱："岩生，进城以后，我是有些变了。在好些事情上对不起你和四爷，你不要记在心上。我向你认错好不好？听说你要结婚了，这钱帮补着点，也是我的心意。"岩生不收也不拒，四爷说："京娃子你太仗义了，钱不能收，岩生吃上皇粮了，这是你爸爸的恩德呢！"刘京说：

“四爷，我们是啥感情啊。那年头，你冒险将我爸爸藏进山洞，又将我接来，没有你，我骨头早烂了！”四爷激动得热泪盈眶：“快别这样说，应该的嘛。秦琼当年卖过马，刘备还打草鞋呢！”“又来这套了。”岩生说。刘京说：“你还没转成正式工人吧，等我跟老头讲讲，连你媳妇也弄进去算了，省得两地分居。”

下午，岩生出去了。刘京凑近四爷耳朵：“四爷，那山洞还在吧？”“在，咋不在，它又不会被人背走。”“那山洞只有你一人知道？”“当然！”“岩生知不知道？”“他知道个屁。唉，你问这干啥？”刘京过去闩好门，将大黑狗关在门外，这样，一有人来，它就会叫。刘京猛地跪在四爷面前：“四爷，你救救我，我，我，我杀人了！”“啥？”四爷眼瞪得老大，“杀人，你为啥杀人，那是犯罪的呀，说，杀的啥人，可有冤？可有仇？”“四爷，杀的是杜富才的儿子，他侮辱我妹妹。”“啥子，他又侮辱小玲子。畜生呀！畜生！”

秋天的山林染上了一层霜，落叶在地上堆了厚厚的一层。山道上歪歪斜斜走来一行人。大黑狗狂躁地叫着。四爷正提着一篮饭要送出去，这行人已来到门前。一个穿长军大衣的人威严地摆摆手，幺娃子站出来：“赵山，你把走资派刘清阳藏到哪里去了？快交出来，否则死路一条！”四爷蹲在地上，神色漠然，像在问别人。穿长军大衣的人走过来：“大爷，你是老贫农嘛。过去，你在刘家大院当长年，吃了多少苦。刘清阳是地主公子，混进革命队伍当了县委书记，又继续执行资产阶级反动路线，你怎么能把他藏起来呢？”四爷梗着脖子，牛一样喘粗气，就是不吭气。幺娃子一脚将饭篮子踢翻，“哐啷”一声，土碗和土罐摔烂了，黄色的苞谷饭、雪白的豆花、鲜红的辣子蘸水都打翻了，混在一起像被枪毙的人的脑浆。军大衣骂了幺娃子一顿，带着人走了。四爷重新又做了饭菜，悄悄摸出门，谁知刚刚送到山坳里的那块岩石下，悄悄尾随着的人出现了。刘清阳书记和四爷被带走了。四爷被打了一顿放出来，刘书记放出来时，已被打得皮开肉绽，奄奄一息了。

四爷这次把刘书记藏进了山洞。那个山洞有好几个岔洞出口，一般人找不到，就是找到也捉不到人。

捉拿刘书记的，就是当时公社革委主任杜富才，后来升了县委书记。

四爷一拍大腿："杀得好！自古冤冤相报，有冤报冤，有仇报仇！"山里汉子铁骨铮铮，有的是灼热的血液，碰不弯的骨头。

"畜生呀畜生，老的欠了人家的债，儿子又干这种伤天害理的事。有四爷在，不怕！"刘京低下头，偷偷地笑了。

三

岩生回来，发现刘京不见了，问："刘京去哪里了？"四爷说："回去了。"岩生说："莫哄鬼了，他被你藏起来了。"四爷说："乱说，我藏他干啥，人家堂堂正正，有头有脸的人为啥要藏。""你下山去听听，桃花镇的人都在说刘专员的儿子杀了人，跑掉了。"四爷火气上来，"杀人咋啦，该杀的要杀，不要当缩头乌龟，枉自披着男子汉的皮。"岩生说："哪个该杀哪个不该杀，为了争个婊子，互相杀。"四爷更怒："放屁！嚼什么舌根。京娃子会为这事去杀人，我不相信！"岩生说："不管咋说，杀人犯法，窝藏犯人也犯法，早早交出去好。"四爷恨得胡子翘："杂种！人是我藏起来了，要告你去告，连我也告！看着人家当官眼红，造谣撒烂药，这些人哪样做不出来？你也是贱皮子，不称称自己的骨头有几斤重！"岩生也动了气："我的骨头有几斤重我自己晓得，我不比别人少根肠子少匹肋巴骨。自己贱还说别人贱。"四爷气得跳起来："杂种，你说我贱！我贱在哪里？堂堂男子汉，我敢作敢当！好，从今天起，就算我没养过你这个孙子！滚！你滚！老子不见你！"四爷气得手发抖，两行老泪悄悄流下来。岩生见爷爷伤心愤怒成这样子，心里发毛："爷爷，我是说……""说个球，滚，不是我绝情绝义，我看你身上没有先人的血脉！"四爷将岩生的东西扔到门外，关起门。岩生锤门锤得山响，四爷也不理。岩生默默流泪了。

岩生默默地顺着洗礼河走，他心里复杂得很，矛盾得很。他搞不清自己做的到底是对的还是错的。在厂里学法律知识时，他晓得了窝藏罪犯是违法的。在内心里岩生也讨厌刘京这个纨绔子弟，但他毕竟是地道的山里汉子，山里汉子是很仗义的，绝不会把上门的人送出去，那是猪狗不如的人所做的。况且，刘专员还帮自己进了氮肥厂。为了怕牵连而阻止爷爷，不是很卑鄙吗？他突然觉得自己很下作。

河上头走过几个警察，僻静的山寨，很少有荷枪实弹的警察来。岩生马上猜到他们是干什么来的，他岔到想折回山路上去，却被他们喊住了："老乡，木瓜寨从哪里走，赵老四家住哪点？"岩生不假思索地就指了岔道。那几个警察走上岔道后，岩生又懊恼得不行，他简直不知道咋办。

夜渐渐深了，有月亮，惨淡淡地照在大地上。大山像一匹匹沉睡的野兽，每个毛孔里都藏着许多恐怖，许多秘密。岩生突然见一个身影隐进山箐，那是四爷，他挎着竹篮。这是条十分险峻的山箐，平时连放羊人也不走。四爷一会儿没入草丛的阴暗中，一会儿又暴露在一块惨白的月色中。他走走停停，停停走走，一会儿倚着岩石张望，一会儿靠着大树倾听。最后，他到了一个悬崖下，悬崖前有一小块草坪，草坪上长满了茂密的草，遮住了洞口。岩生还未看得仔细，四爷已经倏地不见了。一层柔曼的白雾，像陡涨的山洪，铺天盖地而来，这个山崖神话般消失得干干净净。四爷说过，这个山洞以前藏过太平天国石达开部的一个将领，民国时，藏过滇川黔游击队的政委，都是些有来头的人啊。他们一进山洞，洞里就有白雾弥漫出来遮住山崖。那年，刘清阳书记藏在洞里，有人尾随着四爷而来，明明见着四爷进洞了，但白雾顿起，硬是找不到。岩生正在踌躇，突然听见身后有"嚓嚓"踏着落叶的脚步声，岩生一回头，紧张得心都不会跳了。清朗的月辉下，那几个警察突然出现了。他们发现了他，厉声叫他站住，他跑得飞快，但那几个警察也追得飞快。他们拉开枪栓，喝令他停下，否则要开枪了。岩生心一慌，被个树菟绊了一跤，还没爬起来，他已经被捉住了。

警察们愤怒极了，给他上了手铐，开始审讯他。他们说岩生已经犯了包庇逃犯罪，尤其恶劣的是，他竟给他们指了相反的山路，使他们白走了很多路，误了时间。岩生觉得委屈极了，他申辩说自己没有包庇什么人，但他也不想揭露什么人。警察们叫他争取宽大处理，说："你爷爷几十岁了，进了监狱怕熬不出来，几根老骨头丢在狱里划不着，何苦呢。"岩生心里痛苦极了，他下决心劝爷爷出来，管其他的干什么。岩生就撕裂了嗓子喊："爷爷、爷爷，快出来，我有要紧话说。"喊了一气仍然听不到回信音，对面崖壁上，仍是白茫茫一片大雾。警察们不胜其烦，蹲下来，铺开一张纸。月华清朗，如水银泄地，但他们还是打开长长的手电筒。那张纸上画满了弯弯曲曲的线和圈圈点点的说明，这是一张临时画出的地图，山洞里几个岔道出口都标得一清二楚。一个警察说："多亏了刘专员的这张地图，要不然哪个找得到这球地方。""找到洞口就好了，可以顺藤摸瓜。"他们又叫岩生喊。岩生难过得想哭，心里像有一万只猫抓挠似的难受，爷爷呀爷爷，唉……岩生胸腔里迸出一腔热血，岩生的声音惊天动地，撕心裂肺，岩生的声音使山谷轰鸣，草木瑟瑟。"倏"地一下，对面崖上的雾消失得干干净净，郎朗月辉下山崖草木清清楚楚地呈现出来。茂密的草丛晃动起来，凛然的山神使人敬畏。"岩生，你喊魂呀，你怕我死不掉呀！"与此同时，四爷发现戴着大盖帽的警察，四爷暴怒了："岩生，你竟然带警察来！你个不是人生养出来的，你个牛羊马下的、毛驴生出来的！老子看你这一辈子咋个有脸活在世，你没有骨气，不讲廉耻，不得好死咧！"岩生悲愤地大叫："爷爷，爷爷，我有话说呀……"

岩生难过得说不出话来，偌大的汉子蹲在地下，抱着头呜呜大哭起来。"说个球……"爷爷还要骂，瞥见几个警察已经快爬上山崖，

四爷折转身，“倏”地钻进洞里了。几个警察已经找到了洞口，他们又翻出地图，寻找岔洞出口。他们正要开始搜捕的时候，突然看见背后崖顶上，一个穿着灰色西装的人头也不回地跑，他们大声喊着站住，又拔出枪来说要开枪了。那人仍然头也不回地朝崖的另一面跑，他们开枪了，子弹在那人的头顶和脚下飞啸。那人仍然不回头，终于跑到崖边，抓住一根藤子，两脚撑直，想要荡过崖去。但还没等他身子绷直，那藤突然断了，那人像飘落的叶般荡下深涧去。几个警察被吓得闭上了眼。

“爷爷，爷爷!”岩生爬上崖来了，他看到一人抓着藤葛，猛地明白了那是爷爷。在这深山里，只有爷爷这样老一辈的人才会荡藤葛。然而，藤葛断了，爷爷葬身崖底。岩生撕心裂肺的惨叫声，不顾一切地往悬崖边奔去，被几个警察紧紧拽住，怎么也挣不脱。

四爷死了，葬在那个山洞的对面的岩坎上。他的坟墓永远地对着那个云雾缭绕的山洞。那个神秘的山洞，平日云雾都仅仅罩住那险峻的危崖。现在，浓雾却流水般弥漫过来，把葬四爷的这座山也衔接起来，连成一个整体。

忽一日，来了一个身穿毛呢大衣的，高高大大、端庄肃穆的人和一个秘书模样的人。那人站在四爷坟前，庄重而又深情地给四爷鞠了三个深深的躬。他将带来的一瓶好酒打开，绕着坟浇了一圈，浇着浇着，这人眼圈红了。他打发走了秘书，默默坐了一下午。临走，他掏出一件急急草就的铅笔画的地图，划着火柴将它烧了。那纸片燃尽，绕着四爷的坟头转了几圈，飘飘扬扬飞进白雾中去了。

水 磨

那条河忽地在这儿转了个急弯，忽地在这儿悬了一面陡崖。弯急，仿佛是自行车行驶中刹不住闸，摔了个筋斗。摔了筋斗的河水变得特别急，特别暴躁，特别愤怒，扑上陡立的岩脚，用无数只浪花的拳头，去捶打坚硬的岩壁，用急急的旋流，去啃噬坚硬的岩脚。绀青色的崖壁宽厚地承受着湍急河水的扑咬，纹丝不动，只是有时被扑咬得痒痒，就簌簌地笑，将崖壁上倒悬的松树、藤萝，笑得乱抖乱动。

崖这边是湍急的河流，河水被逼成窄窄的一条，窄窄的河水却很深很深，很急很急，甩一摊阔阔的河床在崖的对面。如果没有树，这阔河床也就突兀了，漠然了，却有一林好柳，不知啥时植的，抑或是自己生长的。那林那柳在宽宽的河滩上横横地抹几笔嫩绿、翠绿、深绿，晨光夕照中也染上桃红、绯红、胭脂红。天气凛冽的季节，也有了“大漠孤烟直，长河落日圆”的意境。有了那林好柳，这河就活了，就灵动了。

但最能使人受到感染的，还是那架水车。高原少水，很多地方岩石裸露，像受伤的人外露的骨头，看了叫人心悸。有水，并且成河，湍急，且又有柳林，就是难得的景观了。再有了水车，就将奢侈的江南梦做在高原了。高原有一架水磨，就有了一只活活泼泼的眼睛，再有一架呢，高原的双眸就会多许多柔情。

水磨立在崖壁下。那崖壁生得险恶，崖顶有细细的水流急急地流下，虽称不上瀑布，却活了这堵绝壁。崖壁成年累月山泉淋漓，变成绀青色，显得更加坚挺，更加伟岸。崖壁上的松树，斜斜地伸直臂膀，冠盖亭亭，成了迎客松。藤萝垂壁，荫郁青翠。崖壁下筑一石坎，留下缺口，湍急的水将水磨推得飞速旋转。水磨旁有一石砌小屋，一老者守在这里，凡需加工的粮食，成挑成挑地排列于小屋前。人们卸了担，只管散去，老者会将加工好的粮食重新装好，你只管自己来挑，十分便利。

老者原是山外的一个木匠，有一手绝好手艺，恋着村里一有钱人家女儿，两人海誓山盟，但姑娘的父母坚决不允许。一次，两人私会，被家人发现，将他毒打一顿，驱逐出村。他拖着伤痕累累的身躯，一步一步挪至此地，又口渴、又头晕，一头扎在河水里，喝了个畅快。坐在崖下喘息，见此处绝佳景致，又有河流，决心住下。他搭茅屋栖身、垒石头煮饭，伐来许多高大通直韧性好的木料，锯开、晾干，在沙滩上绘图，反复设计、不分日夜制作水车。他要制作一架悠悠转动的水车，悠悠地磨蚀人生，他要制作一架沉重转动的水车负重人生。水车，是他灵魂的风景线；水车，是他心灵里的一簇迎春花。他终于做出了高原上的第一架水车。于是，高原有了诗的隽永、画的灵动；于是，高原有了江南水乡的韵味、有了脉脉的温情。

有了水车，他又垒了磨坊。那小小的、童话般的磨坊，在青松遒劲、藤萝倒垂的崖壁下，在冰清玉洁、清澈灵动的小河边显得格外有诱惑力。孩子们从远处跑来，出神地望着缓缓转动的神奇的水车；大人们从远处而来，挑来了成担成担的谷子、麦子或其他杂粮。从此，远远近近的人都知道这里有一座神奇的水磨，有一个孤独而善良的守磨人。

春季和冬季，是水磨坊最为寂寞的日子。寒冷的日子里，水流变得很小很小，有的河段甚至只剩下卵石。在寒冷的季节里，这里到处挂满冰凌，小小的水磨坊成了最为温馨的地方。老人备足了柴火，将磨坊烤得暖烘烘的。由于改道，磨坊旁的水道成了一条通道，大雪覆盖的日子，尽管人们都在自己屋里窝冬，但总有人行色匆匆赶到乡场上办事。从乡场上返回时，行路的人已是又冷又饿了。这时，只要你推开老人水磨坊的门，就可以进去烤火，和老人摆摆闲话；肚子饿了，只管从火边拿烤得滚烫烂熟的洋芋吃。烤热身子，吃过洋芋，缓过困乏，行路的人又轻松地踏上了路途。雪野无涯、路途漫漫，那小小的石头磨坊，成了人们心中一团温暖的火焰。

盛夏酷暑，这儿成了最有诱惑力的地方。一堵绝壁，一条河流，一座磨坊，几株老松。绝壁突兀而立，推窗可见，如一巨大画屏，虽险峻，却也清丽可爱。河流蜿蜒而来，清凉沁人心脾，水流撞击崖壁，腾起蒙蒙的水气，更使人暑气顿消、凉爽无边；那架水车缓缓转动，吟咏着无数清丽诗句。石坝外、通道边，几棵遒劲老松，枝丫交接，亭亭如盖，洒下一地阴凉。负荷肩背者到了这里，总会气喘如牛，汗如雨下，定要卸下负荷歇息。见石坝内河水清清，总忍不住弯腰垂首，掬水而饮。痛快倒是很痛快，但暴热之后贪凉暴饮容易出事。一次，有一妇人，大汗淋漓身背重负，到此渴而暴饮冷水，饮后立即腹疼，满地打滚，幸好守磨坊的老人略懂偏方，施以医道才避免了更严重的后果。

老人于是在道旁垒石为灶，伐薪为柴，置一大铁锅于灶上，采来山上苦丁茶，煮沸吹凉，又置一摞土碗，行人至此，皆可到松林里歇息，取碗饮茶。苦丁茶苦涩微凉，回味无穷，饮后通体舒泰。老人天天燃火煮茶，分文不收。过往行人实在不忍心，有的要给他钱，老人立变脸色，说："我要钱干啥子，钱财身外之物，生不带来，死不带去，做桩好事便有桩好事等着。"过往行人从此再不言钱，只是带上一些荞粑粑、煮鸡蛋、干核桃、板栗等东西，悄悄放在他的磨坊之中。

过了若干年，老人无疾而终，死在他的小磨坊里。附近村里的人

闻讯后，全都赶来为老人送葬。有的捐了上好棺木，有的送来老衣寿鞋，有的帮着装殓，有的架锅造饭款待来客。宽阔的河滩上一溜垒起十几个大蛤蟆灶，几百人密密麻麻散布在那里操持丧事，连道士也赶来做法事超度亡灵，几十人组成的四筒鼓队跳得天地动容，几十支唢呐吹得山河变色，老人的葬礼极其隆重。

从此，水磨再也没有转动；从此，水磨屋再也没有冒过炊烟。从此，寒风劲吹、风雪搅彻天地的日子里，行人再也觅不到彤红的柴火，再也喝不上滚烫滚烫的罐罐茶、吃不上烂熟烂熟的洋芋，风雪漫漫，只得缩头缩颈匆匆赶路；从此，骄阳当头、暑热难耐的夏季，大汗淋漓的行人再也觅不到那口硕大的铁锅，再也喝不上那苦涩微甜、回味无穷的苦丁茶，若有人耐不住干渴，喝了沁凉的河水，病发了，也再也无人出来救治……

再过一些年，那架边地高原上唯一的水车，那架有着江南水乡隽永韵味的水车，慢慢地风蚀了，成了一堆碎片。那座小小的、曾给许多人温暖的、童话似的磨坊，也残败坍塌了，剩下半截废墟，供人们凭吊。只是人们心中的水车是永远永远在转动的，人们心中的小磨坊是永远永远屹立着的，那三块石头支成的二灶，柴火也永远永远地燃烧着。

瘫子皮匠与狗尾巴

一

“递麻线来！”鞋匠喊。

“递鞋帮来！”鞋匠喊。

“递楦头来！”鞋匠喊。

“递锥子来！眼瞎啦，叫你递锥子！”鞋匠动气了。

狗尾巴忙得像个陀螺，鞭子抽得他拼命旋转。他是瘫子皮匠的腿，长在瘫子皮匠的嘴上，可他又有自己的活计，活计做少了，又要受到瘫子皮匠的责骂。

这徒弟难当。

瘫子皮匠是政通小巷里日子过得最滋润的人，他吃早点、喝小酒、做活计时，还在墙头悬一个半导体收音机。

那年头，城里补锅的、剃头的、修伞的……都赶乡下去务农了，皮匠是瘫的，受到特别照顾，不但没下乡，还可以补鞋子、绱鞋子，因只此一家，生意就十分好，日子过得滋润。

太阳悬在正中了，狗尾巴的肚子越来越饿。割橡胶轮胎是件十分

辛苦的事，既要有技巧又要有力气还要专心致志，否则刀子就要吃自己的肉。这样，狗尾巴的小肚子也就饿得快。狗尾巴正是长身体的时候，见了板凳脚都想啃几口，他切切地渴望小师母早点送饭来。想起小师母，狗尾巴心里一阵温馨，又一阵酸楚。都说瘫子好福气，好吃好喝占了，还占了个俊俊俏俏掐得出水来的小媳妇。小媳妇比瘫子小了整整15岁，比狗尾巴也就大一岁。小媳妇是四川人，在饥馑年代跑到这儿，瘫子皮匠用20斤全国粮票就将她留在这儿了。那时她才5岁，当小丫头用，服侍瘫子皮匠吃喝拉撒睡，长到18岁，成了狗尾巴的师母。

巷子那头响起轻轻巧巧的足音，狗尾巴知道是师母送饭来了，小师母总是穿得那样整齐，说话做事悄无声息，就是脸上时刻阴阴沉沉，很难见到她的笑容。她提着一个长长的、有四五个格子的饭盒。打开来，有一碟火腿片、一碟青椒炒肉丝、一碟花生米，还有一碗鸡蛋番茄汤，红红绿绿黄黄白白，煞是好看。商店里的秦爷闻到香味，也抽抽鼻子，既羡慕又妒忌地说："杂种，人日子都被他过掉了。"秦爷嗜吃，是小巷有名的美食家。皮匠喊："狗尾巴，打酒去。"狗尾巴就到秦爷那儿打酒。狗尾巴说："秦爷，打满点，省得我挨骂。"

秦爷怜悯狗尾巴，便给他打了满满的酒，满得都溢了出来，洒在了狗尾巴裂开的伤口里，渍得狗尾巴钻骨透髓地疼。狗尾巴手疼得抖，手越抖，酒越泼得多，端至皮匠面前，狗尾巴已是头上热气蒸腾，额上冷汗布满了，皮匠见酒失了些："妈的，你真是饭桶，端点酒你都端不稳！像你这样，吃屎还要掺沙，莫浪费了上好的肥料！"狗尾巴怨怨地看着他，血陡地冲上脑际，脸倏地涨红，拳头悄然攥起。小师母心细，悄悄扯了一下狗尾巴衣襟，狗尾巴见小师母楚楚可怜的样子，血潮倏地退去了。

狗尾巴正好也吃干饭，一菜一汤。菜不是炒洋芋就是炒胡萝卜，汤是清汤，涮锅水里浮着几叶葱花。狗尾巴饿极了，一大缸饭"叽叽叽叽"眨眼就完，吃相自然十分的不雅。瘫子皮匠慢慢地品尝着酒菜，他把一片通红的火腿片放到舌尖，吮吮那味道，嚼一嚼，半眯着眼，回味一阵，又慢慢地品。他冷漠而又傲慢地扫视着过往行人，把色彩缤纷、香味四溢的物什放在摊子上，展示着他的富足和优裕，享受路人投来的惊羡目光。他还喜欢看狗尾巴吃饭。狗尾巴吃相实属糟糕，闷着头，嘴巴几乎不曾离开过碗，筷子不停地划动，嘴边鼓的小包，像耗子一样一会儿窜到这边一会儿窜到那边，嘴里发出“叽叽叽叽”像猪吃食一样的声音。别人听了会皱眉头，会烦心，瘫子皮匠却很欣赏，他定定地看狗尾巴粗鲁贪婪的吃相，听音乐一般听着他急骤的、粗鲁的咀嚼声，脸上漾出矜持而满足的笑容。他看见自己娇小的妻子托腮凝神，他对她努努嘴唇，示意她看。小媳妇瞥了一眼，脸色潮红，急忙转过头，一脸复杂表情。狗尾巴连清汤都喝完了，意犹未尽地扒着残留在碗沿的一茎葱叶，皮匠看得高兴，对他说：“来，把这些剩菜吃掉。”皮匠等待着狗尾巴的感激，兴犹未尽地想继续欣赏狗尾巴的吃相，尤其是娇小的媳妇在场的时候。这是多么好的菜啊，火腿只动了几片，圆月似的缺了一角，花生米金黄似地灿烂，番茄鸡蛋汤红红黄黄，色彩斑驳，简直摄人心魂、搅人肝肠。这些剩下的食物往常是给小师母的，小师母不在才归狗尾巴。有这种机会时他就过节般高兴，蹲在墙角还没辨出味来就吃完了，听到师傅叫，他本能地欣喜，“刷”地跳了起来，又碰到小师母复杂的目光，似乎是憎恶。他脸就红了，步子迟疑了，嗫嚅着说：“我，我吃饱了。”“饱个球，叫你吃你就吃！”狗尾巴觉得这是在叫狗而不是叫自己，声音依稀而空渺。“杂种，叫你吃你就吃，饱了也得吃！”狗尾巴用余光扫描了一眼小师母，他的脸更红了，小师母的脸却青白青白的。小师母说她要上厕所便走开了。看着小师母离去的背影，狗尾巴朝食物走近了一步。皮匠说：“沏茶。”狗尾巴就给他洗净宜兴紫砂陶壶，又扇旺了火，将水煮沸。沏好茶，瘫子皮匠慢慢地啜、慢慢地品，并没有叫他的意思。小师母磨磨蹭蹭地回来了。皮匠睁开半闭的眼：“你倒是吃呀！”小师母说：“朝贵，我还没吃饭呢。”“你吃个屁，让他先吃！

杂种，你吃还是不吃?”皮匠瞥瞥小媳妇，又瞥瞥狗尾巴，嘴角挂一缕阴阴的笑。狗尾巴静默着，大口大口地喘气。突然，他眼里迸出灼热的光，脸上肌肉狰狞而恐怖。他“腾”地跳过去，把皮匠面前的盘盘碟碟全部掀翻。上好的景德镇瓷器碎了一地，红绿紫黄在青石板上盛开成菊花。狗尾巴的眼睛血红，神经亢奋，脸颊通红。他凛然地扫视着震呆的瘫子皮匠和他的妻子，缓缓地、镇静地走了。

二

半天，瘫子皮匠才回过神来：“杂种，疯掉了！杂种！疯掉了！有本事你不要回来，回来不是人!”

小城就那么一个公园。

也就巴掌大的一潭死水，刷白刷白的，黏黏稠稠的。飘着厚厚一层落叶、衰草、纸屑。池边长着一排要死不活的、呆头呆脑的柏树，一座什么亭子，中间的椽条断了，飞檐也折了，翅膀一样耷下来，门窗朽坏，壁上还有文人题咏，笔走龙蛇，颇有神韵。

狗尾巴就住在这里。

他对颓圮的阁楼有着特殊的感情，一闻到阁楼里潮湿、发霉的气息，他就像情侣们闻到玫瑰花一样高兴。他决心走自己的路，他有手艺，有谋生的本领。

他对居委会的胖婶说：“给我个证明，我想摆摊。”胖婶眼瞪得老大，好像狗尾巴申请生娃娃一样。

“你疯了，狗尾巴！你吃两顿饱饭就认不得天高地厚了。贱皮子!”狗尾巴是胖婶介绍给瘫子皮匠当徒弟的。胖婶可怜他是孤儿，经常关照他，今天叫他吃顿饭，明天给他一件衣；上面拨了救济款，也每次都优先照顾他。

“不，我想自己摆摊。”

“摆哪门子的摊？狗尾巴，人不能忘恩负义，才学点手艺，就想跳槽啊！”

“不是不是，胖婶，我……”狗尾巴涨红了脸，委屈得要流泪了。

“是了，我晓得了。瘫子不是东西，动不动就骂娘。有点手艺，了不得了。不过，狗尾巴，当徒弟是要受气的呀。老话说，‘徒弟徒弟，三年的奴隶’，忍忍吧你。”

“不，我忍不了！我忍不了！”狗尾巴痛苦地呻吟着，把那天的事说了一遍。谁知胖婶还没听完，就哈哈大笑起来：“狗尾巴，你龟儿肚里苞谷皮皮还没消化完，就娇嫩起来了。喊你吃你就吃嘛。恁多好东西，老娘当委员的都吃不到哩，还穷讲究啥？他媳妇在场跟人有啥关系，你吃你的嘛，对了，人家瘫子媳妇年龄小是小，可也是明媒正娶的，你倒是少跟人家多去少来的。”“唉，胖婶，你说到哪里去了。我只想自己摆摊。”“狗尾巴，摆啥摊。瘫子能摆，是特殊照顾，你若不是用照顾他的名义，你好脚好手年轻力壮能不下乡么？”

狗尾巴头上出了一层细汗。

狗尾巴早就在做着离开瘫子皮匠的准备。在公园破败的亭子的阁楼上，狗尾巴悄悄地放了一个小木箱，箱子里整整齐齐地放着各种皮匠用的工具，锥子、鞋掌、楦头、麻线，啥都有。这是狗尾巴用自己的一点零用钱置起来的。狗尾巴每隔几天就要从瘫子皮匠家悄悄溜出来，到潮湿、发霉的亭子的阁楼上，是他最愉快的时刻。摸着那些冰凉的工具，像摸着女人柔软的手一样惬意。他时常激动得不能自已。

夜风带着阴凉的潮气吹进四壁透风的凉亭，蜷缩在板壁下的狗尾巴冷得瑟瑟发抖。他有些怀念自己原来住的地方，瘫子皮匠家住在小巷尽头，是座低矮的木房，他住在小阁楼上，又闷又热，直不起腰来，但他在那局促的空间却觉得比在空旷的大街上还自由。夜里，他打着呵欠，悄悄地练习使刀子、使锥子、绱鞋子，他在抬来的大大小小的鞋上练习，浓浓的睡意常常使他把针扎在手上，尽管疼得钻心也驱逐不了睡意。只有楼板下传来的“咯吱、咯吱”的床板响动，才会使他兴奋、焦虑，又惆怅，很长很长时间静不下心来，呆呆地望着楼板出神。尽管如此，他绱鞋的手艺还是越来越娴熟。

一天，狗尾巴回来为皮匠取一件东西，见小师母正在一双鞋面上绣花。小师母心也灵手也巧，一针一线的彩线绣上去，一只蝴蝶仿佛要飞起来了。小师母身段也好看，微微弯着腰，隆隆的胸乳叫狗尾巴一阵心悸一阵羞涩；小师母那手的姿势也好看，一张一扬，划出优美的弧线，神情凝重娇媚，全没了平时的阴冷苦愁。

小师母回头看见他，嫣然一笑，又接着绣她的花。狗尾巴来不及思索就说：“让我给你绱好吧。”这句话一说出来狗尾巴就后悔了，小师母绣那双鞋费了几多心血呀！又要伺候瘫子皮匠吃喝拉撒，又要养鸡喂猪。瘫子皮匠看见就吵：“你骚啥，青山绿水勾引谁？放了人，比这好的地方你自己去！”小师母作贼一样绣得偷偷摸摸。小师母好久好久没说话，最后还是说：“想绱，就拿去绱吧。”狗尾巴后悔了：“不、不，我绱不好，还是给师傅绱吧！”小师母说：“好歹也是自个穿。脚上东西，再是镶金嵌玉，也别埋汰了。”说着硬把鞋子塞给狗尾巴了。

为了绱好这双鞋，狗尾巴用肥皂足足洗了一个时辰的手，他怕这手把精美洁净的鞋面弄脏了；他又在旧衬衣上撕下一绺白布缠住手掌，这双手太粗糙了，怕把绣花鞋面弄毛了。摸着绣花鞋面，狗尾巴心里就泛上了热潮，燕子剪裁杨柳、春风吹皱池水一般欣喜。

那鞋穿在小师母脚上，不肥不瘦、不宽不窄，熨帖得就像是小师母自身的一部分。

狗尾巴确实绱得一手好鞋。

在什么地方都能做梦。

谷草堆里的梦有谷草堆的馨香。

狗尾巴面前的鞋子堆得山一样高了。啥鞋都有，胶底的、布底的、塑料底的，鞋帮更好看，青的、大红的、绣花的，圆口的、方口的，全了。狗尾巴飞针走线，想快快地把它们绱完。月牙儿高悬起来了，满天缀满繁星。星星一点一点地膨胀，整个天空就悬满了各式各样的鞋底鞋帮。狗尾巴绱呀绱呀，老是绱不完，最后连脚都用上了，手脚一起绱，绱得疼了还是绱不完。俏俏丽丽的小师母来了，把一件棉衣披在他身上……他甜蜜地正想笑，却发现那棉衣冰块似的冷，他气得一掌把师母推个趔趄，然后醒了。凉亭四壁来风，把狗尾巴冷得瑟瑟发抖。

狗尾巴再也睡不着了，寻思着怎样才会有个属于自己的窝，怎样才能获得绱鞋的权力。想呀，想呀，真就让他想出个办法来了。

第二天，狗尾巴在城外小河边折了一小捆柔韧的柳条，在公园颓圮的凉亭阁楼上，狗尾巴将衣服脱得精光。看着那堆浸过水的蛇样痉挛的柳条，他的心情十分复杂。18 岁了，这身板还是搓衣板似的。这瘦削的身板从小就没有得到过父母温柔的抚爱，长大了，也没有任何异性轻轻地抚摸，却要受到自己的摧残。他啥都没有，只有这瘦削的身板，只有摧残自己才是自己唯一的权力。

狗尾巴攒紧一把柳条，他闭了眼，狠着心朝自己身上抽去。抽了一阵，他感到钻心透骨的疼。毕竟是打自己的肉体啊，他流下了一滴滴苦涩的泪水。当他睁开眼，想看一看自己血肉模糊的身体时，他大大地吃了一惊。原来他身上只现了几条浅浅的伤痕，像被指甲轻轻划伤的一样。他失望了，不明白刚才钻心的疼是哪里来的。

过了许久，狗尾巴感到一阵紧似一阵的冷，身上起了一层一层的鸡皮疙瘩。昨晚的梦境在静默的空白里浮现，温温馨馨、缠缠绵绵的梦霭弥漫了一座阁楼，苦苦涩涩、哀哀怨怨间又见到一双眸子。狗尾巴就倏地跃起，他慌乱地朝自己身上乱抽乱打，不再闭上眼睛。他觉得没有疼的感觉，倒是一种轻松的快感支配了他，直到手都打疼了，身上完全麻木了，才停了手。

小城很小，市管会的人都知道狗尾巴是孤儿，心里先就生了层同情。在讲到瘫子皮匠怎样虐待他时，狗尾巴的心情矛盾起来，瘫子皮匠苛刻他，不把他当人待是事实，可并没有毒打他呀。可不这么说，又引不起人同情，昨天的自伤岂不是白费。想说，良心又有些不忍，反倒支支吾吾说不清楚。只是那既温馨而又凄清的梦，茫茫地弥漫开来，竟淹没了眼前景物，目光呆痴让人哀悯，于是柔声催他直说。于是他也硬了心肠，有的没的一起说，说得直掉泪，又扒开衣服让市管会的人看，大家“啊”的一声，都倒吸了口凉气。将眼瞪成牛眼那么大：“这杂种咋恁歹毒，怎么下得去手，待老子哪天收拾他！”王和平说：“他一个瘫子你收拾啥呀，不让人戳脊梁骂祖先。”牛大个说：“没收杂种的营业执照，让他喝西北风！”秦科长说：“有政策呢，这种人不让他营业你养着他。”牛大个说：“干脆办个执照给狗尾巴算了，他是孤儿。”狗尾巴的心突突地跳起来，脸上潮红，身上的伤痕痛得很舒坦。秦科长说：“这个，这个不好办。我们不能用感情代替政策。”狗尾巴头“嗡”地一响，脸唰地白了，趔趔趄趄，不辨东西地离去了。

秦科长又扶扶眼镜：“他那伤算是白打了。你们想，瘫子皮匠能打着他吗？他没有脚吗？他会始终站在一个点上任人打吗？”

众人哑然。少顷，醒悟过来，一致称赞科长高明，毕竟多了副眼镜。

三

公园到傍晚就有了些生气，归鸦在水池上盘旋、低回、穿梭，编织出热闹气氛。池边柏树下零星地蹲了些人，多是上了年纪的老头，在树下咂叶子烟，散下一抹抹淡蓝融入暮霭。

随着“哗哗哗”的声响，瘫子皮匠的弹子车出现在公园的小径上。池边的人都知道他来了，瘫子皮匠好兴致，每天傍晚都要叫人推他来池边。有时下了小雨也要去，淋湿了衣裳他也饶有兴致。他喜欢和人们插科打诨，喜欢那种笑骂声中蕴藏的无可奈何的嫉妒。如果哪一天不到人多的地方走一圈，他就会很烦躁，就会莫名其妙地发脾气，会觉得生活里面少了点什么，到处都不对劲。他的生意越来越红火，讨亲嫁女穿的喜鞋，死了老人穿的寿鞋，娃娃上了学等着穿的新鞋，堆着等他做。亲友、熟人，到了他家，又是递烟，又是赔笑，说点奉承他的话，他就先做了。不熟悉而又等着鞋穿的人，就只有托熟人来说情。否则他就说："嫌慢，拿走，钱我加倍还。"噎得人眼睛绿。晓得只此一家，只得加倍赔小心、赔笑脸。于是，瘫子皮匠脾气越养越大，手艺越做越糟。

过去是狗尾巴推他来公园，现在是俊俊俏俏的小媳妇推他来。小媳妇饱饱满满，羞羞涩涩，引来无数贪婪的目光。那些眼光蛇样滑腻腻地在小媳妇脸上、胸口上窜。"喂，鞋匠，说说你倒是咋个上床的哟。你不好好待嫂子，得罪了她，你只有睡床底脚了。哈哈哈!"小媳妇脸色绯红，心中酸楚，背过身，流下一串苦涩的泪。每天这个时候是她最难过的时候，她宁可挨打也不愿听这些猥琐的玩笑。瘫子皮匠却听得高兴，神采飞扬地和人家斗嘴。

在城里摆不成摊，狗尾巴就到乡下去。

正是赶街天，却没有多少人。长长的街像条干涸的河。整条乡街子几乎看不到摆设的摊子，只有供销社、营业所的门半遮半掩地开着。狗尾巴决定找块空地，用油树摆好家什，可过了许久，只有肩扛板锄的人匆匆走过。狗尾巴把头支在缩起的双膝上发呆，他不敢奢望像瘫子师傅那样门庭若市，吃香喝辣，睥睨世人，他只希望有活做，那他就不只是一双腿、一根棍子或者一个什么了。狗尾巴呆呆地看着过往穿着草鞋的；穿着布鞋的；鞋上咧着口，露出黑黢黢脚指头的；一只胶鞋、一只布鞋混着穿的；或者干脆什么也没穿的……形形色色的脚，心里巴不得他们都穿上好鞋子。但没有一人来找他绱鞋子。挨到中午，终于有人用布包了几双新鞋来找他绱。那是一个要嫁姑娘的人家，虽然不是金枝玉叶，可嫁女儿毕竟是一桩大事，无论怎样穷总要有几双鞋子几套衣服才行。来的人不放心他的手艺，一个蓬头垢面、瘦骨伶仃的人是不会让人放心的。这人和他左磨右磨探讨了技术上的事，心里有底了，才和他讲价钱。在价钱上狗尾巴倒大度，只要够吃饭就行。

这时来了个毛胡子大汉。

“喂，你是哪里的，有没有有营业执照？”

“没有营业执照咋个到处跑！城里的闲人不是都下乡了么，你年纪轻轻咋个不下乡？”

狗尾巴最终被带走了。他的绱鞋工具被没收了，然后被带去割麦。他的肩被太阳晒得蜕了一层皮。他的体力太弱、耐力太差，割不上一垅麦就筋骨酸疼，心慌气堵。太阳太红太毒，空气太黏太稠太闷，时间扯得老长老长。熬了一天下来，狗尾巴睡在仓房里，瘫软得像被人抽去了脊梁骨，像一只死狗一样。他觉得还是死了好，永远这样卧着就好了。

直到晚风吹得他起了一身鸡皮疙瘩，他才冷得坐起来，肚子也饿得不行。他在散发着清香的麦秸上揉了一堆新鲜的麦粒吃了下去，这麦粒比山珍海味还好吃，他连芒壳都没揉尽，就一把一把吞进去。他想着应该马上离开这里，但要命的是绱鞋工具已经被那个毛胡子社长没收了。

第二天，狗尾巴去找毛胡子社长要工具，他正吃酸菜红豆汤泡苞谷饭，吃得酣畅惬意，毛胡子叫他滚出去他不滚，就一大巴掌打在他鼻子上。鲜血顺着脸淌下来，狗尾巴在门口抹着鼻血嘤嘤地哭，好几个社员呆呆地看着暗自同情。毛胡子社长就吵：“看什么看，有啥好哭的，还不快些胀饱肚子修沟去！”于是看的人就移着脚步悄然离去。

没有人同情狗尾巴，他就干脆不哭了。倦了，和毛胡子家的狗蜷缩在墙角，在那狗去吃食的时候，他就坚决地压制着自己的食欲，肚皮像口袋一样轻轻扇动。他不停地吐酸水和冒冷汗，坚持到下午就脸色苍白、手脚抽搐。社长心里有些虚，示意娃娃拿些东西给狗尾巴吃。狗尾巴依然昏昏沉沉地神游，社长婆娘慌了，吵道："砍瘟头的哟，你整人家做啥子，饿死在门口你要蹲班房的哟！"社长说："没得你的事，不要你多嘴。"但最后还是叫婆娘把狗尾巴绱鞋工具还给了他，又打发他吃了饭，送瘟神一样把他送走了。

狗尾巴现在是山穷水尽，走不下去了。他又回到之前蜗居的那个亭子阁楼上。他现在不但没法实现自己的夙愿，就连生存也成了问题。瘫子皮匠平时很抠，除了吃饭几乎没给过他零用钱。他平时攒的一点钱也是花在购买绱鞋的工具上了。什么都可以忍受，唯独饥饿最是难以忍受。狗尾巴已经两天没吃东西了，傍晚，他从一家餐馆经过，餐馆飘出的香味诱得他几乎进去抢人。他看见饭桌上还剩得有些白米饭和几片肥肥的肉，如果是以前，他早进去连碗都舔尽了。可现在他毕竟是大人了。狗尾巴饿得肚皮贴着脊梁，一口一口地咽着清口水。他脑海里浮现出瘫子师傅简陋而又充实的家庭，浮现出小师母幽幽怨怨、楚楚可怜的影子。那个梦太遥远、太虚幻了。寒冷和饥饿，比利刀的锋面还锐利，将他的梦境割得比牛杂碎还破烂。

昏迷中，他朦朦胧胧听到漆黑的池塘边传来急促而又惊慌的叫唤声。"狗尾巴，狗尾巴，你在哪里？"那是小师母的声音，他激动得浑身颤抖，他从阁楼上一步跳到亭子的地板上，跌了一大跤也没感到疼痛。"师母，你来干啥？"小师母带着哭音："狗尾巴，我估摸着你没得吃的了，怕要饿出事来呀！"说着，她掏出一大沓灰白色的荞粑粑，荞粑粑还带着小师母的体温。狗尾巴拿起荞粑粑就往嘴里塞，一咬一个大缺口。腮帮上鼓起两个大包，噎得翻白眼。小师母一把将他手里的饼子抢去，让他别吃急了。

小师母说："狗尾巴，回去吧，人强不如命强，挣不过命啊。"

"我饿死也不回去！"狗尾巴倔强地说。

"我还不是想走呢，可到哪里去？一根头发丝也把人拴得死，熬吧，再不是人过的日子也得过。"

"不，死我也要死到外头去！"

"那又怎样呢，这世上人多得很呢。你不在了，世上的日子照样过，没人感到少了什么。"

狗尾巴垂下头，再也讲不出什么了。

"哗哗哗"，清寂的小巷又响起震耳的声音，瘫子皮匠坐着那张弹子车又出来了。狗尾巴推着他，瘫子皮匠依旧睥睨着那灰色的小巷和灰色的人群，狗尾巴依旧垂着头，匆匆地推着车走。车子过去，街上又恢复了沉寂。只远远地听到瘫子皮匠吵人的声音："你推慢点，又不是推死牛烂马！"

无　言

一

陈奶奶那天起了个大早，她悄无声息地把家里收拾了一遍，该擦的擦了，该拖的拖了，天还没有完全放亮，她又去厨房里为儿子、媳妇、孙子分别做了他们爱吃了早餐。这时小保姆起来了，见状惊讶得不行，也紧张得不行，陈奶奶是咋啦？这么早起来把所有的事都做了，并且做得这样干净、这样利索，是不是表示她能把所有的家务做得干净漂亮？是不是嫌弃她了？要辞退她了？小保姆一脸狐疑，小心谨慎地忙抢着做事，陈奶奶却说："你闲着，我睡不着，做点事好打发时间。"

其实陈奶奶昨晚就没睡好，不是因为焦虑、牵挂抑或气愤，她是兴奋得睡不着。兴奋是一种丝丝缕缕、扯不断的牵挂，是一种像当年介绍人让她去见对象的感觉，更是一种久违了的急切地想见面、想倾诉的欲望，还像小孩子即将得到渴望已久的玩具时那种难以抑制的焦急。陈奶奶兴奋什么？什么事会弄得她辗转反侧、难以入眠呢？其实，这事放在任何人身上都不是什么特别的事，放在任何人身上都不会引起思想上的半点涟漪。

今天是29号。每个月的这一天是厂里发放工资的日子，陈奶奶这么兴奋又这么焦虑地盼着这天，难道是日子已经过不下去，到了等米下锅、等钱买粮的地步？事实上，陈奶奶的儿子在城建局当副局长，儿媳是市医院的内科医生，家里请得有保姆，陈奶奶不但衣食无忧，儿子、儿媳给她的钱她也常常花不出去。给儿子买了件衬衣，价格老高，让她心疼了半天。可拿回来媳妇一看就乐了，对儿子说："你快来穿，妈要让你去当生产队的队长呢！"儿子心细，见陈奶奶脸色不好看，忙说："你说啥呢？这衣服蛮好，过去我要一件土布衬衣，妈连过年的肉钱都省了，连夜连晚给我缝了一件。你看这衬衣多巴实、多熨帖，要料子有料子，要做工有做工。我看你跑一天的商场，还买不到这样好的衬衣。"媳妇是个聪颖得很的人，顺水推舟地说："我看走眼了呢，妈真有眼力，买来这样好的衣服。快脱了换上，让妈看看合不合身。"儿子忙脱了原来的那件西蒙利名牌衬衣，换上老娘买的，一边穿一边说："真不赖，穿着贴肉，又柔和又透气又吸汗，还是妈妈会买。"陈奶奶一边为儿子抻衣服一边笑得眼都眯上了。媳妇一边笑一边做怪脸，儿子一本正经瞪她一眼，陈奶奶眼拙，只顾乐自己的。

可是隔了一天，陈奶奶就看见她买的那件衬衣被扔在楼下的垃圾箱里了。陈奶奶难过了几天，再也不为儿子、媳妇、孙子买东西了。不买东西，她手里的钱就用不出去。陈奶奶还会为钱犯愁吗？陈奶奶还会因为要去领工资而兴奋得一夜睡不着吗？

但陈奶奶却真的是满怀期望地盼望着领工资的这一天。这一天，她能见上相处多年的老姐妹，能和她们聚在一起，拉着手，说着许多话，说到高兴的时候，她们会像小孩子一样嘎嘎大笑，拍肩搂背的亲热；说到难受的时候，她们会一起唉声叹气，撩起衣襟擦泪。等说够了，笑够了，难过够了，陈奶奶会慷慨地请老姐妹们去附近的一家小餐馆里吃顿饭。一群白发苍苍、佝腰驼背的老太太叽叽喳喳地围坐在一起，像春日里出去郊游的中学生一样兴奋。她们挤坐在一起，头围成一圈，像一朵朵白色的向日葵，偶尔有顾客发现，惊讶得嘴都合不拢。他们只见过年轻人聚会，这么多的老太太聚在一起，还是少见的。大家都看向一个脸色红润、头发煞白、衣着光鲜的老太太，听她讲着什么。她们或点头、或叹气、或大笑，都以这个老太太为中心。这就是一幅画了，这就是一幅百鸟朝凤或者是葵花向太阳的画了。

陈奶奶盼着这一天并不是盼着去领工资，她退休前在的单位，严格说来不叫单位，全称叫利民便鞋社，说白了，就是一个制作布鞋的作坊。这个便鞋社是陈奶奶牵头办起来的，那时陈奶奶还不叫陈奶奶，叫陈嫂。那时家里穷，老伴走得早，就靠她一人一双手养活几个孩子。城小，又在大山深处的坝子里，基本上没有工厂，这个小城的人大多做手工活，打草席、纺羊毛、砸核桃仁、糊纸盒，再早一些还有在家里织土布的。陈奶奶会纳鞋底，那时人年轻，手劲好，又能吃苦，从早上熬到深夜，一天竟然能纳三双布鞋底。每次去县联社交鞋底，陈奶奶总是受到众多姐妹的夸奖、赞叹。后来，要走集体化的路子，县联社的领导对陈奶奶说："陈嫂，你牵个头把便鞋社成立起来，你当领导。"陈奶奶脸涨得通红，慌张地说："我能当啥领导？几个娃娃我都管不好，还不把公家的事弄砸了。"县联社的领导说："你能的，谁管得好娃娃？管不好娃管得好大人，就这样定了。"

陈奶奶没想到她真还管得了大人。她办事认真，人又热情，办事又公道，风风火火的，利民便鞋社就成立了。便鞋社的地址选在当街的一座房子，前面是铺面，后面是作坊。房子是她们凑钱买的，那时的房子贱得跟送一样，人少房多不说，大家都想过无产阶级的日子，哪家住的房宽了，随时都会听到风凉话。那时，公家说把哪个地方划给哪个单位，带人走一圈，指个大概范围，地就是这家单位的了。陈奶奶她们家家都穷，紧紧手，这家三块那家两块凑一凑，房就买下了。

到了后来，不要说这些作坊似的集体垮了，连很多腰杆挺硬神气

得不得了的国营企业也说垮就垮了。谁还会穿那些土得掉渣的布鞋呢？满大街都是锃亮的尖头皮鞋、高跟鞋、长及膝盖的高筒皮靴，就连老头老太太们穿的也是平跟皮鞋，陈奶奶她们早在还没有下岗这个概念的时候就下岗了。这时的陈奶奶叫陈大妈，她和老姐妹们聚在一起，抱头哭了一场，吃了一场散伙饭，散了。她们把房子租了出去，好在房价直线上升，也不晓得咋回事，过去冷冷清清只有几家公家经营的门市的街，一夜之间热闹起来，门挨门脸挨脸地开起了无数个店铺，这条街变成商业一条街，成了闹市区。

这之后，散伙回家的老姐妹们就靠吃租金生活，管她们的部门变成了供销社，租金由供销社收，工资也由供销社发。其实那工资简直就不能叫工资，只能算慰问金，每月只有 50 元。50 元在现在还叫钱么？买白菜叶熬苞谷稀饭都不够呢，可陈奶奶和老姐妹们还是急切切地盼着领工资的这天，像孩子们盼望过春节一样急切。

二

县供销社坐落在陈奶奶她们过去的那个便鞋社的斜对面，这里过去是一家很有钱的商号老板的货栈，里面很深，有三个院落。当街的铺面租给私人开商店了，后面的房子很破败，虽然拆了一进院落盖了一栋办公楼，但那办公楼也有些年头了，显得陈旧，很晦暗，像铅华褪尽的昔日美女，无精打采地默然矗立。

陈奶奶去得极早，她像往常一样到财会室领钱，领了钱她随便地塞在自己的口袋里，不像其他老太太把那张 50 元的票子抹了又抹，折了又折，然后用脏兮兮皱巴巴的手巾包好，小心翼翼地装在深处的衣袋里。她见财会室还没人来，打算像往常一样到街上转一转，看一看她们的便鞋社——现在的皮鞋大世界。她们的铺面被一个有钱的浙江人租用了，租金给得蛮高，浙江人将铺面全部改造了，拆去了木板门，装上了整块的玻璃墙，外面银灰色的卷帘门到夜里才落下。铺面打通了，里面又宽又长，天花板装修得像宫殿，吊着几盏巨大的吊灯。墙壁用新式材料装修一番，别致的鞋架上摆满了各式各样的精致皮鞋，地面铺了雪白的瓷砖，擦得饭桌一样清爽，还摆了几条没有靠背的、像沙发一样的坐凳，供人坐着试皮鞋。陈奶奶每个月都来看一次，每次来都说来看看自己的房子，那神情比鞋店老板还自豪，店里的老板和几个售货小姐都认识她。浙江老板用带着口音，听不大懂的普通话和她打招呼，售货小姐对她灿烂地笑着，让她走出走进地看。有时她还要溜到后面天井去，那里已经成为老板一家的住房，同样装修得很洋气。陈奶奶像在自己家一样随意，走走看看，也不落座，有时一个什么东西引起了她的回忆，她就端站着，陷入深深的回忆之中。店老板知道她的脾气，也不打扰她，任她去端详、去留恋、去伤感、去怀旧。

这天早晨陈奶奶领了钱就要下楼，刘会计叫住了她，说："您老别走远了，过一会儿领导要给你们开个会。"开会？陈奶奶很诧异，这么多年，她已经快忘记了开会这个词了。但她并没有忘记开会的事，开会对她来讲是个很温暖很舒心的回忆，那时她们虽然是个合作性质的手工业作坊，但仍要开会的——几十个婆娘挤在一起，叽叽喳喳地讲话，还有不少小孩在大人的膝盖中窜来窜去。大人吵娃娃闹，热闹得像一锅煮沸了的粥。总是要由她站起来大声地喊叫，周围的声音才渐渐小下来，然后听她讲，也不知道讲些啥，磕磕巴巴，原本一句话讲得清的总要几句才说清。大家也不当回事，照样说笑，讲悄悄话，逗孩子，有时她急了骂人，声音小了下去，过一会儿又照样响起，像用力压下去，松了手又弹回来的弹簧一样。想起来，这是多少年前的事了，当初是多么地恼她们、恨她们，恨不得扇她们几巴掌，可后来，耳根倒是很清静了，家里却静得像香客稀少的古庙，她强烈地怀念起那些日子来。姐妹们在一起笑一阵、吵一阵、恼一阵，日子实实在在的，每天躺下就睡着，第二天天一亮就朝社里跑。

陈奶奶不明白要开啥会，这个久违的词使她兴奋起来，她追着问

刘会计，刘会计一脸狡黠，说："您老不要打听，我也不晓得开啥会，反正是有重要事情。"这样一说，陈奶奶就不下楼，也不去看她们的房子了，她索性坐了下来，等着开会。

陈奶奶听到细碎的脚步声，接着，王奶奶进来了。王奶奶瘦瘦的，穿着一件藏青色的薄呢大衣，留着齐肩的短发，银白色的头发梳得一丝不苟，脖子上系了一条驼色的围巾，咋看都像个离退休的老干部，还是有文化的老干部。王奶奶见到陈奶奶，眼睛亮了一下，她不忙着领钱，悄无声息地坐在陈奶奶旁边，握着陈奶奶的手。王奶奶的手好凉好凉，她把陈奶奶的手摩挲了好一会儿，才说："大姐还好吧，多久没见你了，好想好想你的。"陈奶奶搂了她的肩，说："又胡说了，想我咋不去看我去？"王奶奶说："总想去看又总去不成，只有在心里想了。"陈奶奶见王奶奶眼睛湿润，就不多说了。她问："听说你信基督教了？"王奶奶点点头，说："心里空落落的，去去教堂，心里平静一点。"陈奶奶问："你还是一个人？"王奶奶说："老了，一个人清静。"

王奶奶叫王隽，一听这名字就不是陈奶奶她们一伙的，可她确实和陈奶奶她们一起度过了许多难以忘怀的岁月，那些艰苦而又温暖的日子，成为她经常回忆的内容。陈奶奶和王奶奶当年同在一条巷子里住，但她们不是一个层次的人。王奶奶家当年住在巷底，是座独立的院落，院里有正厅、书房，还有石榴树、紫藤架，是政府从商人箫竹斋手里没收过来分给他们的。王奶奶的丈夫是中华人民共和国成立前的大学生，参加过地下党，中华人民共和国成立后就在这县城里当了宣传部长，王奶奶年轻时是小学教师，人长得修竹一般颀长，桃花一般艳丽。没想到后来，红极一时的宣传部长被送去山区农场劳改，王奶奶不愿揭发丈夫，不愿与他划清界线，还极力为丈夫辩解、申诉。后来，王奶奶被开除公职，带着一个年幼的孩子搬到大杂院来了。

小学教师王隽失去了工作，家里的东西全被抄了，带着孩子住在大杂院里，她整天以泪洗面，没有了工资，原来的积蓄也充了公，生活渐渐拮据，她大门不出二门不迈，整天关在屋里，大杂院的人除了娃娃的哭声外啥也听不到。每天傍晚，陈奶奶就见她悄悄出门，天黑尽了才做贼一般回来，手里抱着一堆菜叶，陈奶奶知道她是拾菜叶去了。县城很小，转过两条小街就是菜地，总能捡到些菜叶的。陈奶奶心里为她担忧，为她难过起来。有一天，陈奶奶听到她打孩子的声音，听到孩子尖声哭叫的声音，孩子哭着喊："我不吃菜叶，我不吃菜叶，我要吃米饭，吃菜心心！"陈奶奶推门进去，见王隽边打孩子边流泪，陈奶奶劝住了她。陈奶奶带了两个煮熟的鸡蛋，孩子接过去，几下就将蛋壳剥了塞进嘴里，鸡蛋上还沾着些细碎的蛋壳，孩子咔嚓咔嚓地咀嚼碎蛋壳的声音，听得陈奶奶也流下了泪。蛋壳卡住了小家伙的喉咙，小家伙疼得尖声叫起来，王隽心头火起又要去打，陈奶奶扯过孩子，伸出手指在他嘴里慢慢地抠，又让孩子喝了醋，才止住哭。

王隽从此就到陈奶奶的便鞋社来了。

两个老姊妹拉着手说着话，陈奶奶高喉大嗓，王奶奶轻声细气，陈奶奶说到高兴处嘎嘎地笑，像孩子样调皮，像壮汉一样豪爽；王奶奶笑时眯着眼睛，声音似有若无，即使笑着，也有些苦涩在里面。这时，她们看到朱奶奶来了。看到朱奶奶，她俩都笑不起来了，像每次相逢一样，一种异样的感觉充斥着她们的心，她们的心一下子变得沉重而苦涩，就是觉得自己过得很不舒心的王奶奶，心里也在感慨生活的重压和无情。朱奶奶比她俩起码小了 10 岁，当初是她们这拨姐妹中最年轻、最漂亮也最活泼的小妹妹。那时她们大都剪了发，个个都是清汤面似的短发，图的是个省事，早上起来用木梳几梳子就梳顺了，即使不顺，用梳子蘸点洗脸水，一梳，就顺溜了。只有当年爱美的朱奶奶，这个年轻俊俏的小媳妇天天都把两根又长又粗的黑油油的辫子扎得平顺整齐，扎出花样，有时拖在肩上，像两条青蛇一样在她圆溜溜的屁股上旋来旋去，旋出几多风韵，旋出几多情思。有时她又把两条辫子青龙似的盘在头上，额前还留了溜溜的刘海。那时的朱奶奶要脸蛋有脸蛋，要身段有身段，所有姐妹中只有她经常不穿外衣，只穿一件红色的或是绿色的毛衣，毛衣合着身段掐了腰。穿着合身合体的毛衣和宽窄有度的布裤的她格外媚人，两只高高的圆圆的奶子把毛线衣撑出两座撩人上火的山峰，她摆动着纤细的腰肢，走起路来让人知道了啥是风摆柳条；浑圆丰满、充满弹性的臀，惹得姐妹们也想不时掐它几把。当年的小媳妇朱若兰是她们姐妹中日子过得最滋润的一个，她的丈夫在小城唯一的机械厂工作，是个开车床的车工，人机灵而踏实，几乎年年都是厂里的劳模，工资、奖金一分不少地交到她手里，回到家就忙个手脚不闲。家里，五斗橱是他自己设计自己打的，带了蒙板的双人床，用废角铁做的饭桌，旧钢筋做的带靠背的小椅子，刷着绿色的漆；就连生火的炉子，也是他自己用铁皮做的，还带有烟管。那时，小城家家都烧火塘，在地下挖个坑，用砖和泥砌了，是明火，又无烟囱，烧的又是柴炭，一屋里乌烟瘴气的，家家的房子都熏得漆黑，只有朱奶奶家的屋刷了石灰涂了白漆，春光明媚地赏心悦目。

眼下的这位朱奶奶呢？看了你就不由得伤感、沮丧，难过得想流泪。她现在也不过60岁左右，可头发却完全灰白了，这种灰白和银丝闪烁、熠熠生辉的银发不同，这是一种枯槁的灰白，一种大旱之年水分蒸干后卷曲枯燥的灰白。她的脸上，皱纹重重叠叠，脸色晦暗，目光呆滞，像大漠沙砾、丘陵戈壁的枯焦死灰。她的背明显地驼了，患上了严重的哮喘和肺病，腿脚似乎也患了严重的疾症，走路趔趔趄趄，手伸着，随时得找样东西扶着。她穿的灰色褂子明显地旧了、脏了，脚上的鞋和腿上的裤还是陈奶奶去年送她的，衣服也似乎很久没洗了，污迹斑斑，散发出难闻的气味。看到她这样子，陈奶奶总是又气又急又难过，她说："若兰呀，按说我不该见面就说你。可你说你成啥样了？人穷志不穷，人穷水不穷，难道你穷到连水都没有了吗？"她一说话，王奶奶就扯她衣服，让她不要这样说话。陈奶奶说："你扯我干啥子？我不是头一回说她了。每次都是这样子，丢不丢便鞋社的人？我虽然没领导她了，可始终是当过便鞋社社长的人。你说，当年的你去哪里了？那个爱干净、要面子、处处强人一头的朱若兰去哪里了？”

满身沧桑、一脸木然的朱奶奶脸还是红了，王奶奶很不安，说：“大姐……你不要说了好不好？你看若兰那手，你看她那身子，她还动得了吗？”确实，朱奶奶那手看着都吓人，那手像鸡的爪子一样，枯焦瘦削，血管曲张，扭曲变形，像烧焦的树根一样，还时不时发抖。朱奶奶患有严重的风湿关节炎，又没钱医治，只得让它变形着、拮拗着、疼痛着，这样的手，还能要强么？

人哪，谁也说不清命运的变化，谁也无法把握命运。当年的小媳妇朱若兰处处要强、事事争先，可后来，丈夫从那家最出名的机械厂下岗了，下岗也罢了，他是有技术的人，虽然是车工，但钳工也在行，修理单车、配钥匙这些活儿也能干得蛮好。可是在一次上门为顾客配钥匙的路上，他骑着单车被一辆大货车撞了。司机见周围无人，开着车一溜烟跑了。这位机械厂的下岗工人、前厂劳模脚被压断了，医了半年，用完了家里的积蓄，人还是彻底瘫在床上了。她的两个儿子都成了家，但在的单位都不景气，自己都顾不过来，自然也无力管他们。老两口患难与共，只能靠一点微薄的退休工资生活，朱奶奶怎能要强？

贫贱夫妻百事哀。今早来供销社之前，朱奶奶才和老伴吵了一架。自打脚被汽车碾断之后，老伴脾气越来越怪，动不动就发火。这也怨不得他，躺出毛病来了，不光伤口疼，全身到处都疼。昨天他的大妹来看他，说城里来了一个草医，医术好得很，不少人吃了他的药都说好，并且这医生还承诺包治好。他问大妹要多少钱，大妹说300元，还说那医生说了医不好退钱。大妹走后，他就和朱奶奶商量医病的事，朱奶奶说现在到处都是骗子，信不得的。老伴发脾气：“啥信不得？我看你是舍不得钱，把我这条命丢了，你好过清静日子！”朱奶奶不语，她知道他的心情，说：“等等吧，等我想办法凑点钱。”今

天一早，老伴在疼痛中醒了，嚷着说："你还不出去弄钱？你是想拖死我？你去叫那两个杂种来，养他们一场，连点医药费都不出？"朱奶奶说："他们也难，娃娃读书，婆娘无事，叫他们抢人去？"这样一说，老伴更火大了，大声嚷起来，吵得满院子不清静，朱奶奶也火了，和老伴吵起来。朱奶奶的火气压抑得太久了，这一架吵得天翻地覆，若不是院里的人来劝，还不知吵到啥时候。

陈奶奶说她，一说就说到疼处，朱奶奶流泪了，两行浑浊的眼泪，在她丘陵似的皱纹上涩涩地滑行。陈奶奶说："哭，你就晓得哭，你不要哭了，我最见不得哭哭啼啼的样子。过去那日子多艰难，我们姐妹还不是熬过来了。"陈奶奶伸手在衣襟里掏，掏出两张百元大钞来，塞在朱奶奶手里，说："天不会塌下来，地不会陷下去。拿着，有老姐妹在，不会放你饿着的！"朱奶奶被陈奶奶数落一通，训斥一通，心里羞愧到极点，难过到极点。她藏在内心深处那已经被生活磨得不见踪影的自尊，又被陈奶奶训斥出来了。她坚决地把钱推出去，陈奶奶硬塞了两次，还是被塞回来了，陈奶奶说："咦，朱若兰，你硬气了，你生本事了，拿着，这是我的一点心意！"朱奶奶不理，把钱丢在地上了。王奶奶捡起来，看着一脸愠怒的陈奶奶，说："大姐，钱我拿着，我有点事要单独和若兰讲一讲，你不介意吧！"

王奶奶拉着朱奶奶到了外边，王奶奶说："若兰，你是晓得大姐脾气的，她人直、霸道，但心眼好。你记得过去我被她训得哭过好多次，可是哪次有了危难，不是她带着姐妹们帮我渡过去的。她这脾气，这辈子好不了，听说她儿子当处长了还被她训得一愣一愣的。"朱奶奶说："王姐，她的脾气我晓得，一根肠子直通通。但我再落魄、再邋遢，还是个人！七老八十的了，每次见面还被她训斥，我这老脸也没地方搁了。我真怕每个月的这一天，真的怕来领这点吊命钱。"王奶奶说："你不要讲气话了，每个月的这一天你都是来得比较早的一个。我晓得你不仅是来领这点钱，你舍不得大家，大家也舍不得你啊。"王奶奶这样一说，朱奶奶又流泪了。王奶奶心软，陪着流起泪来，她接着说：“若兰，家家有本有难念的经啊，你晓得我的事，我现在钱是不缺了，缺的是个盼头，缺的是份亲情，是份温暖啊。”王奶奶讲到这里，心里也难受到极点，她的孤独、她的寂寞、她的苦涩，一下涌上心来，她哽咽着，哭得比朱奶奶还酸楚、还伤感。

王奶奶自丈夫被打成右派后，带着孩子艰苦度日，她每天在便鞋社纳鞋底，手勒出了一道道血痕，肿得像馒头，常常随着陈奶奶加班。在便鞋社的那间既宽大又阴森的房子里，陈奶奶和她两个人常常要纳到鸡叫头遍了才回去。那时缺电，煤油灯把她俩的身影扯得又细又长，扯得摇摇晃晃，扯得时间像愁绪，全被一针针一线线纳进鞋底。当年的王隽像纳鞋底的麻线一样坚韧，她就是靠这种坚韧度过了最为困难的岁月。后来有一天，她的丈夫回来了，一脸沧桑、一脸疲惫。再后来，她的丈夫又做了官，做得比原来还大，脸色又变得红润了，人也迅速地光鲜了，体面了，坐上了小车，住上了单家独院的小院子，配上了秘书。后来，他突然提出要离婚，他和办公室的一个漂亮的管档案的年轻女人有染，女的已怀了孩子。他给她下跪，流着泪请求她原谅，说如果不和那女人结婚，那女人就要告他，他就会丢官，就会沦落到过去的日子。那时他已年近五十了，他和那年轻的女人结婚后，留给了她一套很宽敞的房子，还留下了一大笔钱，而她，也落实了政策，虽然不再工作了，却得到一大笔补发工资，每月的退休金也相当可观；儿子考取了大学，又考取了研究生，到国外留学去了，剩下她一个人守着一大幢房子，过着富足、寂寞而又无聊的日子。那是富足、舒适却没有盼头的日子，她有时想，这日子还不如过去，过去的日子再艰难、再困苦，可有孩子，有在异地的丈夫，就有牵挂、有盼头、有责任、有希望，盼着孩子长大，盼着丈夫归来，盼着一家人团聚，日子苦而充实。现在，有什么呢？有的是富足、寂寞而孤独、无望的日子，说白了，就是富足、寂寞、无望地等死。

王奶奶拿出自己的钱来，抽出了两张大票，她不能超过陈奶奶，陈奶奶是啥都要比别人强的人。她连同陈奶奶的钱一同塞给朱奶奶，

说："若兰，这钱你拿着帮衬点，这是我们老姐妹的心意。你若不要，就是看不起我们了。当年，你们帮我的时候，我推辞过吗？现在你推辞，就是不把我们当姐妹了。"

三

供销社的会议室已经很陈旧、很破败了，空空荡荡，挂在窗上的窗帘早就褪了色，皱巴巴的像流浪汉的短裤，主席台上的桌子仍是木桌子，桌布是床单，上面还印着"国营旅社"的字样，下面的椅子是长木条的靠背椅，地面仍是水泥地面，不少地方还凹了下去，脚一踢就起灰。这样的会议室现在已经很少的了，比乡一级的会议室差老远去了。谁能想得到呢？计划经济时代的供销社，红得发紫，令人羡慕、眼睛发绿，那时所有物品都凭票证，票证的年代是供销社最辉煌的年代。坐在下面的人，倒是跟这间陈旧的会议室很协调，都是些年老体衰、头发花白或满头银发的老太太。时光销蚀了供销社的辉煌年代，也销蚀了这些老太太的青春，和热力、鲜活的面容。上面要求国有企业改制，供销系统的单位基本都改制了，能卖的卖，能转让的转让，能合并的合并，剩下这家便鞋社，供销社的领导不想让它成为尾巴，成为一截割不掉的盲肠，他们想把它卖了，把改制完成。说是卖，其实就是卖房子。当年的便鞋社唯一的产业就是那幢房子，除了那幢房子，还有一些七老八十的老太太，如果说这些老太太是乌鸦，这幢房子就是树，有树就总有乌鸦在那里聒噪，把树砍了，乌鸦也就没有了。

陈奶奶是最先进入会场的，她被老姐妹们簇拥着，众星捧月似的坐在头排椅子的中间，老太太们嚷着叫着，拍着打着，兴奋得像十多岁的女孩。这些老太太不管生活优越与否，在家里都是一家之主，但在这里，她们就成了陈奶奶的老部属，一个个都仿佛有了主心骨。陈奶奶依然用当年的口气讲话，一会儿说说这个，一会儿说说那个，被她表扬的或批评的，都心悦诚服的样子。她们服，就是批评，也成了享受。这种享受已经越来越少，甚至快没有了。

会场里进来了几个人，其中一个年纪大点、头有点秃的，老太太们晓得，那是供销社的老领导。那时，他还是毛头小伙呢，媳妇都是陈奶奶张罗着说的。其他几个都是年轻人，但她们晓得，他们是供销社现在的领导。

台上的主持人将老太太们的嚷嚷声压下，宣布开会，一个领导模样的年轻人读了文件，是关于国有企业改制的文件。老太太们不明不白，企业改制关她们什么事？会场上又嘤嘤嗡嗡的，虽然只有十多个老太太，但她们大多耳背，她们自认为是在讲小话、讲悄悄话，声音却大得刺耳。对她们讲话，必须大声吼。台上的人弄得坐不住了，主持会议的人只好走下台去，用手来制止她们讲话。文件终于念完，又有一个年轻的毛头小伙讲话，这小伙据说是县里派来指导工作的，算年纪是她们的孙辈的了。她们弄不明白他的话，又大声地讲起她们的“悄悄话”，会场简直一锅粥。年轻的主任皱着眉，说早就该散了，什么素质？年纪大的老主任说怨不得她们，她们要有素质，早在国营单位了。年轻主任红了脸，不再讲什么。

老主任接过话筒，在话筒前咳了几声，老太太们像听到什么信号似的，安静了下来。老主任说：“老嫂子们，咱们又见面了，当年你们给我找了媳妇，现在都当奶奶了，我也退了休，和你们一样带孙子去了。社会进步了，经济发展了，企业要改制，社会再进步，当年老嫂子们为社会作出的贡献，是没有人忘记的！”

老主任用他的语言，很快就讲明白了国企改革的事，但这些老太太们还是不明白她们的便鞋社和这有什么关系。陈奶奶首先提了这个问题，老主任说：“具体到这件事儿，就是卖房子，卖了把钱分给大家，人死病根断，从此两不缠。”陈奶奶一听这话就炸了：“小六子，你讲啥？啥人死病根断，从此两不缠？你是说我们这些老太太是些废物，是犁不了地拉不了车的老牛老马，该宰了？留着戳你们的眼睛，

宰了杀了就不再缠你们了？”陈奶奶这样一嚷，老太太们马上附和起来，七嘴八舌地吼起来：“你们说说，我们就真的是老牛老马？该宰了？卸磨杀驴，才卸了几天磨，你们就见不得了！啥子从此两不缠，我们缠你们啥子啦？我们每个月得那几文钱，命都吊不住，啥时来缠你们啦！那是我们的房租，不是哪个发善心施舍的钱！”老主任平时说话对她们的口味，和她们谈得拢，听得进。今天是怎么啦，好端端地想把话说规范点，说中听点，把道理说透，可咋说成这种效果了？老主任羞愧了，苦笑说：“看！我说我做不成思想工作，你们硬要拽我来，惹麻烦了吧。”老主任说着站起来，说：“我该回去喝中药了，这些天一身都锥子戳着一样疼。”他才站起来，年轻的主任一把抓住他，说：“老主任呀，你走不得。这些老太太只有你才能说服她们。你刚才讲的意思没错，只是话直了些，你换个说法跟她们讲，她们听你的。”

结果，会是开不下去的了，陈奶奶说：“为啥子要卖房？房是我们姐妹一针一线、一分一厘地攒起来的，卖祖根父业，算啥本事？当初我们容易吗？姐妹们蹲在人家门廊内做针线，手冻皴了，脸吹皱了。刘二嫂的娃娃睡在廊檐下冻病了，周二姐的娃娃在门口被骑车的人轧了，流了好多血。好不容易买了房，才有个安身场所，这容易吗？”陈奶奶的话引起了老姐妹的共鸣，大家叽叽喳喳，咂嘴叹息，气氛沉浸在往日尘封的哀痛里。

王奶奶在老太太中鹤立鸡群，她的穿着，她对身体的保养，她从内里透出的气质，在这群或穷或富，或土或洋的老太太中显得很扎眼，谁也不相信她当年就和这群老太太是一伙。王奶奶爱怀旧，这源于她的孤单、落寞，这是再富裕的生活也弥补不了的。她说：“这房子卖不卖吧，也不是啥打紧的事。卖了，也就是一人分到点钱，可这点念想再也没有了，老姐妹们也不会聚在一起了。都七老八十的了，谁还能活出个劲道来。眼见老姐妹一个一个不在了，我这心是剜着的疼，再没有这房子，连见面的由头也没有了。”王奶奶说着眼圈红起来，声音哀哀的，透着无限的凄凉和伤感，这群燥得像泥土一样的老太太，心也坠下去，也伤感起来。想想一晃几十年过去，青春不再，岁月不复。当年拖儿带崽的小媳妇们，转眼成了白发苍苍、疲惫苍老的老太太，个个心里都有些黯然。过去的日子再苦，总有个盼头，盼着孩子长大，盼着生活好转，盼着起房盖屋，盼着箱满屋满，现在盼啥呢？盼死？可谁愿盼死呢？盼长生？可谁能长生不老呢？当年的小媳妇，个个胸脯鼓鼓的，腰肢细细的，屁股溜溜的，现在呢？姐妹们一个一个少了，再卖了房，就真的没有理儿聚会了。这房，能卖吗？

朱奶奶随了大家叹气，随了大家伤感，可渐渐的，她的情绪由伤感转为焦虑，又由焦虑转为伤心。她为自己艰难、苦涩的日子焦心、感伤。老伴瘫痪在床上，这辈子甭想爬起来了，那个肇事司机逃走了，老伴没得到一分医疗费。这年头，啥都能少就是不能少钱，啥都能得就是不能得病。就是有公费医疗，自己也还要出一小半儿呢，何况老伴下岗，吃饭都成问题。英雄气短，当年的厂劳模流着泪，疼得止不住，说："掐死我吧，掐死我吧，我活着丢人现眼，活着受罪！"想起和老伴的争吵，想起每次陈奶奶和老姐妹给的一点钱，朱奶奶愧得慌，陈奶奶每次训她、斥她，她都恨不得寻条地缝钻下去。她也是有脸有面的呀，也是有自尊的呀。当年的朱若兰，那个干净利索、聪明能干、啥也不让人的小媳妇去哪里了呢？贫穷困苦将当年俊俏能干的小媳妇揉搓得像沾满灰尘泥土的、皱皱巴巴肮脏不堪的腌菜叶了。她也知道陈奶奶心好，是个热心热肺的直肠子，她当她们的领导当惯了，动不动训她，训了又给钱。她说不清对陈奶奶的感受，尊敬？感激？厌倦？厌恶？好像啥都是又啥都不是。

朱奶奶想，这房子卖了也好。卖了，分得一分是一分，分得一厘是一厘，总之是自己的，用着心里踏实。这点钱不可能太多，也不至于太少，反正够用一阵的吧！死水经不住活瓢舀，终归很快会完的，人穷志短，走一步算一步吧。

朱奶奶吞吞吐吐地将她的想法讲了出来，十多个老太太一下子都

哑了，会场里静了下来。随即，响起了几声七零八落的掌声，是从台下走来和她们坐在一起，征求她们意见的几个领导的掌声。年轻的主任不失时机地说："现在有人同意卖房子，大家再好好想一想，你们年岁都大了，虽然有的老人家富裕一些，但大多数还是有困难的。与其一个月几十元的领着，不如分了好安度晚年。我说句不该说的话，也是真话，大家毕竟上了年纪，寿命再长，超不过百岁吧，与其吊着命，不如把钱分到手踏实。"

老太太们觉得年轻的供销社主任说得也是个实情，开始有些动摇。但她们习惯了看老领导陈奶奶的脸色，陈奶奶有恩于她们，把她们组织在一起，热心热肠为大家拼命，谁没有得到过陈奶奶的帮助？当年周二姐家的房子被火烧了，陈奶奶带着大家赶去，一帮年轻媳妇冒着危险把火扑灭了，陈奶奶冲进大火，把周二姐的娃娃背了出来，她的头发烧焦了，衣服烧烂了，脖子上、胸口上到处烧得黑乎乎的，手一伸上去，表层的皮肤就像蛇蜕皮一样蜕去，露出红红的肉。个个心疼得倒吸凉气，个个感动得热泪盈眶。随后，陈奶奶又带头捐衣捐物，把当月的工资拿出一半给周二姐，大家都噙着泪，只领了当月一半工资。陈奶奶挂在嘴上的一句话，就是"只要拧成一股绳，没有过不去的山、没有蹚不过的河"。确实，那些年若不是这样，不少家庭就挺不过来了。

陈奶奶转过头，她虽然年纪大了，精神劲儿仍是挺足的，眼睛虽然有些昏花了，眼光仍然是锐利的。她扫视着大家："你们说呀，有人带头说了，你们表个态，卖还是不卖？分还是不分？大家说卖了，我也随个缘，说不卖，我也同意。只是死水经不住活瓢舀，分那几个钱，填不满穷窟窿的，指望这钱活个人样，想也白想。"她这样一说，朱奶奶脸就红了，朱奶奶低着头，两只鸡爪似的手互相绞着，不敢再讲一句话。有几个动摇了的见朱奶奶是这个态度，也不敢讲啥了，气氛一下变得很沉闷。王奶奶说："大姐，我讲一句好不好？按说，这改制是上面的政策，我们是不好违背的，你说的话也是实话，死水经不住活瓢舀，这点钱咋经得住折腾！只是像若兰这种状况，有点帮补总比没得好。我呢，也晓得你的心思，也想经常和老姐妹聚个首会见个面，我也舍不得老姐妹们，只是，若兰这种情况……”陈奶奶被王奶奶的话绕晕了，心里烦起来，说：“你到底要说啥话，你说明白点，你这人就是读了几天书，把个屁放得曲里拐弯的，叫我闻着不知道是香还是臭。”陈奶奶的话把大家逗笑了，多少年了，头发都白了，陈奶奶还是原来的脾气，还是大姐派头。

正说着，一个半大小子气喘吁吁地跑上楼来，一头冲进会议室，直通通地跑到朱奶奶面前：“朱奶奶、朱奶奶，不好了，你快回去！”朱奶奶挡住他，说：“啥事这么急？说也没说清跑什么？”半大小子说：“朱爷爷不晓得为啥要爬下床，结果他爬到床边摔下去了，人已经晕死过去了！”王奶奶说：“怕是脑溢血，若兰不是说过他又瘫痪又有高血压。这病危险哩，去迟了怕没命了！”陈奶奶扔下他们，迈开大步就走到前面去了。大家呼啦啦地跟着，就像当年去周二姐家救大火一样的齐心。

空空荡荡的会议室里，剩下几个领导，连老主任也咋咋呼呼地跟着跑去了。年轻的主任本能地站起来，也就是一瞬间，他又坐回去了，去了这医药费谁出呢？他又站起来，也不和谁打招呼，匆匆走了。他怕有人返回来找他，他到哪里去找医药费呢？这“利民便鞋社”卖还是不卖，他也来不及去想它了。以后到底卖没卖，大家都不清楚了。

校歌

都说这巷子深，其实，早先这并不是巷子，而是条小街。有篓子门，像罾鱼的网栏，竖在门口，显着雅致，透着牢靠。青石板铺的路，有些年头了。巷尾那块倒在地上的石碣，说它是咸丰年间铺的。早先走牛车，牛车的木轮有两个孔，像半月，走起来，看着像笑脸。缓缓地，稳稳当当、从从容容地走，看着挺舒心。赶车人还唱歌，荒腔走板的情歌，也惹得未出阁的妹子脸红心跳。木轮坚硬，压在青石板上，经年累月，竟压出两道深深的辙。两寸多深，下小雨，可泄水。天干，泼洗菜水，畅畅的，真好。

后来，来了家有钱有势的主儿，将巷口的房买了，横着一伸，成了挺气派的院宅。小街却断了，成了深巷。这家人挺发，出了好几任官，一巷人啧有烦言，说好风水被他一家占了。

以后，这房子一直住当官的。

在巷口摆个小矮凳帮人写信的秦大爷，在他过了七十大寿的时候，看见巷口来了帮泥水匠，带着各种工具，往巷里走。秦大爷知道，巷底要换主了。

早几天，秦大爷在摇头晃脑帮人写信时，看见巷里来了辆手推车，拉车的竟是巷底宅第的那家主人，他惊得老花眼镜差点滑下去。这主人家原来门庭若市，一天到晚来的人不断线。他本来生得不算富态，但气色好，印堂发红，仿佛总有紫气霞光罩着。现在这主人往外搬，想来是犯了事儿。你看，他将腰弓着，脸向下，脚向后蹬，像只老虾，他老婆、女儿在后面推着车，一样的勾头，一样的脸向下，孤稀稀的，好不凄凉。想那往日，主人的老婆、女儿，除了天上的云彩，哪知道脚下还有这冰凉的青石板。

秦大爷是小巷的石碑，小巷的变化，宅第的兴衰，全都刻在他的皱纹里。

像以往任何一次一样，主人搬走，泥水匠来。这次是动了大手术。洋灰、砂子、青砖、石灰源源不断地拉来，散乱地堆着，并不认真照看。这几天，这家打个墩，那家补补墙，像拿自家的一样方便，泥水匠分了茬，有筛砂的，有拌灰浆的，还有平地、抹灰的。丁零咣啷、乒乒乓乓，忙乱又有序，白天光阴不够用，晚上接着干。挑了电灯，小巷变得透明。泥水匠快活，一嘴下流话，还唱山歌，那村歌野调，扯声咽气的，底气倒足，一条小巷尽是山歌。秦大爷看那些汉子穿了毡褂儿，知道是山里来挣钱的，把小巷当成大山了，难怪唱起来没遮没拦的。

几天后，一巷人眼前一亮，如同看见灰蒙蒙的野鸭群飞来了一只白天鹅，野鸭越灰，天鹅越白。那座最阔、最大、最气派的院宅占尽一巷风流。院墙重新做了面子，又粉了。原来有一树桃花，也开，但在灰色的底上，艳丽被蚀了。现在墙一白，桃花灼灼，有了诗意。迎面的照壁上，早先那主人写的规规范范、齐齐整整的语录现在粉了，换成文化馆的小张老师画的画，国画。尽是山水，天地之美全融进去了，多雅致。

又是忙，有小三轮车来。巷深且窄，容不得大的车。从车上搬来的家具，倒未见大立柜、写字台、沙发。家具不新也不旧，不土也不洋，色调不艳丽也不土俗，不明快也不黯淡。书多，一捆一捆的，像

孔夫子搬家。众人新鲜、稀奇，知道又换主人了，跟着瞎跑瞎乱。小娃子吊在车尾，脚跷上去，贴壁虎似的。车跑，人也跑，慌得爹妈们吼天叫地。司机以为出了事，急出一通臭汗。车停，小娃子一溜烟跑了。爹妈们年岁都不大，也矫健，各自追上去，扯了来就打耳光，打得自然疼，于是大哭，于是更热闹。

主人来了，是个五十来岁的精瘦汉子。没有例外地穿着蓝色中山装，脚上是双翻毛皮鞋。走路稳稳的，不急不躁，不昂首看天，不反剪手踱步，一点不做作。头上是短发，棕刷似的，鲁式。额上多皱纹，原是地球初期状，风剥雨蚀，丘壑出来了。面孔黝黑，还有太阳的吻，原野的风。老伴文静，但显机灵，抬头一个主意，低头一个见识的样子，只是还不丰润。

二十多年，被打下去，和泥土泡在一起，和岩石厮守，和山民为伴。

现在是部长，重新任的。之前，在招待所休养了月余。

和周围的王二娘、周老婶们打招呼、寒暄，抱起一个腥臊的儿娃子，在屁股上拍了拍。老伴蹙眉，透露出些不满意。王二娘、周三婶们惊诧、愕然、局促，继而高兴。王二娘甚至打算回家取个凉粉送来，甚至琢磨了送来时的借口，但终于没去。

部长在围墙前站定，一样的不安、惶惑。绕过照壁，进了庭院，一一看，一一摸，细细地，缓缓地。心中百感焦集，也许是20年来的屈辱，也许是房子的堂皇宽敞使他惶恐，或许是人际变迁引来心底波澜。老伴委婉地下了逐客令："才搬家，到处乱糟糟的，想请大家坐，也无坐处。改天来吧，一定欢迎。"众人相视，也觉无趣，纷纷撤散。一个儿娃子将手在雪白的墙壁上抹了一下，墙壁上立即印上五指，老伴不悦，用白纸去擦，终是无效。

部长有些不安，追出，见一老者指指点点，正与一干人评说此宅历史，众人极严肃，一脸虔诚，如同参观故宫。他知道此人是秦大爷，他是这历史城墙上的砖，是小巷的活化石，于是表现得十分尊重。他递烟给秦大爷，老头不卑不亢，轻轻一挡。这一挡有力度、有内涵、有分寸，一招一式，不乱的。秦大爷撩起长衫下摆，摸出一个黑漆烟荷包。旋开，上面是绿莹莹的白菜叶，下面是黄澄澄的川烟，润得极好。默默递过去，部长接过，就势蹲下。蹲得也好，见功见底的。把烟叶掐了，齐崭崭的，条条一样长，裹紧，接口处在舌尖上抹了点口水，粘了，严丝合缝的，有滋有味咂起来，众人皆服。于是两人从从容容、款款切切叙话。众人或蹲或站，或听或叙或插话，气氛融洽，像幅小城风俗画。

老伴出来，脸色有些不大好看，很快隐了，才一眨眼，也是功夫。

“老姜，又抽叶子烟，你肺有问题，又咳痰，忘了?”

“没问题吧，恁多年，也过了。”

“你别犟，王书记交给我的任务，监督你。还蹲地下，关节炎没了?”

“蹲能治关节炎，九世单传，祖传秘方哩!”

“别打哈哈，王书记说……”

“得了，得了，进去，进去……”

众人散去。

宅院簇新了，门自然也鲜亮，刷了几道漆。搬完家，洞开的门掩了，剩了一条供人出入的缝。屏去了许多好景致，藏起了许多新秘密。部长恋棋，一天到晚手痒。有来访的某科长和他对弈，臭棋篓子，尽输。部长先是兴奋，觉得棋艺长进不小，又觉不过瘾，终于咂出些味道，于是不和他对弈。听说秦大爷乃高手，跑去巷口蹲着杀了一盘，老伴说王书记来，将他扯回，进门，才知是老伴计策。实在气恼，发了脾气，二人做了妥协，请老头来宅里相杀。杀棋的战场秀丽得很，有架葡萄。空气是绿的，像头汤的滇绿茶；石桌是冷的，大热的天，正好。老秦头有此殊荣，杀得尽心尽意，杀得蹙眉敛目，杀得痛快淋漓。部长察觉老头杀棋就是杀棋，无功利心在里头，也尽心尽意杀，终觉过瘾。终输一盘，心中又生出些懊恼，觉得面子上似有蚂蚁爬。于是使尽浑身解数，又做了手脚，赢得一盘，喜不自胜。于是丢了棋，扯山海经，漫不经心地，了解了许多民情。

棋杀得多了，秦大爷常出入于这家宅第，就有了友情，只限于部长，这也够人羡慕。

这一日，秦大爷从部长家带一身硝烟，裹一团祥光出来，被小巷中间住的王二娘挡住。二娘脸上渗了蜜，笑得着实甜，将老爷子请到家，又敬烟，又泡茶，还吃了夜宵——凉粉。这王二娘是凉粉世家，做得一手好凉粉，是小城一绝。但究竟怎样的做法，众人不知。有人熬更守夜在板壁缝看她咋做，如法炮制，却成一锅稀糊糊。王二娘半夜起床，生着旺透的柴火，焰火将青石板灼得生疼。她推浆、过滤、点卤、再煮，也不知有何诀窍。凉粉在一溜盒里凝固，取刀切一片，但见其呈粉绿色，半透明，见得街景绰绰。有粉花，如琼宫玉树，摸着腻手。切成尺余长条，可拎着包，游龙般旋转，不兴断的。又有好佐料，那陈醋据说是爷爷辈窖下的；姜、葱、芫荽，泡大蒜是不用说的；还有蘑菇、韭菜花，等等。一碗粉绿粉绿的凉粉，放上油亮鲜红的辣子，撒上各种佐料，凉阴阴、滑腻腻、辣乎乎、麻噜噜，打嘴巴也不放下。秦大爷是一老饕，十把年未见王家凉粉，立即嘴里生津，涎水欲滴，两眼虽浑浊，也放出灼灼的光来。

一碗凉粉下肚，秦大爷兴致好到极点。

王二娘端条小板凳坐在秦大爷脚前，神情幽幽的，撩起围腰擦泪。

老人大惊，忙问情由。

王二娘的凉粉生意停了十把年，日子过得紧巴，儿子初中毕业，要照毕业像，竟连 1 元也拿不出，娘俩吵了一架，二娘心酸。

听说外头有些松动，二娘找市管会的人要求准其开张，遭训斥，妇道人家，心浅，幽幽哭了，请秦大爷作主想办法。

秦大爷有侠义古风，又吃了别人凉粉，答应找部长想办法。

当夜，王二娘的灶就生了火。是燥透了的松柴，火焰泼旺了，一截青石板的鲜红。有烟顺巷里流淌，像在河床里，并不溢出去。

部长送客回来，嗅着松脂的香味，想到了田园，想到了山林，想到了蘑菇般的农舍。

第二天，秦大爷引路，王二娘在后。好个王二娘，阴丹布洗得干干净净，白毛布底鞋晃眼睛，青布围腰透精神，背篓里用白布纱巾包了块脸盆大的凉粉，又用瓶瓶罐罐装了只此一家的作料，将精美的食品和古俗带进屋里。

部长当即就叫做来吃。拿钱给王二娘，王二娘执意不肯。部长吃得舔嘴咂舌，老伴也啧啧称好，说二十年没有吃到了，有隔世之感。又问王二娘的老娘王凉粉，部长进城吃过她的，知道归宿，叹息一回。末了，秦大爷代言，将来意挑明。部长先前在看一份报纸，似乎有些信息，复又拣起，粗粗览了一遍，又在划有红杠的地方打住，细细揣摩。良久，似乎已有把握，正欲表态，夫人扯他衣角："忘了呢，你在吃中药，咋又吃凉粉。也怪我嘴馋，忘了告诉了。你那体子虚了，只能吃湿热的东西。"

部长愕然，少顷，哈哈一笑："这中药，只怕无用了，得重开。"

隔了些天，秦大爷又去杀棋。二人摆好架势，将各个棋子坐到该坐的位置上，并不忙下，二人盯了棋子出神。部长手支在下巴上，凝神默想，秦大爷在裹叶子烟，神态安详得很。战场寂寂，更使人心焦。部长考虑已定，立马一声断喝："走来。"棋子还未放下，来了客人，老伴叫陪客，部长捱着不动。老伴脸上显龊色，"你呀，老是这样，要坏事的。"部长收起兴致，勉强去陪客。兴致不好，宾主客气一番，无话。客人告辞，老伴悻悻收起茶杯。二人重新布局，重新酿得好兴致，痛杀一番。临别，告诉了秦大爷好消息。

秦大爷兴致勃勃走来，挨着王二娘耳语，王二娘苦脸上添了笑，又用围腰搓手，又重留秦大爷吃顿便饭。

王二娘的凉粉摊子到街上，立马来了小城众多老少。围了厚厚几

层人，散了一层，又添一层，如剥千层饼。秦大爷是义务咨询，回答众人提问，释疑，又向众人宣传部长的好处，众人称道。

王二娘一开张，像涨了春潮。隔几天，赵麻子的卤狗肉、孙驼背的小磨豆腐、李豁豁的鳝鱼汤全开张了，一个小城，到处是五颜六色的篷布，如一夜春雨，发了一朵朵蘑菇。

部长下班来，见此番景象，一路走，一路点头，一路微笑。

这天闲下来，手痒，想起秦大爷几天未来，从门里踱出来。月夜融融的，有夜气上来，凉爽了。青石板更凉，有一两株槐树憋足了劲，将一天太阳的芳馨，幽幽释放出来。馨香，吸一口，透尽肺腑，再吸就没了，不在意时，又袭你。有小孩在月光下丢杏核儿，在泥地上挖个洞，隔了距离，划条线，站在线里朝里丢，丢进了，就算赢。看看也蛮有趣。

到了秦大爷家，知道老爷子脚被石板上的车辙扭了。那牛车的车辙是历史，像老爷子的皱纹，能发人思古之幽情，就是有些坏事，常有人在车辙里扭了脚。尤其是春天，下了霖，青石板镜样滑，扭到槽里，常有人坏事。接骨斗榫的周道人忙不停。

部长想，应该换上水泥了。

可这回却有些不易。上次让王二娘他们摆了摊子，是大家都在研究报纸，都在划红杠，且不久又有红头文件来。这回提出修水泥路，叫秘书起草了报告，又写了批示。开会时，又对管修建的城建局长讲了，说关心一下群众利益，做点实事。人家是满脸笑，满口答应。

又扭倒了小娃子，且严重。部长答应修路的话早由秦大爷传出。众人一口称颂部长，部长脸上越发挂不住。催办几次，总说忙，会安排，终不见动静。部长叹气，感到力量并不十分的大。

有同乡来要求落实政策。部长查了材料，知道了该人过去乱搞男女关系。这等事，现在也要处理的。于是肃然，板了面孔教训他。人走了，觉得很庄严了一回。

部长清名，小巷人交口赞誉。

于是，巷尾孙小脚麻起胆子，悄悄请秦大爷去坐，悄悄讲话。秦大爷不等她细说，早知道事情始末：政府头的一个某某办公室主任，和孙老太婆紧邻，此公手段狠辣，为了霸占一块房基，将孙小脚家的出水沟填了，在上面盖了房子。这地基原属老太婆的，这一来，地基换了主，水沟堵了喉，天一干，要将脏水一桶一桶提出去倒。老太婆脚小，走得歪歪扭扭，常泼得一身脏水。下雨天，水泄不出，将屋里淹得像沼泽似的，一家人冒雨舀水泼出去，常常淋成落汤鸡。有时半夜下雨，从被窝里爬出来，热乎乎的身体淋起一疙瘩、一疙瘩的鸡皮皱。雨住，病倒好几个。孙老太婆跑了许多部门，都是遭人白眼和呵斥，常常哭泣。

秦大爷义愤填膺，一怒之下，免费帮孙小脚写了状子，又叫她用大拇指盖了红色的印泥，走了。

部长看了状子，牙痒痒，走了。人心同然，二十年屈辱日子，许多开端侮辱，平白无故的欺凌，一并涌入心头，浩然正气，弥漫胸膛。既有清名，为民之事，岂可推诿。

常委会上，部长慷慨陈词，大义微言，振聋发聩。书记说：“这事应该抓一下，党风不正，群众受苦。”副书记更激昂：“建议抓紧办理，抓而不紧，等于不抓。杀一儆百，才能教育一批人，挽救一批人。”

部长欣慰，面呈喜色。

散会，客客气气告别。副书记又嘱咐：“老姜，这事儿你得多催促，一定要抓到底，不管遇到什么阻力，也不能退让。”手握得紧紧的，部长感到力量，感动得眼潮潮的。

街转角处，有人匆匆来，轻轻拍肩，回头，见是才告别的某常委。某常委说：“会上这事，莫管了吧。”“为啥？”部长眼瞪得老大。“你呀，民间的事倒知道不少，天上的事呢？那副主任是副书记的亲家，副书记又是纪委二仔的姐丈，都是本地人，枝枝蔓蔓，瓜瓜绊绊，谁也理不清。”“这……”部长惊讶得不行。

当晚，部长辗转难眠，心中颇为气愤，心情也复杂。平日也知道此地情况复杂，当地干部结成筋，然个中奥秘，并不十分清楚。想起白天之事，受捉弄的感觉油然而生。老伴起来给他披衣，好言劝慰，又叫他不要再提此事。

部长莫名其妙发了火，叫女人不要管政事，这事自己定要管到底。老伴愕然，大惑不解，患难时也少见这样，悻悻然睡去。

部长其时心情更复杂。

秦大爷是热心人，又拍了胸口许了诺，隔几天就来询问一次。部长面有难色，还是答应催办，只是口气支支吾吾，部长夫人却做嘴做脸起来。

不久，闻听部长要升副书记，书记是外地人。部长脸色红润多了，事情似乎也多起来，没时间和秦大爷对弈了。

蹊跷的事多起来。

先是王二娘的凉粉摊子被人干涉几次，终因理由不足，争吵几次也罢了。后来来了个穿白大褂的人，自称是防疫站的，取了碗凉粉回去。第二天来，神色严厉，说她的凉粉什么菌什么菌太多，危害群众健康，罚了款。钱数完，又宣布要她停业。

王二娘来找秦大爷，秦大爷也作不得声。

有人来调查部长受贿的事，说王二娘、赵麻子、孙驼背们常送东西来，还说部长夫人住院时，见有人塞红包在枕下。

有人说部长和收发姑娘，有一次，在小巷游……

秦大爷看见的，巷深，部长送她出来，原本部长夫人也在的，说的人却少说了。

月亮朗朗的，巷里的槐树筛了一地碎影，夜风装了许多婉柔。几个年轻人打了哈欠，趿鞋回去了。突然，巷底那宅里，起了歌声。那歌声好激昂、好雄伟、颇有气魄。清馨的夜被激动得惴惴不安。

众人呆了，不知这家人为何突然唱开了歌，也不知道多少人在那里，只觉得唱得荡气回肠，唱得悲壮凄凉。

有人在槐树荫下激动地说："校歌、校歌，他们在唱校歌。"众人不知校歌为何物，懒得去搭腔。只有秦大爷知道，这是往次来找部长落实政策的人，和部长相同的口音，这几天又来了。

王二娘拍手打巴掌地说："白天部长家来了好多人，怕是部长生日。"众人想起，来的人都似曾相识，有的干脆认得，如工商局的何局长、卫生局的刘副局长、劳动人事局的罗局长、中学的周校长等。

第二天，部长上班走到巷口，秦大爷拦住了问，部长尴尬地笑，说一班老头老太，都是当年校友，闹学潮、闹地下党、游击队时的校友、战友。老伴请了来，就唱，确实是校歌，还流了泪。

王二娘去摆摊子，赵麻子、孙驼背、李豁豁他们也无人干扰。收税的来了，听了是青石巷的，就将一脸不耐烦收回去，言语透出许多亲切，收税的数目也不死抠，报个数，意思意思就行。

隔了一月，歌声又起。众人大惑，不明白这是为了什么。秦大爷常替人写信，对日子记得特别牢，也特别敏感，记起今天和上月同一天，秦大爷联想也丰富，估摸他们和耍庙会一样，到时候就会自动来的，年年如是。又记起白天来的多是公家的人，有头有脸的，仍然操同一个口音，人数似乎多了些。连往次那个来找部长落实政策的人也来了，只不同往次，人穿得齐楚了些，也精神了些，但还见得到猥琐气。此人见了秦大爷，一样的客气，还敬烟，笑眯眯地说："部长已叫上班，让管文件，没什么职务，但工作重要。"秦大爷当时想，到底落过难，不忘根本。

清风轻轻吹拂，繁星缀满天空，谁家花放了一巷清香，是个难得的乘凉天气。又有歌声，沉沉的，雄雄的，像海涛漫涌，将一巷人推来搡去，激动得很，同宅里人一样。有人情不自禁想唱，又不知从何唱起，只有和了节拍，哼哼着，一巷都悲壮。

部长果然升了副书记。

城边起了一座洋楼，部长和秦大爷说要迁过去。秦大爷和部长杀棋时，竟没说一句话，心里不知啥滋味。

满巷人心里都怅怅的。知道那校歌是听不成的了。王二娘担心人家会再来“化验”她的凉粉。秦大爷想，这巷，水泥路怕是不会修了，以后走路得小心点。

这宅子换了几任主人，不清楚。后来的，会不会再叫人怀念呢。

部长（现在是副书记）搬家前，最后又唱了一次校歌。秦大爷摇把破蒲扇，不知什么时候迷糊了，破蒲扇落在椅子下，老伴摇醒他：“睡去吧，恁早，就瞌睡，人家还在唱校歌呢。”

鞋垫

夜幕降临。县农机厂退职回来的顺祥关掉了自家小饭店的门，我俩沏了茶，坐在火炉边闲聊天。

店门“吱呀”一声被推开了，伸进来一张傻乎乎、胖嘟嘟，带着些稚气，又透着些自负的脸。

“师傅还卖饭吗?”胖乎乎的脸问着，整个身子挤了进来。这是个典型而又地道的农村小伙子，穿着簇新的涤卡制服，却把里面穿的白衬衣领口翻在蓝涤卡外衣的领上，一圈白色在他黧色的脖颈上显得很耀眼；头上同样也戴了顶崭新的国防绿的军帽，不晓得怎么搞的，他竟将这新帽子捏起角来，四棱四现，就像用四块板瓦垒的灶，一看真腻歪。

这小伙子走来，将肩上一个鼓鼓囊囊的帆布挎包放在凳子上，转过身，朝门外咋咋呼呼地喊：“四叔、四叔，快进来，里面热乎咧!”门外传来马蹄踏地的声音，接着又是马的长嘶，想来是马车老板无疑了。随着“哒哒”的脚步声，进来一个四十来岁的汉子，他穿着黑色的对襟棉袄，腰上紧紧地扎着一条布带，脸很阔很大，嘴皮厚厚的，很憨厚的样子。他嘴里喷着热气，将背上的草料袋朝墙角一放，过来坐下。

顺祥脸上出现了一丝嘲弄的笑，他歪过头，朝我撇了撇嘴。我知道，他素来对这些乡下佬很看不起，觉得他们土，一分钱能捏出水来，上饭馆，总是买碗白饭，要碗米线，连汤带水，稀里哗啦吃完了便离开。油水不大还要人伺候，真憋气。这一笑，他是要捉弄人了。

“两位贵客，来小店一趟不容易，小店有炒鱿鱼、油淋鸡、冰糖银耳、生蒸宣威火腿片……都是本地名菜，经过省特级厨师刘光亚大师鉴定，有地方特色的！还有色香味俱佳，连省长大人吃了都啧啧称赞的汤爆肚。价钱便宜，营养丰富，滋润可口，老少皆宜。二位，吃了包满意，请点菜。”

顺祥一脸正经神色，口齿伶俐、不带任何矫饰的表演，使我差点笑了起来。

那二人被顺祥这一串车轱辘话搞得晕头转向，小伙子眼睛一眨一眨的，那中年汉子更木，厚厚的嘴唇一咧一咧的，想说啥，却说不出。

顺祥在想怎样将这两个冤大头的钱揣进自己腰包里，他对那小伙说：“这位兄弟，穿得透身新，好像去说媳妇。瞧，还是涤卡，蓝殷殷的，哟，还发亮呢，一瞧就晓得是地道的上海货。”

那小伙也有些冲，听人家夸他的衣裳，脸上就有了得意的神情，刚才的呆相消失得干干净净，接口说：“还能有假的！真资格的上海货，我五哥从省上带来的。你瞧，商标！”

他不厌其烦地解开钮子，衣裳一露开，大家忍不住乐了。得，这小伙，真有意思，在雪白的衬衣上，又套了一件鲜红的汗褂，这种别出心裁的穿法，这种强烈的色彩对比，真好笑。

大家一笑，他更乐了。

顺祥掏出衣袋里的锡箔纸带把儿的“劲松”烟，双手合一，恭恭敬敬地递过去：“二位，吃支孬烟，喘息喘息。周宾，麻烦你泡两杯水来，放好茶叶，多放点，我晓得他们劲道大。”他转身叫我，又对二人说：“现而今，政策好呀，包产到户，哪家不喂几头五六百斤的大肥猪，拉到市场上，大把大把的新票子就到手里了。听说了吧，前不久大雁村的一家农民，粮食多得压垮了楼，这是丰收之灾呀，差点压伤人。有了钱，要会过日子，不要当土财主。省成财主，饿成骷髅，不划算呀。”那小伙一边点头，一边咂烟，挺有气派地跷起二郎腿，那中年汉子，嘴唇咧了两咧，弄不清是啥意思。

我站在后边，帮着腔：“年轻人，气派点，难得进趟城，谁不图个风光体面，大手大脚地当回甩手掌柜，转去跟其他人讲讲，让他们眼馋。不要让人家讲，乡头人夹手夹脚，有钱不会使，只会当土老财。”小伙子昂起头：“谁说不是哩，我就颇着兜里的不算，来糟蹋它一回，师傅，尽有的，做出来。”小伙很有气度地讲。

中年汉子咧了咧厚嘴唇，终于挤出一句话：“省着点吧，你妈喂那头猪不容易呢，也才卖了三四百元，家居杂用，没得点补贴咋行?”小伙一听，脸上有了为难之色，变得有些犹豫了。

顺祥着急了：“得了吧你，人家是主人，你是客人，客随主便。年轻人哪个不讲个面子，冲他这身新崭崭的衣裳，好意思要碗干饭，一碗清汤吗？要是这位老弟讲，他舍不得出钱，我情愿奉送几个菜给你们吃，行吧?”

顺祥用起了激将法，这仁兄脑瓜子挺灵。

果然，小伙子来了邪劲，对那汉子说：“四叔，我作主了，就这一回。荷包胀鼓鼓的，怕啥。”

一阵忙乱，顺祥和我都上了阵，将那放在纱橱里没有售出去的、用作样品的各种菜肴也端了上来。

菜一上桌，五颜六色、热气腾腾、香味扑鼻。顺祥在旁边鼓劲：“瞧瞧我这手艺咋个样，全城也没得几个。上次政协来了个什么主席，也没做出恁多花样。我这人，就佩服大大方方的人，那些夹里夹壳的人想吃好的，没门。”

两个人都傻了眼，也许是他们确实没吃过恁多恁好的菜，连从何下筷都有些茫然。我爱凑热闹，指着那盆冰糖银耳汤说：“先吃这个，

这玩意儿要趁热，大滋大补，吃了一冬不会冷。”顺祥打趣，对那汉子说：“老哥，吃完这玩意儿，你那大棉袄该甩在河里去了。这是银耳，不是白菜咧。”

小伙看见这么多丰盛精致的菜，很是得意，生出了做主人的豪兴。又见我们站在背后，有些不过意，又有些陶醉在被人伺候和奉承的融融喜悦之中，就慷慨地站起来，先拉住顺祥：“这位师傅，不嫌土俗，来我们一起吃。太多了，吃不完也可惜。”顺祥眨巴着眼睛，在想着合适不合适。小伙也机灵，看出他的心思，一把将他扯了坐下：“账算在我头上，我请客。”顺祥也不好意思起来：“不是这意思，我们才吃过饭，饱得很呢。”小伙站起来，又来扯我：“这位大哥，你也来嘛，难得碰到一起，不是有缘，想请你们还请不到呢。”他说得很诚恳，倒使我不过意。我这是算啥？高中毕业，在家闲着，一天无事，来顺祥这小饭店混，帮帮他的忙，还帮着做些无聊的事。吃人家的请，有脸吗？

顺祥也站起来扯我，说：“竖什么菩萨呀，人家请你吃饭，又没放耗子药在里头。”说着朝我挤了挤眼，那意思是不吃白不吃，送上门的便宜还不捡。

经过一番拉扯，几个人重新坐定。顺祥发了一排好烟，俨然是主人的架势，指着一盘菜：“菜不好，随意点。”小伙子有些不高兴，“哼”了一声，别过脸去。顾祥看出了他的意思，忙说：“真正的主人在这儿，来，吃啥，请指点。”小伙子立即眉开眼笑，站起来，和那汉子调了个位儿，坐到正中，还不经意地扯了扯簇新板扎的衣襟，挺挺腰板说：“二位大哥肯赏脸，和我在一块儿吃饭，我心头喜欢。来，先把这盘干掉。”他不懂吃菜的顺序，但偏偏和顺祥相反，指了另外一盘要到末尾才吃的菜。顺祥笑了笑，毫不客气地伸手去夹了一大筷，他筷子下去，那瓷盘的一角露出了白色的盘底。

顺祥两颊鼓动起来，像有两个麻核桃在滚动，我心中很不是滋味。

吃得耳热酒酣，小伙子突然瞥见了一直放在身边的帆皮挎包，他眼里立即放出了奕奕的光，神情变得骄矜而幸福。他郑重地打开挎包，蓦地，里面出现了一大沓五颜六色的鞋垫，有红底白线的，有蓝底白线的，有白底红线的，还有绿底白线的，像一簇簇金秋盛开的菊花，艳丽极了。还有一股说不出的余香扑鼻而来。

顺祥鄙夷地撇了撇嘴角，他对这些土玩意是不屑一顾的。

小伙将这些鞋垫拿出来，眼里洋溢着幸福的涟漪，一种幸福而又温馨的神色，袭上他原本胖乎乎、红通通的脸颊，他的脸显得庄严而纯洁。

他将这些鞋垫拿给我们看，我立即为这精美绝伦、堪称工艺品的鞋垫倾倒。这些鞋垫上纳着菱形的、万字形的，以及其他各种各样的图案。还有一双纳了两只戏水的鸭子，水波粼粼，岸草青青，藻荇交错，鱼虾浮动，好一幅动人的乡村小景！

无疑，这是哪一位钟情的姑娘在田边地角，锅前灶后，薅锄点种，推浆磨水的间隙，为她的小哥哥一针一针纳的。这得要多少时间，要多少精力。纳一双鞋垫，少则个把星期，多则十天半月，这七八双鞋垫，凝结了她多少情，多少爱呀！

该死的顺祥又油嘴滑舌地说：“啊唷，啧啧，这是哪个小妹妹送给你的？手真巧，七仙女也比不上，做得多扎实，多秀气，穿在脚上，暖在心上。老弟，这姑娘漂亮吧？”小伙更加神采飞扬，说：“当然漂亮。不光漂亮，心好呐，巴心巴意的。”

这一说，顺祥脸上出现了惆怅的神情，有些凄楚了。

前不久，他的馆子来了一个搔首弄姿、流盼顾盼、妖里妖气的姑娘，也是个闲人，一见面，就和他混熟了。此后几乎天天来光顾。顺祥见这漂亮妞儿肯赏脸，受宠若惊，尽好地款待她。这姑娘烟也抽，酒也喝。一天，她来告诉顺祥，她 19 岁的生日到了，邀请顺祥过她家“玩玩”。

这一请，顺祥心上糊了坨蒙心油，云山雾海地分不清东西南北

了。他要我陪他去给这姑娘买礼物，价钱不论，越贵越好，但要有纪念意义，睹物思人，情愫绵绵。

我俩跑遍了大街小巷，跑肿了脚脖子，终于在一个至今还在把瓜皮小帽亲亲热热罩在头上的老头那儿买到一个纯银的项圈。眼下，这玩意儿正时兴着呢。老头好精，开口就要60元，分文不让。顺祥咬咬牙，买下，他一个月要赚两三百元呢，牛身上掉根毛，不咋的。

晚上到了姑娘家，顺祥傻眼了。他本以为自己独占鳌头，谁知这里宾客盈门、门庭若市，里面挤满奇装异服的哥儿们。顺祥自觉矮了一截，磨磨蹭蹭不敢往里走。姑娘出来挺大方地牵着他的手，让他坐在一张硬木椅子上，项圈自自然然地套上她那白净细嫩的脖子了。接着，舞会开始了，来宾争相邀请这姑娘跳舞，姑娘频频颔首，应接不暇。"探戈""华尔滋""迪斯科"，搂脖子，搭膀子，叉大步，花样翻新，名目繁多，令人目不暇接。轻佻的音乐撩拨着人们骚动的神经，顺祥脚底板痒痒的，合着音乐的节奏一颠一颠的，脸上现出了迷惘而又失望的神色。

姑娘一个接一个地和人跳舞，就是没有邀请顺祥的意思。我有些愤懑了，顺祥虽然人长得难看一点，但也是你请来的客人呀，咋能这般扫人面子。恰好，跳完一轮，姑娘盈盈款款，仪态万千地过来了。还好，她还没有忘记顺祥这尊神。

出人意料，她过来竟是来邀请我。说实话，这姑娘长得本来就美，今晚经过刻意打扮，就更加妩媚，更加妖冶了。我的脸蓦然一热，心旌开始摇动了。但我立即将伸出去的手缩了回来："不，我不会跳。"姑娘一扭身走了，顺祥感激地朝我笑了笑，我们一起走了出来。

眨眼，顺祥脸上又出现了那副嘲弄的、玩世不恭的神色。他拍着小伙子的肩说："老弟，你的福气硬是好，有个漂亮贴心的媳妇，知道疼人，老哥枉自长你几岁，无人疼，白活了。这样吧，这鞋垫你送我们每人一双，交个朋友，作个纪念吧。"小伙一怔，不情愿地缩回手。一直不吭气的中年汉子瓮声瓮气地说："树树，这鞋垫不能送人。这是人家桂桂的念情，一片心呐！"

顺祥也是，要人家的作定情信物的鞋垫做啥呢！

可顺祥那张嘴呀，什么东西哄不动手哟。

顺祥将手亲亲热热地搭在小伙的肩上："你是有人疼你，爱你，还在乎几双鞋垫？穿得越快，她越喜欢。再说……"他知道小伙爱虚荣，"你有恁个好的媳妇，哥们却没得。城头姑娘，那点会恁个巴心实肠，你真是福星高照，叫人羡慕呀！再说，鞋垫做得恁个好，哪个舍得穿呀，留下做样品，传传名，以后找到个好媳妇，也叫她仿着做几双穿，你说好呗？"顺祥喷着酒气胡诌。

小伙脸红了，眼也放光了，看得出来，这个憨厚而又要面子的人，心里活泛了。"要得，既然两个老哥看得起，一人捡一双吧。"

"呜啦！树树，你是叫树树是吧，树树同志万岁！漂亮极了的鞋垫万岁！"顺祥有些近乎疯狂了，他将鞋垫抛向空中又接住。

我不想要，小伙硬要塞一双给我，还说："好说，这位大哥看不起，土俗点，做得板扎，穿着热乎咧！"

正在胡闹时，门"吱呀"开了，进来一个年轻的农家姑娘和一个三十来岁的男青年。

"呀，果真在这里，四叔、树树，你们咋猫在这里，恁大一晚上了还不回家，害人好找。"姑娘说，掏出手巾擦汗，身上还有几块泥污，湿漉漉的。天冷，人看了都打冷战。

"树树，你整啥子名堂，见你们这么晚了不回来，妈不放心，我骑车到桂桂家找，说你出来了，天黑，桂桂不放心，又尾着出来找，跌了几跤，差点落进河头。你倒好，宽宽心心来这里摆阔！"那青年愤愤地吼着，满嘴喷着热气。

原来，这树树家缺烧的，请了马车去桂桂家那里去拉炭，那里出上好的褐煤。回来经过小镇，树树拉着拉炭汉子进来喝酒，忘了时辰，树树的哥哥骑车出来找，说早走了，这才真着了急，连桂桂一个女娃也三更半夜地出来找。

“还是看到四叔的马车在这门口，才晓得你们在这里哩!”姑娘蓦然一笑，露出了白白的牙。

树树涨红着脸，嘴巴嗫嚅着说不出话，那汉子厚嘴唇掀了掀：“我就说，肚子不饿嘛，桂桂煮的鸡蛋还没吃完哩，要吃，随便点得了，偏生不肯！喝酒，买大桌菜!”树树的哥哥过来一看，一大桌菜，杯盘狼藉，来了气：“你呀，耗子搁不得隔夜食，身上有几个钱，手板心就发烧，就捏不住了！开春就要结婚，要盖房子，你倒不要紧，廊沿下也可以睡，人家桂桂呢?”姑娘羞涩地说：“哥。”他哥不放松：“你这种脾气难改了，到处充好汉，装能人，人家随便吹几句，你就晕晕乎乎，自己姓什么都忘记了。你哟，十个指头土里刨食，容易吗?”树树脸上红一阵，白一阵，很难看。他哥当着这么多人，尤其还当着他自己的小爱人教训他，扫了他的面子，他受得了吗？他梗着脖子嚷道：“我不要哪个管，我苦的钱想咋个用就咋个用，又没沾哪个一分一厘的光。”

这话气得他哥脸都扯歪了，一扭身，就朝外走：“好！我不管，你想干啥就干啥，将钱拿了打水漂，我要看了，你将我的眼珠扣下来，当猪尿泡踩!”桂桂忙一把扯住他：“哥，你莫走，三更半夜，黑灯瞎火的，路上不方便，等我慢慢说他，我号得准他的脉，晓得他的心性。”

桂桂走到树树面前，递手巾给他：“揩揩你那张嘴，油腻腻的，没个样子。瞧，才穿的衣裳，也到处是灰。”说着，伸手去掸灰。

掸完，转过身，说：“哪位同志收钱，算一算。”顺祥扫兴地提来算盘，嘴里咕咕哝哝叫我报菜，报一盘算一盘，神情既贪婪又专注，嘴里像牙齿疼了似的“咝咝”抽气，看了真叫人心烦。算了一遍他不放心，把算盘拨回去又算了一遍。

一算出来真吓人，40.88 元。小伙子脸上何其难看，像蒙上了一层暗绿的冬瓜灰，露出又震惊，又懊恼，又后悔的神色。他哥“嗨”

地一声蹲下去，又“嗨”地一声站起来，双手托住腮。我看见他的腮帮都扭歪了，眼里像喷着火，双手在微微地颤抖。赶车汉子惊讶得合不拢嘴，半天才说：“这，这么贵，我就说嘛，馆子无贱物，白菜叶子也值价得很呢。”

姑娘的脸涨红着，额上又出现了一层密密的汗珠，胸口急剧地起伏着，两只手互相绞着，要哭的样子。

是啊，钱来得不易哟，白菜两分一斤，还要剔去边叶，尽是黄芯子；洋芋四分一斤，还要白沙地的，干生生、圆溜溜的；猪肉七八角一斤，肥了脱不出手。这要多少白菜，多少洋芋，多少猪肉，才够糟蹋这么一顿呢。

片刻，她平静了，口气淡淡地说：“付钱吧，就这一回……二回未必你还忍心。”小伙红着脸，掏出口袋，左抠右抠，左数右数，只有十九元零几角钱。他急了，手像扯鸡爪疯样抽搐起来：“我，我估摸着够了，唉，鬼摸着脑壳了。”

姑娘意味深长地瞪了他一眼。这一眼瞪得好长哟，里面满含着愤懑、谴责、怜爱、心疼的复杂感情。这一眼瞪得小伙又急又臊，又悔又羞，他终于沉重地低下了头。

姑娘谨慎地从贴身的地方掏出钱袋，默默地、细心地、认认真真地数了二十多元递给小伙：“给，补齐钱吧。”递的时候，我看见她的手，不，是整个身子都在微微地抖。

几个人默默地拿起东西。临走，姑娘蓦然发现桌边放着一双鞋垫，横流的汤汁浸湿了鞋垫的小半边，漂亮的鞋垫变得很难看。她的脸骤然变了色，异常恼怒，整个身子都在剧烈地颤抖，像被人捅了几刀那样的令人心悸的震颤。

小伙害怕了，一脸惶恐的神色：“他们要……”他嘴唇抖动着，说不出话来。赶车汉子气恼地说：“他拿了送人哩！大方得很，说了不听！”

“啥，送人？”姑娘惊愕得很，“你就是这样对待我，就是这样对

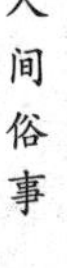

待我的一片心？”姑娘说完，眼里扑簌簌掉下一串串晶莹的泪珠。小伙慌了，忙不迭声地说：“桂桂、桂桂，我错了。你莫哭，你莫哭呵，你打我两巴掌吧！”看样子，他也要哭了。

他哥霍然站起，一步跨到门外去，“蹬蹬蹬”走了几步，又回来，将门关得山响，连房顶上的灰都震下不少，又“嗨”一声蹲在地下。顺祥眨眨眼，也不敢吭气。

姑娘抽抽噎噎地伸出手来，说：“你瞧瞧我这双手，还有心哪？”

这是一双娇小秀气却布满老茧的手，手掌下没有细腻红润丰腴的肌肉，倒是条条纵横交错、像干涸的沟渠一样的皱纹触目皆是。谁能说得清楚下面有多少个针窟窿，谁算得清有多少个盛夏酷暑、严寒风雪的日日夜夜，这双手在无阴可遮、热浪炙人的田边地角，在一斗青灯、蚊蚋成群的床前窗下，柔和着多少默默的爱、深深的心意做的这一双又一双漂亮的鞋垫啊。

我曾经觉得农民多么愚昧，熬多少心，费多少力，将那些精致的图案绣在鞋垫上，而那鞋垫却穿在脚下，哪个看得见。而此时，我才明白，这看不见的美，多么含蓄，多么深邃，多么耐人寻味。中国的农村妇女啊，美在斯，诚在斯，淳朴在斯，纯真在斯。

他们终于出去了，小店门外传来解缰绳的声音和马喷着响鼻向主人表示亲切的声音，接着，是人上马车的窸窸窣窣的声音。只听那小伙说：“披着我的衣裳吧，怪冷的。”姑娘：“谁要你讨好卖乖，冻死你！”紧接着，马蹄声起，一阵急促的有力的马蹄声由强而弱，由近而远，渐渐逝去。

像泥塑木雕一样杵在那里的顺祥，突然举手使劲地擂了脑袋几下，转过身，捡起那叠放在桌上的钱，打开门，撒开脚步就向前跑去，他跑得那样急促，那样紧迫，好像要追回什么来似的。

前边，茫茫夜色中，有一盏橘黄色的路灯，那温馨的柔和的光圈，晕晕乎乎的，蛮好看。

生活滋味

舂米面

越是偏远的地方，旧的习俗保持得越完整。一进腊月，我们那偏僻而又闭塞的、嵌在大山深处皱褶里的小镇，就处处透出节日的喜庆和忙碌的气氛。别的不说，光是包汤圆的糯米面，明明有了电磨，“刷刷刷”一会儿就把颗颗饱满锃亮的糯米粒磨成雪白的米面，不费事儿的，可家家都宁肯舍去这种便捷而又省力的活儿不做，偏偏要用青石凿的石碓一杵又一杵地将糯米捣碎。不知是这样舂出的糯米要更好吃一点呢，还是大家不愿让那古风犹存的劳作消失。反正，从清晨到深夜，那沉闷而又明晰的碓杵声此起彼伏，訇然作响，揉进节日前忙乱和喜庆的气氛里，匆匆地叩响每户人家的门。于是，灰色的街里，出现了两排圆圆的、盛着雪白糯米面的簸箕，像两排硕大无比的雪莲，煞是惹人喜爱。

这天晚上，为了赶写一篇稿子，我睡上铺的时候，邻家的鸡已经啼第一遍了。也不知什么时候，我被一阵高喉亮嗓惊醒，听见母亲在指挥人搬石碓：“抬高些，再抬高些，不要碰到地面。瞧，地下划了个印子了，这是水泥地面呀，开春时打的，请了三桌客，你们乡下人，不晓得这有多难。我孙子快走路了，碰得坑坑洼洼的，他咋个

走。”瞧，母亲唠叨上了。为了抬个石碓，她讲了这么多话。要她老人家少讲话，真比叫石狮子开口还难。没事的时候，她还会亲亲热热地和老母鸡摆龙门阵呢。

石碓抬到天井里去了，天井是石条砌的，甭说放石碓，钢斧砍去也要豁几个口呢。

天特别冷，母亲请舂碓人进屋烤火。大概人是临时找到的吧，准备工作一样也没做好，母亲忙着找筛子、簸箕，忙着将泡了一个星期的糯米捞出沥水，她一边进进出出，一边和那人唠家常：“娃娃，你家是哪儿的?”“大雁村的，隔这里有7.5公里。”那人说。听得出，这声音虽然浑厚、低沉，但也稚嫩，不过是个十八九岁的小伙子吧。“哟，恁早你就走了恁多路，累了吧？我倒杯水给你喝。”母亲去倒水。“多谢您了，大妈，我自己来，自己来，莫压您家的手。”“压什么手呀，你娃儿人小，还蛮懂礼哩！一天能舂多少米粉?”“大妈，我前天舂了80斤，昨天舂了60斤。”“舂了80斤?”母亲惊愕地说。我也大大吃了一惊，这舂米面可不是一件轻松事，那木杵少说也有十来斤，一杵一杵地结结实实地砸下去，不一会儿，手就得磨起血泡，砸一下，火烧火燎地疼。越往后，越费力，每砸一下，每块肌肉、每根神经都胀鼓鼓地疼，那滋味可不好受。

小伙也是个爱讲话的人，正合母亲的脾气。他一边喝水一边说：“我昨天帮龙木匠家舂，他家两把筛子还筛不赢。大儿子勤快，一下班就来帮着筛。二儿子懒，坐在火塘边不起来，他爹火了，过去扯着他的耳朵，说：‘老子几十岁了，还没享过这种清福，你不要十八岁进养老院——把福享早了。’也倒是，在我们乡下，这种人，吃屎还要掺沙呢。”母亲很同意他的观点，“对、对，年轻人，就是要脚勤手快、麻利带窜的。人勤是个宝，有它吃不了亏；偷奸耍滑的人，一辈子背时倒灶。”小伙子说话跳跃性大，这个话题还没扯完又扯另一个话题：“这屋头好白哟，大妈，是才裱的吧?”母亲说：“哪是才裱的，去年裱的。烧铁炉子，烟出得去，不熏。”小伙说：“我们乡下的房子宽大得很，就是灰毛野草的。不烧铁炉子，烧地火塘。烟熏火燎，到处是灰尘吊吊。我也要买个铁炉子，安在我的小房间头，把房间裱得白生生的，严丝合缝的，热乎得很呢。”母亲说：“看不出，你还挺会过日子呢。哟，水开了，你把水冲在热水瓶头。”小伙“噢”答应了一声。

听到母亲和他的交谈，我突然想和这小伙聊聊。出于写作的职业直觉，和他这样的人交谈，兴许能得到意想不到的创作素材。

但是，一股深沉的睡意，打消了我起床的念头，抬腕一看，正十点，也不过睡了四五个钟头。

刚刚合眼，我又被一阵“吭哧、吭哧”的声音和遒劲有力、低沉浑厚的击杵声惊醒了。我的大脑里立即出现这样一幅画面：一个身体健壮、四肢颀长，肌肉饱绽、线条刚劲，整个身体充满了力量的人，正将木杵举过头顶，一杵又一杵地向石碓猛击，这充溢着力度的动作和谐调优美的姿势，就像外国雕塑《掷铁饼的人》一样使人亢奋、激昂。

不一会儿，这声音就停止了。显然，这小伙已经舂完一碓了，要等母亲筛完，再接着舂。他兴致很高地和母亲聊着天，摆着那些永远也不会使他们乏味的话题。

我惊叹小伙惊人的臂力，感谢母亲待人平和而又有点唠叨，使一场原本艰巨的劳动，变成了有节奏、有趣味的、轻松愉快的劳动。这种劳动，带着浓郁的、家庭似的、融洽的气氛，使人感到不是出大力，倒是一种和谐、恬美的享受。

“吭哧，吭哧，吭……哧”隔壁房间响起了一阵窸窸窣窣的响声和难以终止的咳嗽声，父亲起床了。这是一个干瘦但又十分精明的老人，他在乡下的供销社当经理，难得回家一次。

父亲起床后的第一件事就是吃茶，如同我们到时候必须吃饭一样

必不可少。“我的茶杯呢?”父亲问，母亲说：“外屋冷，茶杯都被凌了粘在茶盘上了，懒得拿，就用了你的招待人。”父亲有些愠怒：“那茶才喝过两道，你就倒了，好大的家底。再说，出钱请人，还招待茶，好阔气。”母亲说：“别鸡零狗碎的了，一杯茶，值几分钱，说着寒酸。”

父亲声音又大了一点：“杯杯酒吃空家当，毛毛雨打湿衣裳，小账不可细算。”母亲咕哝了句什么，不吭气了。

杵声停止了，小伙进来，也许是递烟给父亲吧，父亲说：“我不用，我吃旱烟。”小伙满热心地和父亲搭话：“您在哪儿工作呀?”父亲慢吞吞地说：“乡坝头。”“乡坝头?在小学校敲钟?”不知这小伙怎么会把父亲和敲钟联系在一起。父亲不耐烦：“卖东西。”“卖东西，噢，是了，您老人家是在供销社的了。不晓得现在有没有灯芯绒卖，我想扯几丈。现在到处都是‘的确良’，‘的’这‘的’那的。这东西好是好，就是穿着热了不收汗，冷了不御寒。”父亲不吭气，那小伙不知道老人的脾气，还在不停地讲：“听说上次你们那儿分到12 辆单车，被公社拿走 5 辆，几个暴窜窜不答应，联名写信给县委，供销社主任还挨了批评呢。”父亲喉咙里“咕咙”响了一声，说不定多生气呢。

小伙子出去舂碓了。父亲说：“这是咋搞的，舂舂停停，停停舂舂。几十斤米面，老舂不完，哪有这种做活路的!”他一说，母亲也确实觉得这是一个问题了。父亲用手捻糯米，母亲说：“不用捻，泡了一个星期了，酥楞楞的了。”父亲更有气了：“就是嘛，泡得这样酥，要多大力气，一气舂完，各理其事，省得屋里摆得乱烦烦的。”正说着，小伙又进来了，父亲说：“你快些舂，我来帮着筛。”父亲甩掉了皮衣，摆好了筛面的架势，只听“唰唰”的声音，那筛子摆动的频率，比母亲快得多了。“早先，我在昌源货栈帮工的时候，哪会是这个样子，天一亮就起，忙得像陀螺，现在的年轻人……”母亲永远是父亲的传声筒："是哟，我看他是有点磨磨蹭蹭的。"父亲说："嘿，当家的，你猜他为啥磨蹭，这人奸刁着呢，他要混饭吃。"母亲恍然大悟："噢，怪不得，他是看到甑子在冒气了，要等吃完饭才走呢。"父亲有些自得地说："你也开窍了，我说你是木头脑壳，我不在家，这冤枉饭不知被人家混了多少吃呢。"

我有些听不下去了。他们讲得这样大声，难保人家在外面不会听到。父亲呀父亲，你怎么变得这样自私，一顿饭算得了什么，我下乡时白吃人家的还少吗？有时几十里不见一户人家，饥渴难忍，找到一家，不管认识不认识，进去就吃，临走，拿钱给人家，人家还生气呢。

我不想再睡了，迅速穿戴好出来。母亲心疼地说："咋不多睡一会儿，天都快亮了还听见你嘁哩嚓啦的，眼泡还肿着呢。"父亲说："没听人家说，吃人参不如睡五更，伤了元气，一辈子补不上来，快把带来的火腿炒了出来，吃饭。"我瞥了一眼碗橱上巴掌大的一块火腿尾子："这么点，够谁吃？"父亲说："三个人，吃得了多少，你爱吃，你一个人吃好了。"我赌气说："还有一个人呢？"父亲知道我的意思："你说那人，没他的，出钱请人，银钱两清，不要当憨包。"母亲说："嘴有一张，手有一双嘛，没见过这舂舂歇歇的人。"我说："我要请他。不请他，你们自己吃，我上街吃去。"我都30岁了，因写小说在外面还小有名气，但在父母面前，我这个独子还会要赖呢。母亲瘪瘪嘴："都有家室的人了，上馆子，不怕人家笑？得了，叫他来吃吧。"父亲使劲地啜了一口茶，也不再吱声。

菜热腾腾、香喷喷地摆了一桌子，在这滴水成冰的日子，看它一眼，就会立即感到一股暖流袭过全身。

小伙脸色不大好，有些蜡黄，神情似乎也不大好。我很热情地请他吃饭，谁知他冷冰冰地说："不用了，我是吃了饭才进城来的。"

我知道出劳力的人肚子饿得快，以为他不好意思，忙过去又拉

又扯地叫他吃饭，谁知他竟将我的手一甩："不用，我真的吃过了，我不能无功受禄，你们城里人……"我来了气，大声地说："你这是啥意思，你以为要算你的钱？我经常下乡，到哪家吃哪家，你咋一点也不爽快。"

吃饭的时候，父亲一声不吭，闷头夹菜扒饭，母亲脸上虽然也有不大愿意的神色，但见我对他这样热情，也随口招呼道："吃吧、吃吧，随意点，我们城里人不兴夹菜，想吃啥吃啥。"她边说边夹了一大筷子火腿心子给我，似乎忘记了刚才说过的话。我忙瞟了一眼那小伙，只见他闷着头扒饭，一眨眼一碗饭就蚀了一大塘，像刚开掘的鱼塘。母亲对这很忌讳，认为那是穷相，从小就要我顺着饭碗的边扒饭，让饭凸成个山头，金仓银仓粮仓的意思。我刚要给他添饭，谁知他自个儿去添了，还用勺背使劲压了压，母亲心疼得咂了咂嘴。

吃完饭，我和他谈了一会儿，他的情绪好起来，跟我讲述了好些农村的趣事。我问他："现在农村富裕了，为啥还进城做工？"他说："粮食是吃不完，去年洋芋把楼都压垮了，差点儿伤到人，肉油也充足，可就是缺钱花。一挑洋芋，两三元钱就卖了，肉也不值钱，七八角一斤，还尽要瘦的。我要结婚，盖房差木料，一棵杆杆二十几元，要几十棵呢，只得进城找点钱。"父亲有些不耐烦了："差不多了吧，该做事了，房里乱糟糟，做完了好收拾。"恰巧我也有事，跟他道了别，出去了。

两个钟头后，我回到家，见父亲抡着两条精细的胳膊在舂碓，额上密密布了一层汗珠，臂上的青筋像蚯蚓一样蠕动。我感到非常诧异，忙问小伙为啥不在了，糯米面怎么由父亲自个儿来舂。

父亲怒气冲冲地打断我的话："别说了，这小杂种偷奸耍滑，吃完饭就不舂了，爬起来溜了。"母亲也气哼哼地说："你呀，尽做些憨事，好心不得好报，人家吃完就走，害你爹齁痨气喘地来舂米面。"

我一听，肺都气炸了，这小伙真不像话！不说请你吃饭，就是来帮忙，也要帮到底啊！害两个羸弱的老人来干年轻人都难以对付的活。我狠狠地说："你们为什么拿钱给他，他不干就不要拿钱给他，狠狠地骂这个不讲信义的东西。"父亲见我动了肝火，说："算了，算了，以后你也该长点见识了，人老实要吃亏。"母亲说："娃娃心善，原本是好的，就是要分人，以后留神点得了。"

我真懊恼，这世界什么人都有，我以善良同情予人，却得到了一颗干涩的苦果。光是父亲掌上一把破了的茧花和我一手鼓鼓的水泡，我也忘不了这沉痛的教训。

我带着浑身的疲倦和满心的懊恼，顺着街边慢走，想借此消除一下疲劳。正当我顺着并不太长的街游了一圈，准备回家的时候，我突然在行色匆匆的人流中看见了那个小伙子。他行动迟缓，畏缩不前，左顾右盼，神色惶惑。我发现他的时候，他也发现了我。他紧张地窜进一家杂货铺，我想看看他到底要干啥，抑制住满心的愤懑，神色从容地走到前面的隐蔽处。他见我已离去，才走出来，不想在街上那棵老榆树边和我撞个正着。我静静地看着他，并不言语，想让他在我犀利而又憎恶的目光下自惭形秽。果然，他十分惶恐，嗫嚅着讲："我，我想去你家将剩下的米面舂掉。老人家太不尊重人了。吃完饭，我去舂，突然感到头晕，手臂软塌塌的，一点力气也没有。你不晓得，我连续舂了半个月，天天要舂五六十斤，人乏透了。今天是勉强来舂，谁知大爹说我被饭撑晕了，被火腿胀痴了，见不惯我这死头蔫脑的样子。一气之下，我拿了工钱就走了。可是我觉得不对，不该撇下活路不做，更不该白拿工钱，我成什么人了！我想将钱送回去，将剩下的活路做完，又怕去了挨老人家的骂，在这里磨蹭多一阵了……"他抬头乞求地望着我，那目光是灰暗的，眼珠里布满了血丝，但眼神却是那样诚恳，那样执着，那样坦荡。我心里一阵热，同时，一股羞臊和自责在心里悄然升起，如芒在背。此时，我的脸颊一定绯红。我烦躁

不安，慌忙间，我将他的工钱使劲塞回去，拔起腿来逃一般地跑了。背后，那小伙嘶哑着嗓子在喊：“大哥，你不能原谅我吗?”我没有站住，也没有回答。我有权来说原谅他的话么?

进门，母亲正在包汤圆。那洁白如脂的糯米面包的汤圆已被父亲盛进那薄如纸、声如磬、腻如脂的景德镇瓷碗里，诱人食欲地散发出阵阵馨香。不知怎的，吃了几个，我就不想吃了，那里面，似乎有着一股苦涩的味。

我想，明年，他也许不会再来舂糯米面了。

斜斜地架一座山

斜斜地架一座山，斜斜地流一条河。山色青黛，背为林莽，成为一架屏风，只缺题诗题词或款识了。河水清浅，只为刚从山中涌出的清泉。河边有垂柳、有卧牛似的青石、有垂首饮水的青牛、黄牛，牧童在牛背上没有吹笛，却在攀摘柳枝；浣衣的农妇洗涤的不是亮丽的衣服，却是染成青色的衣裤。有补丁，不完整，却也浣洗得极认真。淘米，洗菜在稍上游一段，为避埋汰。其实这水是顶顶清冽的矿泉水，随时可以饮用，没有星点杂质，可惜养在深山人未识，白白虚掷了青春。

斜斜地架一座山，斜斜地流一条河。依了山的走势，依了河的流向，就有斜斜的一个村庄。村里泥土道上坑坑洼洼，土墙青瓦顶上炊烟袅袅，人烟稠密，鸡鸣连片，犬吠震耳，就需设个购销店。购销店设在村公所里，过去是一个儒雅的地主的宅院，后院临陡崖，前院临河流，陡崖上苍松横陈、桫椤纷坡，将青石铺就的院子遮住。在院里就可以拾到松子，在院里就可听鹧鸪伤感的鸣叫声，就可以看松鼠在头顶跳跃腾挪。这本是禅房的绝佳处所，可惜设了村公所，设了购销店，变得热热闹闹、熙熙攘攘。时刻看得到有人来村公所解决问题，时刻听得到村干部们打牌吆喝的声音。

父亲在购销店工作时，也就是三十来岁，他天天早上拎着一个雪白的瓷盆、一条雪白的毛巾、一块粉红的香皂到清清泠泠的小河边洗脸。雪白的毛巾、雪白的瓷盆、粉红的香皂都是那时的稀罕物，惹得大姑娘、小媳妇很是羡慕。她们常常将家里推好的豆花、腌好的腊肉以及菜园里的时鲜蔬菜送来，父亲也将一块香皂、一条毛巾或者一瓶煤油送给她们，大家处得很融洽、很和睦。父亲孤身一人在偏远美丽的山村做事，却一点也不感到寂寞。

但也有寂寞的日子。山里的秋天阴雨连绵，一下就是十天半月，到处湿漉漉的，连轻逸的炊烟，也像浸了雨水的棉絮一般沉重。这时，就是村公所一年中最寂寞、最冷清、最萧索的时候。村干部都溜回家里蹲火塘、烧洋芋、喝罐罐茶去了，没有人来打结婚证、来吵架、来调解或来领救济。就是平时热热闹闹的购销店，也没有了往日的喧哗。父亲习惯了在混杂着煤油味以及各种商品散发出的气味里生活，习惯了忙忙碌碌，一边称盐、打酒、递东西，一边和人寒暄、问候、聊家常。潇潇秋雨的日子里岑寂得令人心烦，偶尔从崖顶掉下的松塔更增添了许多寂寞。

在连绵不绝的秋雨中有人走进了院子，这是个披着蓑衣戴着斗笠的艄公。他在摆渡的渡口上钓到一条一尺多长的白条鱼，这是一种无鳞无刺的、味道极鲜美的极稀罕的鱼。得到这条用柳条穿着鳃的鱼，父亲十分珍爱。他舍不得随便将鱼吃掉，他想起在乡场上的一个朋友，寂寞中他想为一个更寂寞、更孤独的人送点温暖，于是托人给这个朋友送去邀请。

乡街子依旧寂寞，草房顶上长了厚厚的青苔，狗儿们拖着沉重的身子呼呼喘气，半天见不到一个行人。乡街子上的购销店里，只有一个人正在这潇潇秋雨中挥毫。这是一条没有文化的乡街子，识字的人极少，大家都不明白这位叫“漠然”的人为什么一天到晚喝酒写字，不知道写那么多字到底有啥用。有一天，一位从省上来这里做考古研究的专家见了他的字十分惊讶，那晚，这俩人在小小的购销店谈到天亮。漠然的日子过得十分孤独、十分潦倒，他工资极少，又极爱喝酒；不善理财，又缺少生活自理能力。他常常将饭煮得稀饭不像稀饭，干饭不像干饭，衣服破了也不会补，衣襟常常像旗帜一样飘曳着。他成天抱着砖头厚的大书死命地看，常常写字写诗到半夜。乡街子上的人都很瞧不起他，农民们也看他不起。他只有喝了酒后才显得容光焕发。他时常一个人在田野里到处疯跑，有时会对着一片小小的树林大声地读些什么；有时会在一条小溪流前泪流满面；有时他脸色绯红，眼神迷离，似疯似痴似傻，将田里的野花采来插在头上，漫无目的地转悠；有时醉了倒在田埂上，呼呼睡到半夜，如果不被冻醒，甚至会睡到第二天。大家都不知道他的来历，只知道他曾读过大学，没有亲人，没有家庭，为啥会沦落到这小乡场上的小小购销店，大家始终也没搞清楚。

他只有父亲这一个朋友。父亲文化不高，听不懂什么“桃花潭水深千尺，不及汪伦送我情”“人成名，今非昨”“世情薄，人情恶，雨送黄昏花易落。晓风干，泪痕残。欲笺心事，独语斜阑”，只知道他是个有学问的人。父亲敬重有学问的人，每个街子天，父亲到乡场上摆摊，收了摊，父亲都要到的小购销店里。父亲动手弄些好吃的东西，两人慢慢喝酒。父亲和他之间没有什么对话，大多是听他一人酒后絮絮叨叨。父亲听得似懂非懂，但很认真，很投入。青灯摇曳，长夜漫漫，慢慢呷酒，慢慢叙话，父亲也觉得很有情趣，很有雅趣，很充实。这漠然最快活的日子，有时，兴趣来了，他扯过几张旧报纸，在上面挥毫，笔走龙蛇。他时常摇头晃脑，吟咏诗文，声情并茂，念到感伤处，不禁涕泪滂沱，黯然神伤。他格外依赖父亲，有时禁不住寂寞，他会一人关了店门，顺着田间小道，爬坡过坎去寻找父亲。哪怕关店门要挨批评、被扣奖金，他也不顾。

他赶到父亲的购销店时，一身已经湿透了。父亲责怪他为啥子不带雨伞，他乐哈哈地说享受天雨、享受天籁，是一大乐趣。父亲找出

干净衣服给他换上，动手烹制那条珍贵的白条鱼。父亲知道这位先生尤其喜欢好鱼好酒，又找出一瓶当时难得的葡泉二曲。待收整妥当，已是正午，他们吃得非常高兴。漠然照例饮酒吟诗，照样高谈阔论，只有这个时候，他才有讲不完的话，平时，他是一句话也不说的。只有这个时候，漠然才会开怀大笑，一扫平时的孤独、寂寞、愁苦，变得坦荡自然、变得怡然自得、变得无拘无束。

远处山色如墨，一条大河渐渐远去。田野里秋雨如织，雾霭轻淡，四周寂静无声，只见落地无声的秋雨不紧不慢地渗入大地深厚的怀抱。父亲送漠然到渡口的时候，眼皮跳了几下，心里莫名地烦躁起来。刚才还神采昂然的漠然突然神伤，父亲留他吃完晚饭过了夜再走，他几次踌躇、几次犹豫，最后还是坚持要走。他说今晚公社要开会，要召集他们这些有问题的人去学习，不去不行。渡船行至对岸，他怅怅地站着，缓缓地举起手，似乎还粲然一笑，缓缓地转过身，消失在柳树背后。

他彻底从这个世界上消失了。他死在一条浅浅的小溪边。那水不过几寸深，他的头伏在水里，就这样静静地死了，死在土地母亲的怀里，死在仁慈的土地母亲流出的泪水里。

感悟生命

2005年9月，我到昆明参加“文化昭通”展示的系列活动，突然消瘦、感觉很疲惫。大型活动事情都很多，过去也常遭遇，但尚可支持，这一次却支持不住了，人疲软得不行，随时都想睡觉，感觉走着路都可以睡着，并且四肢乏力，踩在再坚硬的地上，也如踩在虚空的云雾里，有种飘忽感。那种疲乏，是从骨髓里发出来的，是从心脏里、从血管里发出的，是一种叫人心悸、心疼的疲乏，仿佛几十年的劳累积在一起同时迸发，叫人刻骨铭心，叫人震颤不已。

开始以为是糖尿病，一则我消瘦得太厉害，二则饮水如牛，每天非三瓶八磅水壶的茶水不行，到医院检查，排除了糖尿病和其他病。所有的项目检查完后，医生漫不经心地按照惯例给我量量血压。量血压本是极其常规、极其简单的检查手段，因消瘦，且没有头晕等症状，谁也不会想到是高血压。一个小护士刚为我量完血压，看着180毫米汞柱的读数，医生瞠目，觉得不准确，亲自来量，结果还是180毫米汞柱。医生立即色变，将我转到内三科。从2楼到5楼，原本是可以走上去的，医生却不让我动，让人找来轮椅，小心翼翼地将我推入电梯间，让我卧床，寸步也不能行。

我并没感觉到与平时有异，却成了高危病人。那些天，医生来得频繁，护士护理殷勤，家人围绕、友人探视，虽见他们神色肃穆，也不以为意。每当他们问及头晕不晕时，我总答不晕，清醒一如既往。其实我的血压已经很高了，某天测量甚至到210毫米汞柱。医生开始神秘地将我的亲人招呼出病房，他们神色极为诡秘，仿佛在交代很重大、很危险的事情，一去就是很长时间。如此几次，我凭直觉感到问题的严重。我觉得自己怕是得了绝症，从他们行色匆匆和神秘的表情上，我觉得他们似乎在向我隐瞒什么。我心悸，恐慌，并感到绝望，觉得生命似乎正在离我而去。但我心理素质尚好，盘算着，如果真的得了不治之症，第一是接受现实，得了就得了，无法改变的事就得受着；第二是乐观些，能吃则吃，能玩则玩；第三是检视要做的事，做个交代。我一生遇到不少大善的人，也遇到不少大恶的人，善的人叫你永远也无法回报，但人性中的恶也叫人难以置信，自私、阴暗、残忍、暴虐、血腥……真正遭遇过的人，想起这些一定会心里发疼，恨不能……但人一旦临近危亡，是该宽恕呢？还是继续诅咒呢？我想宽恕，但心里却隐隐作痛。

血压终于还是降下来了，当然经过一段艰难的历程。我这高血压已非一日，它导致了心脏和肾脏功能的损坏，视力也下降不少，病情稳定下来后，我决定立即出院。谁知出院几天，病又复发，滴水难进，胃疼如灼，成天昏昏欲睡，连话也说不了几句，极其虚弱，复又入院。

这次稍做治疗，经人介绍，转入中西医科，以中西医综合治疗。

在我的病床右侧，是个患脑瘤的重症重人，此人刚满40，做脑瘤手术已8年。以此算来，他患脑癌已经8年。于他而言，“8”是个沉甸甸的数字，是个血与泪交织的数字。8年是疼痛和绝望，求生和死亡交融的数字。一个脑瘤患者能活8年，本身就是个奇迹。据我所知，大部分癌症病人是活不长的，他在做了脑瘤手术后尚能活8年，已是个了不起的奇迹。但我见到他时，他已到了生命的极限，命若游丝，他的生命仿佛遇任何微风，哪怕是不经意的呵气或颤动，都有可能陨灭。他已经身形枯槁，除了皮和骨之外再也没有任何附加的东西了；他长年卧床，吃喝拉撒全在床上，现在已经连抬手和翻身的力气都没有了。请来照顾他的人说，他身子薄，让他侧身而卧都卧不稳，须用枕头、被子之类做支撑。他几乎靠输液维持生命，如果拔掉针头，很快就会断绝他的生命。由于长期输液，他脚上、手上、额头上，甚至胸口上，凡是有血管的地方都扎过针头。长期的输液会使人的血管硬化，变细乃至弯曲，不易扎针。每天从清晨到下午，甚至于到夜间都是他输液的时间，输液对他来讲是很痛苦的事，因为要反复地扎针。疼痛使他痉挛，生命在输液中延伸，又在输液中消逝，输液既延续着生命又扼杀着生命。这是一场毫无意义的、漫长的治疗，从医生到他本人都知道这漫长的治疗是徒劳的，因为脑癌是无法治愈的，这个残酷的事实让人绝望。但治疗又是必要的，即使是毫无希望也必须进行到底，直到生命终止。病痛不仅让他和家人痛苦，也让任何一个目睹其的人难过。他经常悄悄地拔针头，每次都会引起一阵骚动：看护者大声呼唤，医护人员匆匆赶来，又要极其费劲地重新寻找能够扎针的血管，一次甚至几次才会成功。我猜想，他是想结束自己这痛苦而无望的生命。生而无望是叫人痛彻心扉的，生命短暂的延伸是以痛苦为代价的，身体的痛苦、灵魂的痛苦、家人的痛苦……在这里，我真正地感受到了什么叫生不如死，这样活着比死了简直不知痛苦多少倍。

面对一个活生生的人，眼看着生命如被抽丝一般从他身上一点点消失，你心里的痛楚是可想而知的，你对生命的感悟会变得很深很深：在你健康的时候，或许对生命是漫不经心的，从来没有想过生命的弥足珍贵，因为总觉得生命很长很长，可以经得起挥霍浪费。但事实是，生命是脆弱而短暂的。以这个病人而论，他的生命是用昂贵的药费、灵魂的折磨和肉体的疼痛来换取的，昂贵的代价换来的是短暂的疼痛与无望的生命延续，这种延续分秒都是可以掐算的，都是绝望地滴着鲜血和泪珠的。

我在病重时想到了生命的价值，倘若自己已经丧失生活能力，不能思考，不能劳动，不能照顾自己，这样的生命还有什么价值？过去生病，无论怎样沉重，我都能坚持读书，这次却看上几页就头晕目眩，从心灵深处生出从来没有过的厌倦情绪。医生说要少劳累少用心，我想短暂的疗养是可以做到的，但若长期如此，人就没有任何意义了。我不能写作还想干什么呢？既不能为社会做点事还会成为社会，尤其是家庭的累赘，生命还有什么意义？还有什么价值？

能吃、能睡、能做事是人生最大的享受。真的，如果你经历过死亡的考验，经历过沉重的、无理的、疼痛的疾病。我特别热心于自己做菜，尽管做得不怎么好，但切菜时的嚓嚓之声，炒菜时的吆吆之声，各种菜肴发出的香味，撩人食欲，引得人垂涎欲滴，食欲大开。能放开胃口畅快而食，我觉得是很幸福的。能吃、能睡、能做事、能读书，都是很幸福，很幸福的事。如果不能做事，只能靠人伺候，如果对食物厌倦，如果心烦意乱，浑身乏力，对任何事都丧失了兴趣，我觉得那距离生命离开自己就不会太远了。真好，能吃、能睡、能做事是最幸福的。

机杼声声

在五尺古道铁骨铮铮的枝干上，绽出一朵硕大而又绚丽的花，那就是昭通古城。一队队商旅，披着豆沙关的雄奇，溢着关河的芬芳，载着一个个神奇而粗野的故事，在“嘚嘚”马蹄声中，涌入城门，输送来了中原的文明和物资。于是，昭通城一度繁华，一度兴旺。

20 世纪 50 年代，昭通还是个以手工业和商业为主的小城镇。无论步入大街还是走入小巷，随处可见一户户的人家在袅袅炊烟中张机织布。月白风清、槐香袭人的夜晚，更是随处可以听到不绝如缕的“哒哒”织布声，融入夜市喧嚣的声浪里，引人遐思，令人怀想。

尽管不织布的人可以把机杼声声融入古诗词的优美意境里，但织布仍是一种艰苦的活儿。我的母亲就是以织布为生的家庭妇女。她把她的青春、希望、寄托全织进了一匹匹白布里。织布机织出她的苍老、憔悴和衰弱。母亲黎明即起，匆匆收拾一下屋子，就跨到织布机上，直至我们放学，她仍在机上。人和机几乎融为一体。夜晚，当我们酣然入睡，猝然醒来，她仍在织布。她织起了多少风雨，织起了多少晓风残月，又织起了多少玉蝶琼花。一丝酸楚，涌上眉头，注入心头，难以排遣。

寒来暑往，时序更迭，日复一日，年复一年，母亲仍在织布。我们兄弟姊妹就在这并无古诗词中优美意境的机杼声里渐渐长大。晚上，就着煤油灯做作业，儿童顽劣，童心难羁。我于困苦中积攒出一两角的硬币，去买了一本课外书，在阵阵机杼声中，知道原子弹已经上了天，电子计算机已投入使用……于是浮想联翩，生出许多美丽的梦幻。

只有星期天的白天，母亲是不织布的。母亲好强，家中虽贫穷，却不能脏乱。她带着我们一清早就去利济河洗衣服。那时的利济河还是清波粼粼的，有柳丝拂岸，有芳草芊芊，有野花闪烁，有沙滩洁净。洗完衣服，已经是落日熔金，铺陈绚丽了，于是回家。夜晚，织布机疲倦而又充满希冀地吟唱起来，生活又散发出苦涩中透着微甜的气味。

母亲对织布机的感受和我们是不一样的，母亲爱她的织布机，这是生活顺利延续下去的保证。她经常动手清除织布机的污垢，把它擦拭得一尘不染，光可鉴人。当突然被宣告不再收购土布时，母亲流泪了，昭通城绝大部分以此为生的人流泪了，有的甚至抚机恸哭。事当衣食，孰能不急？母亲深深地掩藏了自己的悲哀，她把拆卸下来的织布机细心收藏好，像珍藏起一段艰辛而又充实的历史，然后重新寻找其他的生活门路，在生活的激流中，继续艰辛地前行。

揆情度理，当时不再收购土布，大概是因为现代纺织行业的兴起。一种新兴事物的兴起，总是要以旧事物的消亡为代价的。消亡是痛苦的，往往使人萦怀留恋。然而，时代终于前进了。

货郎担

——乡场记事

斜斜仄仄的一条乡街子，路面不像路面，房屋不像房屋。街子并不诗意，没有青石铺就的冰冰凉凉、光光滑滑的路面，全是泥路，坑坑洼洼的。有狗在中间惬意地躺着，有稻草、麦草、豆秸在街的某一段铺着，走上去就像走在地毯上似的。下雨天，混合着猪尿、牛粪、秸秆、麦草的稀泥可以淹过鞋筒。房子委实不像房子，高低参差、东倒西歪，门被烟熏得漆黑，房顶上野草、青苔丛生，甚至还有麦子、苞谷。也有旅店，但没有"鸡声茅店月，人迹板桥霜"的韵味。谁说得清呢，这条乡街子曾有过辉煌的昔日，它曾是秦开五尺道的一个驿站，也曾驼铃阵阵、人声喧腾，也曾灯火辉煌、昼夜欢腾呢。历史的河流在这儿流淌了一阵，甩下一个荒滩，扬长而去，于是留下一个废墟一样的乡街子。

其实，这条乡街子仍然是热闹的。街子虽然古旧了，人却不会古旧；历史的河流虽然改道了，却没有中断。逢赶场天，斜斜仄仄的街道就挤满了人，人的河流溢满了场。这时，乡街子上的所有商店，所有摊点，生意都特别的好。

生意不用说，都是特别好的。那是计划经济时期，打上半斤酒、买上一对电池或者一条肥皂，绝不是一般人能轻易办得到的。我的父亲那时在乡场上的商店里做事，人缘极好，但他也不敢随便将货物卖给友人。那时买东西都凭票，没有各种各样的票，谁也不能轻易将东西卖出去。在乡场上，他们的日子潇洒而且诗意，尽管他们从来没有意识到。他们都自个儿煮饭吃，那时，成挑成挑的干得流松脂的松柴也就几角钱一挑，淘好的米放在铜锅里，架在三角铁架上，松枝燃得噼里啪啦、火星四溅。喷香喷香的米饭焖熟了，他们就做菜。那时牛羊肉的价格极贱，买一只腿也就是几块钱的事。一提箩珍贵的“一窝羊”菌子，两三毛钱就买得到。羊肝、猪肚，乡场上的人是不吃的，认为是下水杂碎。每到吃这类东西，他们就喜欢搭伙。收了摊后，煮饭的煮饭，切菜的切菜，羊肉汤肥得起腻，筷子出水，就凝了厚厚一层油脂。一群人蹲作一圈，大土碗盛酒，顺圈儿喝，划拳、行酒令，声震屋宇。饭后，他们脸色绯红，趔趔趄趄，沿街而行，肆无忌惮地说笑取闹，成了乡场风景。然后他们会去散步。一群二十多岁的乡场营业员在乡村土路上散步，旁边，在地里劳作的男女老少则是又困又乏、饥肠辘辘，对他们轻轻松松、说说笑笑的散步又羡慕又反感，他们却毫不在意。他们文化都不太高，却因为订了几份报纸而能够知道一些国内外的新闻，尽管那些报纸半月才送一次，新闻早就不新了，但他们散步时谈的内容就因这些新闻而变得庄重、严肃和有分量。有时，他们还会讨论一些国内国外的大事，这使他们觉得自己很有身份，很有主人翁的责任感。

乡场上的夜晚是沉寂而乏味的，有明月的夜晚，乡场上就多了许多生机，老年人爱在屋檐下摆一排草墩，喝浓浓的苦丁茶，抽着呛人的叶子烟，一边用手掌拍死那些叮在腿上、脚上或者脸上的蚊子，一边摆那些永远不会厌倦的传闻、轶事、家务事或者庄稼活，年轻人禁不住澎湃的青春，跑到小桥边唱山歌，桃红柳绿、郎啊妹啊地抒一通情。父亲他们却被召集去开会，他们很不愿开会却又喜欢开会，开会是工作同志的专利，在乡场上是一种荣誉、一种身份的象征。开完会回来，尽管睡意十足，他们还是很吵闹地在岑寂的乡街子上走，逢到有人问起，他们会很神气地回答："去开会!"

"开啥会?"

"学习中央文件。"

对方听后肃然起敬，很是仰慕。

父亲他们睡的地方很浪漫也很诗意。乡场上的购销店几乎都是他们一个单位的，那时的购销店很简陋，没有一家安玻璃柜台，父亲的铺就在货架后面。货架是用木货箱垒成的，我睡在父亲的铺上可以从缝隙里清晰地窥视每一个买货的人，可以偷偷地抓一把硬粒水果糖吃。那时，能吃到硬粒水果糖是很奢侈的事。他们每人都有一床厚厚的、白白的毡子，毡子很温和，防潮、防关节炎。他们每人都有一床披毡，披毡现在几乎绝迹了，没有款式，太土俗。但披毡的妙处却是其他御寒的物件无法比拟的：披毡防潮、隔雨，在野外行走，遇到下雨，只消把披毡笼在头上，再大的雨水都不会渗透进去；走路乏了，将披毡席地一铺，坐在上面舒服极了。那时看电影都是在空旷的坝坝里，无遮无拦的，披上披毡，就是雪花飞旋，朔风劲吹也无妨。有的小情人偷偷挤在一袭披毡里，依偎着看电影，又暖和又亲热，还不易被发觉。有经验的人看到有四只脚，知道里面是一对恋人，就会有调皮的人朝披毡上扔土疙瘩。土疙瘩打在披毡上"嘭嘭"作响，但一点伤不到人。也有的父母不同意女儿和某个小伙子好，又不知道姑娘到底钻在哪个小伙的披毡里，于是就低着头，用电筒朝一床一床的披毡下照，如果看到自家女儿穿的绣花鞋，认准了，一把扯出来，拉着朝家里跑，一会儿屋里就传出哭声，声音凄凄切切的，传得很远很远……

父亲他们购销店里曾有一个风流的营业员拐过一家漂亮的小媳妇，他常给她送去些香皂、雪花膏、小镜子之类的东西，他们也常钻在一袭宽大的披毡里看电影。营业员让那小媳妇换上一双新的绿色胶

鞋，小媳妇的男人打着电筒照遍了所有披毡下的四只脚也找不到自己媳妇的鞋子。

那时，逢街子天，所有的营业员才返回摆摊设点，街子天以外的时间，他们还必须挑着货郎担送货下村。货郎担其实就是两个圆圆的团箩，团箩里装着针头线脑等杂七杂八的生活用品，边走边摇货郎鼓。货郎鼓是羊皮蒙的，摇起来咚咚地响。父亲他们那时正年轻，不愿挑货郎担，更不愿摇货郎鼓，因为摇货郎鼓的样子有些滑稽，他们很想保持工作同志的形象。尽管他们不是工作同志，二十多年后他们退休连一分钱的退休金也领不到，但他们不敢怠慢。那时正是“大跃进”的东风吹遍祖国山河的时候，到处都在兴修水利、大炼钢铁，父亲他们能免去干苦活儿已经是非常不错的了。我牵着他的衣角，和他顺河流而行。父亲很懂得如何选择行走路线，宽宽的河堤上合抱粗的柳树撑出穹窿似的长长的甬道，河里的水潺潺湲湲，清澈见底，空荡的河面上有一层似有若无的水汽。走累了，父亲让我在河堤上歇一下，用柳枝做帽子，用柳树皮做哨子。走进绿树掩映、翠竹扶疏的村子，父亲就摇起货郎鼓。村里的人循声而来，多是缺牙瘪嘴的小脚老太太，青壮年都到水利工地上去了。老太太们拉住我的手，心肝宝贝地连声喊着，从家里拿出许多吃的，核桃、板栗、淹酸梨、干柿饼……她们将这些东西塞满我所有的口袋，那是个物资匮乏的年代，这些珍藏的东西，她们平时是连自家孙子们也舍不得轻易给的。看着她们松树皮般皲裂的手，看着她们布满密密皱纹的慈祥的脸，我心里感动得不行，这些红土高原上的，终生没进过城的土地一般宽厚仁慈的老人啊！

渴望绿色

在我的印象中，洒渔的巡龙村曾经是个郁郁葱葱的地方。现在的村公所，过去是一家地主的庭院，有碉楼，有大小天井。前面的天井小一些，后面的天井呈长方形，均以青石板铺地，很洁净。记得这天井依山傍水——背后就是山，前面是一条小河，小河清澈见底，河底的卵石历历可数。天井背后山上的树，长得很茂密，长长的树枝把枝丫延伸到天井上空。于是，坐在天井里，就能听见鹧鸪以及布谷的啼鸣，就能看到松鼠在天井上空的枝丫上跳跃嬉戏。记得中午时分，长长的天井里空无一人，鹧鸪和布谷的啼鸣声音清寂而凄切，使少年的我也生出了淡淡的忧郁和说不清道不明的伤感，倒是松鼠的跳跃，能使人欢快愉悦。曾经有一次，一只小松鼠不慎从树枝上坠落到天井里，被几个少年捉到，用线拴着拖了到处乱跑。我从小松鼠哀伤的眼光中看出了它的无奈，于是把它从几个小伙伴手中讨回，精心饲养几天后见它仍然郁郁寡欢，了无生趣，于是把它放了。隔了一段时间，又见到那只小松鼠，它依然像以前一样的调皮和狡猾，在树枝间敏捷地乱跑。见到我，它停住脚，静静地伏在树枝上，眼睛忽闪忽闪的，似乎在表达留恋和感激。在以后很长一段时间里，我还经常能见到它，在对视的瞬间与它交流着纯真的感情。

沿河顺着山势而下，村路上有很多古老的虫树，虫树的学名叫女贞还是什么，至今我也还没搞清楚，只知道中华人民共和国成立前昭通盛产蜡虫，四川乃至更远的省都有人来昭通挑蜡虫，俗称“虫儿客”。据说这些挑蜡虫的人非常精悍，脚穿草鞋、身着短衫，日行百里，能在短短的时间里将蜡虫挑回去。那段时间，昭通城热闹非凡，大小旅店都被住满，各种小吃摊上坐满异乡的客人。这段时间被称为“虫儿会”，“虫儿会”促进了昭通经济的发展，也促进了昭通本土文化和外地文化的交流和融合。所以昭通地方方言和四川、贵州方言颇有相似之处，昭通的饮食文化也和四川相近。二十世纪五六十年代已见不到挑白蜡虫的景观了，但虫儿树依然到处可见，沿巡龙湾而下，村路上到处可见粗壮的虫树。在我的印象中，这种树的叶片不大，叶片密集，开的花犹如碎米花，一簇一簇的，风一吹，树下便铺了厚厚一层。这种树还会散发出浓浓的香味，不似桂花那种浓郁，而是一种很朴实的、泥土味很浓的香味。想起这种香味，就会想起农舍、矮篱、小溪、鸡鹅，就会想起苞谷白酒、烧洋芋和煮青苞谷。这是地道的、平民化的、使人留恋的香味。

前两年到巡龙，专程去了村公所，小河依旧，房屋依旧，只是不见了满山的树，更见不到延伸到天井上空的浓密的树枝。鹧鸪和布谷的啼鸣成了梦幻中的亲切记忆，那活泼调皮的松鼠更是杳无踪迹了。桥头的房舍里开了商店，供销社的前门被设在天井里，似乎改造过，变得更热闹了。

沿河而下的村路上，粗壮的虫树不见了，路上空空荡荡的，所幸接近村庄时还能看到密密的白杨和其他树。这些树后是陡峭的山，由于砍伐过度，已见不到像样的大树；前几年，一场暴雨导致山洪，狂暴的山洪冲垮了不少房子，至今仍有几处残垣断壁如楼兰遗迹一样荒凉，令人深思。

好在人痛定思痛，终于认识了森林和人类之间密不可分的关系。我们到的那天，山坡上有人在植树，村公所前的小河里浸泡着许多的杨树苗。在村公所里，林业局的一位技术员正和村里的干部在商量树苗的事。渴望绿色，呼唤绿色，热爱绿色，成了大家共同的理念。

让生活回到常态

时下流行“炒作”，炒影视、炒影星、炒歌星、炒住房，还有炒这样酒那样酒，这样药那样药的，名目繁多，不一而足。但如果你真的相信了某种包治百病，吃了让人青春永驻、益寿延年的药，结果你会大失所望，有的不过是什么糖浆加点什么东西混合而成的汁液，治不了病也要不了命；有的什么也不是，就是自来水加点什么东西，吃起来味道怪怪的，一般情况也不会发生要命的事儿，比喝饮料还差劲。

炒影星歌星，目前已不是什么新鲜事。有的人演技平平，一经炒作就是什么影帝、影后，有的歌星不过就是跟着卡拉 OK 唱会了几支曲子，连简谱也识不全，更谈不上系统地学习、有较高的理论和文化修养，但一经炒作，就变成了这样星那样星，连他们患次感冒、打个喷嚏，用什么牌子的化妆品，拎什么牌子的小包都有人记录下来，敷衍成文。

有些人为了出名，请人炒作弄，虚作假，滤尽水分没有几分干货，固然令人讨厌，但更令人讨厌的是用另外一种极端的方式来炒作自己，以达到所谓轰动效应，提高所谓知名度。据说，知名度越高，品牌效应越强，不怕出臭名，就怕不出名，有的歌星、影星唯恐观众忘记自己，不在演出技巧上下功夫，而是在其他方面动脑子，隔三岔五总要弄点绯闻、艳事，观众中也总少不了一些喜欢追歌星、影星绯闻、艳事的人。于是一方狠起劲来制造新闻，一方百看不厌、津津乐道，乐此而不疲，影星、歌星的芳名常常挂于观众口中，这知名度还能不高么？殊不知，这样的名不出也罢，绝大多数的观众还是有评判美丑善恶的标准的，他们不知道他们的名字被多少唾沫淹没着，被多少语言的荆棘鞭笞着，不说遗臭万年，起码也要臭个好些年。

文坛上也不甘寂寞，有些不择手段、急于出名的人。前几年。美女作家、身体写作、妓女文学不也沉渣泛起、喧嚣一时吗？可惜眨眼之间就变得臭名昭著，受到有良知的舆论的强烈谴责而销声匿迹。如今，人们说起来，除了鄙夷，还剩下什么呢？

还有一些电视栏目的炒作，讲的人声情并茂，听的人泪流满面，里面多是崇高的爱情、真情的倾诉，故事跌宕，经历曲折，人间的至爱至美在此充分展示。殊不知这背后有多少肮脏、多少丑恶，剥开那看似美丽的外壳，里面是长满绿毛的霉菌，一经扩散，是会毒害不少人的。

另外一种炒作则是自我炒作。时下书刊林立，各种评奖接连不断。如果你是个稍会写作的人，你会惊诧于你的名字不知怎么会被全国的一些报刊、一些书商、一些经纪人知道。反正，从此你就不得消停，每月十来份各种信函纷至沓来，眨眼之间你就成了知名科学家、艺术家、作家、著名行政管理者、著名医生啥的。一句话，掏钱！上名家大词典，上百科全书，一夜之间似乎就成了名人。当然大家也逐渐清醒，不再上当。

至于什么大奖赛，更是名目繁多。什么什么星，什么什么杯，反正名头大得吓人，一会儿北京，一会儿上海，一会儿秦皇岛，一会儿大连，自掏腰包，全部交会务费，你想上哪儿就上哪儿，囊中羞涩也无妨，出个半价，保证获奖证书、奖牌、奖杯寄来，不是一等奖也是二等奖。对于这样的奖，一般是不要理睬，即使得了，也不要声张，毕竟认得真实情况的人还是有的。当然更不要自我炒作，到处声称得了全国什么什么大奖，甚至印几十份得奖感受到处送人，炒得连自己也相信是真的，这就不好了。

虽然，人有时不能免俗，但对于炒作，还是多一点警惕，少一点盲从，真想出名，还是埋头写作，勤奋耕耘，靠汗水和心血得到社会承认。更不要心甘情愿地自我炒作，让社会生活逐渐恢复到常态中去。

他在患者心中

友人住院，前往探视。在地区医院门口，一方小小的“讣告”赫然入目，匆匆一览，方知是包继甄医生因患恶疾而逝世了。先是愕然，继而喟然长叹，觉得天道无常。以包医生53岁的年龄来看，这正是一个中医师行医生涯中的最佳年纪，亦即人们常常说的黄金年龄，而他的生命竟被病魔吞噬，岂不令人扼腕叹息。

作为一个医术精湛、医德高尚而又和蔼可亲的人，他履行的是医生的天职，以救死扶伤为事业，以治愈病人为乐事，这样的人，大抵不会太计较被治愈病人对自己的态度的。包医生在乌蒙这一块热土上行医几十年，以其回春妙手，使多少濒于危亡的病人如逢甘露，其恩惠当是患者永远铭刻于心而感激不尽的。但包医生从不故作权威，脸上永远是蔼然的微笑，只是一味孜孜不倦地钻研医术，一味认认真真地看病，一袭神圣的白大褂下，风骨凛然。而褪去白大褂，融入世俗，他又和任何一个小职员没有区别，或许会买上一把小白菜，掂上二斤豆腐，匆匆回家生火做饭。

我和昭通许多人一样认识包医生，但也仅仅是知道而已。只要说起包医生，大多数的昭通人都会有个明晰的印象，这个印象不是因为

其上电视、上广告，而是几十年含辛茹苦、勤恳行医留下来的。包医生根本不认识我。在他生前，许多次街上或其他场合遇见他，我都极其尊敬地向他行注目礼，他毫无知觉自在前行，我一点也不懊恼，我愿意向所有值得人们尊敬的人表示极其虔诚的敬意。

二十多年前，仅 13 岁的我患了一种至今也没搞清楚缘由的病，主要症状是发高烧，那场高烧持续了一个多月，温度一直降不下来，医生采取了当时能采取的一切医疗技术，每天输液长达十一二个小时。双手的血管戳不进去了，换脚，再不行，换额头……手、脚、额头都戳烂了，高烧依旧不退。正在这时，包医生来了，几服中药服下，高烧竟然退了。粗略推算一下包医生当时的年纪，大约也就是二十多岁。以这个年龄能治好许多疑难病症，他实在是不可多得的人才。

包医生逝于 53 岁，这个年龄对于任何一个职业来说都是最成熟的年龄。我倒觉得专家、学者也不妨学些养生之道，养好身体，多为群众、多为国家做些事。包医生是医生，是懂养生之道的。只讲奉献，不求索取是一种美德，但爱护自己的身体，用辩证的观点来看也是为社会、为群众做贡献的长远之计。

逝者长逝矣，望生者善自为之。

凝结在瞳孔里的美

这个小村，像一首朦胧的诗；像一幅设色淡雅、水汽淋漓的画；更像一首恬静、优美的牧歌。要到这个村子，必先蹚过一条小河。那时，河两岸全是柳树、梨树。柳梢儿抽了芽，远远望去，一片鹅黄，一片淡绿，衬在明净的天空下，衬在黛青的山影里，像一抹淡淡的青烟，像一条飘飘忽忽、似有若无的绿绸。

这河，不大，却有它自个儿的妩媚娇柔。河边有纤纤细草，鲜泽凝碧，河水清明若无，河上有石桥，有石栏，冷冷的。梨树筛下些斑驳的漏影，又撒些雪片样的梨花，倒像有小鱼在空明醇绿的空气里畅游。远处有几个穿红衣的农家女在洗衣，像揉了一河的音符，揉了一河的诗句。

当晚，投宿在村尾山崖下宋大叔家。这宋大叔就是一首诗，一个谜，一个美好的故事。你看他修的这座房子，高大宽敞，坚固厚实，立在悬崖下，崖上茂草纷披、古松倒垂。房前一泓流水，青石筑堤，凉意袭人。这也不奇，奇的是，这房子是他花了几年工夫将这陡峭的山崖凿平了才盖起的；奇的是，这一切出于一个盲人的双手。他硬是一錾錾、一锤锤地凿出了半个篮球场大的屋基，将房依势盖在山崖

下，房子和山浑然成了一体。

吃过晚饭，宋大叔叫女儿将房前的地坪扫了，洒了清水，又嘱女儿搬了条凳，放在临溪的石板上，沏了两杯清绿的茶来。我将鞋脱了，将脚浸在清清的水里，偶尔还有小鱼从脚踝边轻轻擦过。宋大叔叫我看他种的花，那花品种多，有开得怯怯的，有开得舒展的，有文文静静的，有野气十足的。宋大叔得意地笑着说，它们是天地精英凝成的，山野里多的是，自己不过将它移来罢了。我不禁感慨，一个双目失明的人，却如此爱美，爱那他永远也看不见的五彩缤纷、炫目诱人的色彩。这，该不是这山、这河、这村庄太美了，美得使他失了明的瞳仁里永远是个美的世界吧？

遐想间，宋大叔提着他那根永远不离身的锃亮的铁棍走开了。随即，传来“笃笃”的掘地声，他正用那锐利的铁棍掘一个个圆圆的树坑呢。他的小儿子携一捆柳枝过来，那柳枝碧绿碧绿的，斜斜的削面上还淌着白丝丝的乳汁。他将柳枝插下去，细心地撒了土，又取了水来浇上。那神情，像照顾婴儿一样，既严肃，又庄重，还透着慈爱。是啊，播种美的人，怎能没有一颗美的心灵呢？

也许是太疲倦、太舒适吧，这一夜，我竟睡了一个甜甜的觉。梦中的世界都是绿的，都是美的，没有了闹市的喧嚣，没有了纷至沓来的烦恼，没有叫人惊悸的梦魇。心里如那清澈的小溪流过，甜甜的、润润的。天才放亮，窗外的雄鸡就引吭高歌了。我醒来，觉得身上有些凉，原来昨夜入睡，忘了关临溪的窗，怪不得梦会这样甜，小溪是直接流入我心中了呢。再看，昨夜的和风，竟将雪片般的梨花吹进窗来，洒了一床一地。墨绿色的被面，点缀上雪白的梨花，天趣浑然，使人脱俗。再嗅，脉脉的余香，使五脏六腑洗了似的。

出门来，在碧绿清凉的溪里掬水洗了脸，顺手扯一束猩红的野花舞着，觉得有些佯狂佯癫、返璞归真了。远处田里，已有了人和牛的剪影，曙色未消，雾霭又起，将人、将树、将牛慢慢裹卷起来，恰似在仙境里耕作。走到河堤上，见有几座瓦窑，蜷缩在河堤拐弯处，有那牛踩过的泥，黑油油的。蓦地，跑来两匹小马驹，白白的一匹，青青的一匹，腿细长细长的，眼睛亮亮的，充满稚气，不惧人，急切切地啃青草，踢踢踏踏地飞奔，又到沙滩上打滚，又到河边撕咬，还来舔人的手，憨态怡人。

正陶醉，脸上、脖子里落了许多清凉的水。疑是落雨，抬头看，柳树上有个小鬼头，正摇树枝呢。那凝聚了天地精华的露珠经他一摇，玉液琼浆似的浇了我一头一脸。兀自一声断喝，他下来了，正是宋大叔的小儿子，露着白白的小虎牙笑着，说是来放马呢。

他拉住我，从树丫上拿出一泥牛、一泥马，这泥牛泥马造型生动，朴实可爱，还带着梨花的淡香味儿，透着柳树的甜涩味儿，和透着泥土的醇美味儿，闻了，叫你一辈子也忘不了。

小家伙又领我到河堤下、岩石间、草丛里、树杈上，一件件掏出他的泥塑作品。我像进了一座博物馆，泥牛、泥马、泥狗、泥猪……凡是和生活相关的他都捏了。他师法自然，师法生活，将他对生活的体验和理解，都揉进泥里去了。问及，始知他的泥塑教师竟是双目失明的宋大叔。

我的心热了，没有这水汽氤氲、灵气熏人的河流，没有这雄姿勃发、粗犷雄浑的青山，没有这如笼如盖、如烟如雾的河柳，没有灿如云霞的桃花、白如春雪的梨花，没有这红色的泥土，如何能孕育出这朴实而又生动、粗犷而又精美的泥塑？又如何能唤起一个失明者对于蕴藏在生活中的美孜孜不倦的追求？

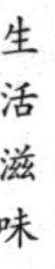

消失在身边的生命

命运多舛，坎坷困顿，遭遇的事可谓多矣，见过的事亦可谓多矣。人到中年，阅历深厚，遇事本应操练得心静如水，心无微澜。这于我，本不是难事，悲痛的事、伤感的事见得多了，淋漓的鲜血变成血痂，鲜红的创口结了硬壳，再见到伤痛的事，也就渐渐麻木了。事实正是这样，所谓成熟，其实就是麻木，成熟离衰败，已经是一步之遥了。

所幸，我的成熟还不彻底，遇到有的事，我渐渐麻木的灵魂仍会震颤，结痂的创口里，仍会有殷红的鲜血流出。情感世界里的沉重的闸门，仍然会缓缓启动，喷薄的热情，仍然会不可抑制地宣泄。

那是一个有雨的日子，雨不大，淅淅沥沥，绵绵不绝，坝子里清晰明丽的山，变得朦胧，变得模糊起来。刚栽上秧的漠漠水田里，蒸腾起一层乳白的水汽，风姿绰约的梨花，湿漉漉的，显得沉重呆滞，几株猩红的桃花，红得有些不真实，使人想到白色黄昏。乡场的顶端，有一排长长的房子，房子前是一个空阔的场地，公路从这儿经过，在这儿留下一个站。其实，所谓的站，既无站房，也无任何标识，打这儿经过的车，习惯性地在这儿停下来，然后，守候在坝坝里的人，呼地从各个角落跑来，你推我挤地涌上车。这就是所谓的车站了。

下雨的日子在车站候车是很不舒服的，空阔的场坝上没有铺水泥，甚至连碎石或沙也没铺过，黏性的胶泥被淅淅沥沥的雨水泡酥，踩上去会陷进很深一截，连鞋子也拔不出来。很多时候必须借助手的力量，才能将鞋子从胶黏的稀泥里拔出来。供销社的那排房子是不土不洋的没有檐口的房子，没有檐口就不可能遮蔽雨。许多等车的人蜷缩在墙根角，衣衫不整，瑟瑟发抖，但都很有耐心，一动不动地蹲着，等待班车的到来。

我就是等车人中的一个，那时我在乡下体验生活，因为我兼的有职务，有条件可以得到一辆摩托。但我不习惯骑摩托，认为骑摩托太招摇，也太危险，所以婉拒了领导的关心。我宁愿乘坐公共汽车，我觉得公共汽车上有许多的故事会发生，有许多平时难以体验到的东西在这里可以体验到。现在，我动手写一些文章的时候，我的眼前，依然清晰地浮现出那些公共汽车的模样，那种公共汽车最大的特点是破旧、污损、肮脏，这种公共汽车在大城市的街道上行驶，肯定会被罚款。这些车的前面连铁皮也没有，像个豁了口的老太太，黑漆漆的洞口里凸显着黑漆漆的发动机。车身上凸出一块凹进一块，油漆早已脱落，溅满泥浆，还有风干的，人们呕吐后的秽迹。几乎没有车玻璃，天晴的日子灰尘肆无忌惮地一股一股被刮进来；天冷的日子，雪花也被刚劲的风搅着刮进车来，车里的人缩头缩脑，冷得发抖。

这种公共汽车还有个最大的特点是拥挤，这种拥挤是语言很难准确地表述的。一辆核准乘坐 30 人的车，至少挤了 60 人，甚至更多，用这里的话说，就像是搅点面浆把人贴在墙上。座位上、靠背上、过道里、引擎盖上，甚至司机身旁都挤满了人，还有背篓、挑担，装满东西的尿素口袋。车上的气味更是迄今为止的书籍中都很难找得到语言来形容：汗酸味、脚臭味、汽油味、呕吐物的味道混杂在一起，甚至还有死牛烂马的臭味——有一段时间几个浙江人从各处收购腐败的死牛烂马肉来乡场上加工，污黑的血水顺着车门淌出来，看起来像是出了重大的血案。

这辆公共汽车专跑这个乡场，陈旧归陈旧，破烂归破烂，虽然车况已经十分恶劣，却坚韧不拔地在乡间公路上奔跑。它使我想起了年老体衰、浑身是病的农村老大妈，咳咳喘喘、哼哼叫叫，但仍停不下手中的劳作，这里捶捶、那里掐掐，咬着牙又去剁猪草或者干其他事。这辆车也是这样，走走停停，停停走走，不是这里出问题就是那里出问题，但终究在走，终究会开到目的地。使我最为惊讶的是，有一次，车头上的一个不知什么开关坏了，连接开关之间的一根铜线怎么也无法固定，裸露的铜线一搭上，车就行走，一落下，车就停下，司机无法腾出手来，就让旁边的一位农村姑娘用手将线固定住。那姑娘小心翼翼地按住线之后，手簌簌地抖起来，脸色惨白，全身也抖起来，一车的人都看着她，她眼角有了泪珠，但她不敢松手，因为她的手一松，车就停下了。她竭尽全力，紧紧按住电线，时间一长，她的手也抖得更凶。农村姑娘老实，她怕司机呵斥责骂，也怕一车人责怪她。20公里的乡村公路，到了目的地，她的手都弯不过来了，车上的人走光了她还木木地站着，司机招呼她坐在椅上休息，又倒了一杯热水给她喝下，她才慢慢地缓过来。

在这个阴雨连绵的中午，我和所有等车的人倚墙而立，尽管是中午，但四周岑寂得没有声响，只有银丝似的雨不紧不慢地下着。谁也没说话，那些苍老的黝黑的面孔木然地注视着地面，泥塑般成为雨天的风景。静默中，突然从远处飞快地跑来几个人，一个四十多岁的汉子背着一个小女孩，溅着泥浆呼哧呼哧地奔跑着，一个和他年龄相仿的山村妇女，在旁边悲怆地呼叫。原本神色漠然的几人伸长了脖颈张望。等他们跑近后，人们才看清中年汉子背着的是一个十一二岁的小女孩，小女孩面色如蜡般惨白，长长的头发披散在肩上，她的额头上面有一个小洞，血汩汩地从里面冒出来，额头上敷了一层厚厚的白纱布，像泡在血液里的海绵，已经被浸透，血还在无休无止地淌。中年汉子用手捂住纱布，但丝毫无用，小姑娘的衣裳也已被血浸透。从女人的焦虑、悲痛、断断续续的哭诉中，人们得知，小姑娘和她的哥哥到坡上打核桃花，准备换钱作学费。打核桃花的竹竿一头是削尖的，她哥哥站在树丫上手一松，竹竿尖尖的那头正好戳在弯腰捡核桃花的小姑娘头上，等她父亲将她背到乡卫生院，已经淌了不少血。卫生院设备简陋，不敢收治，草草包了纱布，叫他赶紧送到城里去治。卫生院半天联系不上救护车，只得让他背着小女孩赶来乘公共汽车。

此时早已超过了公共汽车规定的到站钟点，如果是平时，大家也无所谓，早来是来，晚来也是来，反正都要走的么。但现在，不光小姑娘的父母急得发疯，连等车的其他人也急得跳起来。淳朴的庄稼人将小女孩团团围住，七嘴八舌乱出主意，有的跑到老远的地方去望车来没来，有的劝慰哭得快晕厥的妇人，有的去找来一堆像“毛菇”一样的止血草药，揉碎敷上，却毫不见效。那汉子已经神情麻木，简直不知该怎么办。人们等啊等啊、骂啊骂啊、盼啊盼啊，心都快跳出来了，眼睛都快盼出火来了，那张破败、污损的公共汽车才终于摇摇摆摆、晃晃悠悠地出现。人们惊叫起来，全跑到路中间站着。车终于停下了，还没等人下完，性急的庄稼汉子就挤上来，把最前面的位置空出来，招呼着把抱着血人似的小姑娘的父亲让上去。往常，车一停下，大家都不管别人，谁挤上去抢到位子算谁的。淳朴厚道的庄稼人啊，在危难之际，人性的最本质的美，就闪现出来了。

车又摇摇晃晃地走动了，我站在过道上，正好在小姑娘的旁边。那是个很美丽的小姑娘，鹅蛋形的脸蛋，五官精巧，身材瘦长瘦长的。尽管她现在脸白得蜡像一般，手臂软软地耷拉着，一头浓浓的黑发被血凝成块状，但可以想象出她是一个聪颖、漂亮、活泼、天真的小姑娘。这样年龄的小姑娘在城里，一定是父母的掌上明珠，是美丽骄傲的小公主，不会为学费而愁，更不会为攒学费去捡核桃花，春光明媚的季节，她们会在老师或者父母的带领下，带着各种丰盛的吃食，彩蝶一般穿梭于林间花丛之中；如果她们有了点小小的伤风感冒，哪怕手指被划破一点皮，她们的父母都会急得到处找医生，急得掉眼泪。而乡下孩子却过早地承担了生活的重担，既要带弟妹、做家务，又要挣钱读书，生活既给他们心灵上带来创伤，又给他们小小的不堪重负的身体带来各种各样的创伤。

我清晰地感觉到生命正像抽丝一样，从她小小的躯体里一点一点地被抽出，其实，她的生命之丝早在染红鲜血的山坡上，在崎岖的山道上，在设备简陋的卫生院和漫长的等车过程中就被抽得差不多了，车身的每一次颠簸，每次刹车，都可能将这细丝震断，她的父母竭力想把这游丝握住，但命运之神岂容一个贫苦无助的山里汉子把握自己及子女的命运。终于，车至中途，那柔若游丝的生命之弦，彻彻底底地离开了这美丽、聪颖的小姑娘。那汉子疯了似的大喊“停车停车”，抱着那小姑娘冲下车，将小姑娘那小小的、渐渐冰凉的身体放在地上，捶胸顿足，号啕大哭，她的母亲则以头撞树，直至额头上流出殷红的鲜血。我再也没有勇气看下去，蜷缩在车厢里，让自己心里的血，也慢慢地流淌，流淌。

眼　睛

眼睛对于人的重要，毋庸赘述，过去描述过、现在依然在描述的美好的惊心动魄的语言，车载斗量，不绝如缕。

没有光明的世界是什么世界，正常的人是能体会一点但又不能完全体会的。当你闭上眼睛，整个世界就从你的视线里消逝了。山川河流、蓝天白云、旷野鲜花、大泽鹭行、高入云霄的楼宇、车如流水的街道、满头银丝的老人、娇妍艳丽的妇女、健康活泼的儿童……全从你眼里消逝了。但你的眼前，仍然有混沌未开的、迷迷茫茫的浓雾，尽管什么也看不见，白色的感觉仍然是有的。

失明的人，眼里是一个漆黑的深渊，万事万物，宏观微观，大至苍穹，微至尘埃，统统从眼里消失了。心灵之舟，永远停泊在漆黑无光的大海里，那份孤独，那份寂寞，那份绝望，没有失明的人是难以体会的。

二十多年前，我的左眼一度失明。我是个命运多舛的人，从出生之日起，疾病、贫穷，政治上的迫害、精神上的创伤、生活中的不如意，讥讽、嘲弄、挤兑、中伤、诽谤，几乎每时每刻都伴随着我。至今，我从心灵到肉体上，到处伤痕累累。有时我觉得自己更像经过雷

殛后残存的一棵树桩，虽扭曲，奇形怪状，但却顽强地活着，不时地又从哪个部位抽出一枝新芽。是的，我觉得我是一个顽强地活着的树桩，但不是放在宜兴花盆里的树桩。那种树桩没有精心的呵护，是很快就会死掉的。

我左眼的失明，是很偶然的。自幼的营养失调，体质孱弱才是主要的原因。器质不坚，焉有不坏之理。诱发的原因是偶然的，偶然却也必然。那时一个伟人爱游泳，上有所好，下必甚焉，于是大家都游泳。当时作为小学生的我们也免不了。于是我们一个班级就排着不甚整齐的队伍，顶着骄阳，穿越城区，到郊外的一个水库去游泳了。时值盛夏，我们走到水库边已是脸色通红、热汗滚滚，还没稍作休息，就被老师撵了脱去衣裤，鸭子似的被赶到水里去了。我开头热得直喘粗气，内衣内裤都被汗黏了贴在身上，突然跳到水里，身上猛地一激灵，觉得像被放到冰窖里一般，全身肌肉紧缩，起了一层密密麻麻的疙瘩，紧接着，手脚也开始痉挛。我本来就不识水性，心里慌张，忙从浅水里爬上岸来，晕晕乎乎地躺在堤上晒冻得发青的身体。

当天晚上，我的头剧烈地疼起来，疼得我抱着头在床上打滚。母亲找了些药给我吃下，仍不见效，急得无法，背着我就往城外的医院跑。在急诊室里，年轻的值班医生做了处置，头倒不是很疼了，折腾到天亮，我又迷迷糊糊睡去了。

当我再次醒来的时候，不幸的事情终于发生了，我睁开两眼后，发现自己有一只眼睛什么也看不见了，我急得大哭大叫，用双手抓自己的眼睛。从乡下赶来的父亲也急得直跺脚，背上我又匆匆朝郊外的医院跑去。此时正值我小学毕业前夕，我辍了学，经常往返于医院和家之间。

我的眼疾是类似白内障一类的病，民间俗称“长翳子”，也说眼睛长了一层蒙皮。其实，最直接的原因就是酷暑的时候跳下冷水里，因冷热急变，刺激了神经系统而导致的，如果身体素质好尚可避免。左眼失明之后，围绕着这病，家中成员对治疗方法的主张分成了两派。外婆迷信，相信偏方、巫术和草药，母亲相信中医，两人之间意见虽有相左的时候，但大体一致，是为一派；父亲则坚信西医，是为另一派。两派虽目标态度都是一致的，但为此却展开了旷日持久的“明争暗斗”。譬如说外婆认为住在巷口的“幼年学”与我家有仇，传说“幼年学”懂巫术，会养蛊、放蛊。而蛊是会吃小孩的眼睛的。为此，外婆曾悄悄地把她生病时一直不舍得吃的母亲买给她的一斤鸡蛋糕拿去送给“幼年学”，恳请他放过我。那时正值物资匮乏的年代，市面上很难买到鸡蛋糕，“幼年学”收下鸡蛋糕，赌咒发誓没有放过蛊。外婆又颠着小脚，跑到离城几十里外的一个山村请人施行蛊术，破“幼年学”的蛊。母亲则到处搜罗偏方、秘方，这些偏方、秘方的配方稀奇古怪，极难收集，制作方法、制作程序也十分古怪，如有一服药要用清晨瓦脊上的露水，而这露水又是十分少的，又得爬上房去，用薄薄的小汤匙慢慢地舀了放在玻璃瓶里。为收集清晨瓦脊上的露水，母亲有半个月左右的时间没睡过一次囫囵觉，衣裳经常被露水打得湿漉漉的，有一次还差点从楼梯上跌下来。经过坚持不懈的努力，母亲终于收集到一瓶瓦脊上的露珠。父亲虽认为这些做法是迷信，但他拗不过母亲，只好由她去。他则坚持带我上医院。那时是没有专家门诊的，但大家其实都推崇专家，即使在知识分子最不吃香的年代，专家其实也是很吃香的。小城眼科专家挺威严，不苟言笑，要请他看病，得费很多工夫。父亲长年在乡下做事，靠了在医院工作的一位远房亲戚的帮忙，才请到了眼科专家为我诊治。专家十分负责，他耐心地询问了我的症状，用了许多当时医院里最先进的仪器为我检查，综合各方面的情况分析病因病情，拟出治疗方案，然后嘱咐我每星期去他那儿复诊两次，开了一种当时最好的眼药水及其他大大小小的白色药片。

跑了一段时间，我一度失明的左眼开始有了一点光感，接着，混沌渐开，能看到微弱的模糊的影子。父亲心急如焚，天天学着医生的样子，让我闭住右眼，在我眼前晃动手指。开头手指离我很近，他

说："这是几个。"我说："一个。"他又伸出两个手指，问几个，我如实答，他高兴得不行，一家人也高兴不已。渐渐地，他伸出的手指离我的眼睛越来越远，指头的个数也越来越多，有时甚至两只手的手指并起来，我也能看得清楚了。我视力的恢复速度越来越快，最后终于完全康复了。眼科专家很满意，说可以了，他也没想到能恢复得这样好。而父亲的手指，变得麻木起来，双臂也是又酸又疼，这是他每天不知多少次地频频伸出手指的缘故，很长时间之后，他的双臂和手指才消除了麻木酸疼的感觉。

直到现在，我的左眼仍比右眼小，眼角底还有一小块白翳，这是全部的翳消除后留下的痕迹，如果我不说，别人是看不见的。直到现在，我的双眼仍然健康，每天看书写作十来个小时没问题，哪怕是斜着看，躺着看，趴着看，也不会影响视力，虽算不上火眼金睛，也算得上经久耐用了。

我始终忘不了为了让我康复而去祈求"幼年学"的外祖母；为医治我的眼睛每天搭着板梯、一身湿漉漉地去收集瓦脊上的露水的母亲，和每天把手指都伸酸了，让我看是几根手指的父亲。我自责、我忏悔。

只要眼睛还亮，我就不会忘记他们。

指甲花　女儿花

土坡、土墙、土房，房前依然是土坪，或有一罐经年的黢黑的麦秸或有一堆沤得透熟的土肥，一只肥肥的狗无端地旋转，几只壮鸡闲适地刨食。几乎家家土坪的一角都有几丛指甲花，红艳艳地跳跃在土黄色的背景前。

是农家，就有壮硕黑莽的汉子，就有敦敦实实的婆娘，就有牛犊一样圆滚滚的男娃，就有健健康康、俊俊俏俏的女娃。女娃要上山割草、下地干活，还要剁猪食、喂鸡鸭，还要洗像泥猪一样的弟弟、妹妹的衣服。忙，忙得赶趟乡场也成了最奢侈的享受；累，累得纤纤小手也粗糙如砂石。可再苦、再累，也抑制不了女儿家青春如崖畔野花似的蓬勃生长；再忙、再累，也泯灭不了女儿家爱美的天性。瓜棚下豆田中，崖畔溪边，总能见得到一个或几个女孩儿绣围腰，绣得蝴蝶振翅飞翔，就连剁猪食、做家务时系的围腰，也斜逸一枝粉嫩鲜红的桃花，也相倚两只交颈而眠的鸳鸯，也泻一抹淡淡的、淡淡的荷香。

黄土坡上泛起似有若无的绿色，柳梢才拂春风的日子，娘的心里涩涩的，做女儿家的日子云烟般消失了，唱的情歌还萦绕在对面的山梁上，生活的重轭就驾到了她肩上；娘的心里甜甜的，泥猴样的、疯

跑疯跳的黄毛丫头，转眼就成了俏生生的、娇滴滴的女儿家。是女儿家就有女儿家的心思，是女儿家就有女儿家的秘密。从女儿家走过来的娘，就把那开启女儿家心灵的指甲花种下了。

是种子就会发芽。女儿家挑水去了，路远、坡长，挑的一半是水，一半是汗。舍不得吃，舍不得用，却舍得浇花。那花，比女儿家还娇嫩呢！清清亮亮的水滋润着清清亮亮的花，花长茎了，花长叶了，女儿家手指般修长，柔嫩。时序更迭，就见得到指甲花花蕾，女儿家脸庞般娇羞含笑。又是几声长长的蝉鸣，指甲花热热烈烈、喧喧腾腾地在黄土坡的背景上，涂上最为明丽的一笔。指甲花红得纯粹、红得透明、红得热烈，于是，低矮残败的土墙，成了古诗里的意境：去年今日此门中，人面桃花相映红。

爱美的农家女儿家把石臼细细地洗净，心颤颤地，手颤颤地，把带着露珠儿的、女儿家泪水一般晶莹的、女儿家心灵一般纯净的指甲花掐下，和着露水、和着祈求、和着那说不清、道不明的情绪，轻轻地捣碎。掐来翠绿翠绿的瓜叶，将粗糙的手自顾自怜地洗净，再灵巧地用指甲花浆覆盖住指甲，然后秀秀巧巧地用瓜叶裹住，用线扎紧。隔一夜，取下瓜叶，指甲就被染得彤红彤红的，红得天然、红得透明、红得纯粹。

写作人生

用灵魂写作是我的生存方式

写小说于我来说是介入情感的表达，是一种倾诉，一种宣泄，也是一种生存方式。这种生存方式不是因为生活所迫，像大多数中国作家一样，我也有固定的收入和稳定的工作，没有谁让我们像完成工作指标一样完成写作任务；也像大多数中国作家一样，我们都在自由地思考，认真地写作，热情洋溢、激情四溅地歌颂自己脚下的土地、自己热爱的人民；同样，也在深刻、痛切地鞭笞生活中的假、丑、恶，批评着阻止历史进程、社会变革和社会进步的各种不良现象。因为热爱自己的祖国和人民，所以对丑恶现象就更加憎恨。

我生活和创作的地方是中国云南的一个偏僻地区。在中国，东部和西部之间，由于地域、交通、经济基础、智力资源等等原因，经济发展的差别是很大的。所以，近年来，中国政府加大了扶持西部地区的力度，西部地区正处于社会变革、思想碰撞、观念更新、经济发展的时期。云南是西部地区的一个省，生活在这里，对于社会变革的感受更为强烈。悠久的历史文化，丰厚的生活底蕴，多姿多彩的民族风情，结合着相对贫困的西南地区特有的社会生活，为我的创作提供了取之不尽、用之不竭的素材，因此，我的创作近年来一直保持着较为强劲的势头。

在中国，思想和创作是自由的，每一个作家怎么写和写什么，完全是作家个人的事。正是因为这样，每个作家都在写自己最为熟悉且感受最深的生活，有的作家长于都市题材，有的作家长于工业题材，有的作家长于情感题材……而由于我长期生活在一个以农业为主的小城市，又在农村工作生活过，因此，我主要以农村题材为主，主要写发生在农村的人和事。对于我生活的这片高原山区，对于我脚下的红土地，对于生活在这片土地上的人民，我是无比热爱的。这片土地融入了我的灵魂，这片土地上所有的一切，都流进了我的血液，我为它而激动，而兴奋，而忧伤，而感慨，我为它而奋笔疾书。如果我的写作能起到一点推动社会进步的作用，则是我最大的心愿。

近年来，我的写作有了一点成绩，我在中国权威性的刊物上发表了一定数量的作品，获了一些奖。其中，中篇小说《好大一对羊》获中国文学奖最高奖项之一的鲁迅文学奖。这部作品以我生活的最为贫困的一个地方为背景，写出了这个地方的生态恶劣、经济贫困、文化贫困、观念保守，也写出了地方政府为改善这里的贫苦而作出的努力；同时，批评了扶贫工作中的官僚主义、形式主义和官本位文化对人灵魂的毒害，对一对羊在贫困地区的遭遇作了反思和鞭笞。

《好大一对羊》发表后引起了强烈反响，后被中影集团改编为电影，被中央电视台改编为电视连续剧。电影版本在世界 28 个国家和地区放映，好评如潮，并获加拿大维多利亚最佳故事片奖、法国维苏尔国际电影节最佳亚洲促进奖、美国华盛顿特区独立电影节评审团大奖，同时在戛纳电影节上与其他三部电影被邀参展。这说明，在中国，好的文学作品会被发现并被改成电影电视。不少优秀作家的优秀作品，已经改编为电影电视了，获得好评的不在少数。我的其他一些作品也被制片人看中，目前正在洽谈中。

斯是陋室，唯吾德馨

烟柳轻漾、稻香鱼肥、苹果飘香的洒渔河畔，商贸繁荣、纯厚古朴、热闹非凡的下街子乡场上，一座土木结构的朴实温馨的瓦房里，居住着一位八十多岁，骨骼清奇、神清气爽的朴实老翁——农民书法家王志平先生。

王志平先生生于1913年，洒渔乡是他的衣胞之地。在这片丰富、神奇、美丽的土地上，有着璀璨夺目的历史文明。两汉时的大量墓葬，工艺考究、制作精美的青铜器，造型生动、形态奇异的陶器，以及其他许多历史文化的遗迹，无不熏陶着纯朴的当地人民。王志平先生幼时发蒙读书，就对书法艺术产生了浓厚的兴趣。这个兴趣一经形成，就伴随他走过漫长的岁月。王志平先生老而弥坚，技艺日益精进，终成为昭通地区有影响的书法家。

王志平先生身世坎坷，他在中华人民共和国成立前就投身革命。后来，因为众所周知的历史原因，遭受到不公平的待遇。在长达三十多年之久的时间里，他一直在家务农，过着真正的耕读生活。贫穷的生活和沉重的劳动并没有使他放弃自己的追求，“穷且益坚，不堕青云之志”正是他的真实写照。他在一盏青灯前潜心地研究书法。除了

书法之外，他对孔孟学说、宋明理学、老庄之学、佛教禅学、唯物辩证哲学均有涉猎和研究，写了大量的研究性文章。同时，先生对古体诗词也颇有研究，其文风平实、寓意深远，不事雕琢而文思自出。由于他有深厚的古文基础和对哲学的深入研究，其文其诗淡远清雅，蕴秀含英，耐人咀嚼，发人深省。特别是一些抒情言志、警策人生的诗，更是充满平实而又深刻的哲理，对社会人生颇为有益。

王志平先生是书法家而不是写字匠，其原因就在于先生不一味刻板地摹写碑帖，在前人的窠臼里不能自拔。他广读博览，潜心研究，认真体味汉魏碑刻、汉碑大观、二王法帖、苏柳书法的真谛。同时，把自己研究哲学、研究诗词的心得体会，潜移默化地映射于书法艺术中。所以，王志平先生的书法，结体谨严，笔力稳健，平实厚重，儒雅俊逸。王志平先生的书法不矫揉造作，不虚张声势，不以奇崛怪诞示人，甚至连字也多是简化字，不求繁缛复沓，而是在平实、朴素、淡泊中显示出高品位的美学追求。

王志平先生现在是云南省书法协会会员、昆明金碧诗社社员、昭通诗词学会会员。著有诗词千首，楹联二百余副，儒学论文数篇，杂文四十余篇。他的书法在云南省第一、二、三届书法展览中均被选中参展。在国家级的展览中，如中国诗词墨迹展、毛主席诞辰书法展、八一建军临书展等十余次展览中被展出并五次获奖。其余如国际书展篆刻大观、20世纪国际现代书法篆刻名作品荟萃等展中也多次展出。

尽管王志平先生在书法界获得不少殊荣，但这位八旬老翁依然在洒渔老家过着布衣素食、朴素清淡的日子，心境依然淡泊，视名利为过眼烟云，孜孜不倦地读书写作，有这样的心态，也算是德行高远，修炼到家了。

鲁院是我永远的怀念

对于每一个文学爱好者和文学创作者来说，鲁院永远是神秘、神奇、神圣的地方。众所周知，这所“鲁迅文学院”由著名作家丁玲先生创办，前身叫“中央文学讲习所”，曾经培育过几代作家，这些作家中的不少人，都是在各个时期声名显著、成果辉煌、影响深远的作家，他们在中国当代文学史上，留下了不可磨灭的影响。

在我的心里，鲁院是遥不可及的文学殿堂，是所有文学创作者的“黄埔军校”。到鲁院进修，几乎是每个文学创作者的梦想。令我激动的是，我有幸两次到鲁院进修。这对于一个身处偏远地区、学历很低、作品没有影响力的我来说，几乎是不可思议的事。

1999 年，当时我在云南昭通市（原来的县级市）报社任职，出于对文学的执着追求，出于对文学创作的迷茫和困惑，我决定走出大山，到文学创作者心目中的圣地——鲁迅文学院进修。经过艰苦的努力，我终于接到了鲁院的入学通知书。当我拿着通知书去找当时的领导请假时，这位领导出于好意地告诉我，再过两月市里就要搞机构改革，调整干部了，这个时候出去恐怕对我不利。我理解这位领导的好意，本就僧多粥少，人不在恐怕就更分不到一杯羹了。报社主编的位置，对我来讲当然是重要的，但权衡再三，我还是克服了世俗的诱惑，决心到鲁院进修。

那次去读的是作家班的初级班，记得刚到时，见到了院领导白描、胡平、王斌等老师，见到了班主任秦晴老师和其他老师，觉得他们很和蔼，平易近人，很关心学员的生活、学习。那时的鲁院还没装修，好像是四人住一间宿舍，不像后来读高研班时鲁院已装修得很漂亮了，一人一间，公寓有电视、空调、书橱、卫生间和电话，很舒服的。我到这之后听说班主任秦晴老师是著名评论家秦兆阳的女儿，这是一个如雷贯耳的名字，我是很景仰秦兆阳老师的。秦晴老师是个平和、善良、负责的人，她和负责教务的王斌老师和我们的接触多一些，因此也要熟悉些。

在鲁院的生活和学习是很愉快的，听了许多名家的课，开阔了视野，增长了见识。记得院内的白描、胡平、王斌老师和李平等老师，为我们上过课，他们的课解决了我在文艺理论和创作方面的许多问题。尤其是王斌老师和秦晴老师，负责看我们的作业——稿件，非常认真、负责。我们交的一大沓稿件，他们总是认真地阅读，提出了许多中肯的意见，使人茅塞顿开，受益匪浅。

第一次到鲁院读书，对我来讲具有特别重要的转折意义。我是来自遥远的云南的一个非常偏僻、封闭、落后的地区的作者，这个叫昭通的地区很长时间内鲜为人知。随着昭通作家群和昭通文学现象的出现，昭通这个名字逐渐被人认知。昭通文学艺术在很长时间内几乎和外界没有联系，直到20世纪80年代中期，昭通作者才第一次见到两位《边疆文学》的编辑。当他们出现在昭通师专的礼堂里，主持人说“你们没见过作家是啥样子，这就是作家”时，全场一千多人起立，掌声雷鸣，莫名欢欣。后来，我和昭通的一些作者的作品逐渐走出昭通，在省内的刊物上发表，自己也着实高兴，于是更加刻苦、更加勤奋。可是，我写了十来年，作品却一直只在省内刊物徘徊，老是走不出去，这不由让人焦虑、迷茫、彷徨、困惑。同时，我也无端地受到一些人的攻击，说我写作没有灵气，观念落后，知识浅薄。事实上，我对我的写作状况是清楚的，写到什么份上也算有数。我决心北上闯一闯，在文化中心的文学圣地，请学校的老师和大刊的编辑为我会诊，看我是不是写作的料，看我能不能写出成绩。

事实正向我所预料的方向发展，我对自己的评估是有基础、有潜力的，谁也不曾想到，我带去的三个中篇《好大一对羊》《徘徊望云湖》《贫血的山乡》被王斌老师、秦晴老师看好，认为基础扎实、功力深厚、思想敏锐、文字有特色，当然也提了好些中肯的意见。临近学习结束时，学校请来了《当代》《十月》《中国作家》《青年文学》等刊的主编和编辑，从学员们带来的稿件中选稿。送给主编和编辑们的稿子，是学校老师从厚厚的稿件中选取的。我的中篇小说《好大一对羊》和《徘徊望云湖》被选中送给主编和编辑。出人意料的是，在学校召开的阅稿会上，我的两个中篇受到《当代》《十月》《中国作家》的主编的格外青睐和看重。《当代》的常振家老师当场选了中篇《好大一对羊》。《十月》的王占君老师当场选了中篇《徘徊望云湖》。《中国作家》的杨志广老师也向我索要这两篇作品，得知它们已被其他老师订走了，他失望之余也十分为我高兴。为此，鲁院专门为我和张学东召开了研讨会，我们倾听了许多大家的意见，很是受益。

《好大一对羊》在《当代》发表后，获得了《当代》文学拉力赛2000年总冠军，后来被《小说月报》《作品与争鸣》《2000年中篇小说精选》《中国当代中篇小说精品选》《名作欣赏》《领导科学》等书刊选载，后来又荣获第三届鲁迅文学奖中篇小说奖；之后被改为同名电影，获加拿大维多利亚国际电影节最佳故事片奖、法国维苏尔电影节最佳亚洲促进奖、美国华盛顿特区独立电影节最佳评审团大奖；同名电视连续剧在中央台播放后，获“金鹰”“飞天”奖。去年，我又获《人民文学》“爱与和平”中篇一等奖，今年获首届梁斌文学奖、云南省政府文学一等奖等等。

我怀着像金色麦穗对阳光雨露一样的感恩之情，感谢鲁院，感谢鲁院所有的老师。鲁院对来自偏远地区的作者不歧视、不排斥，给予我许多关爱。在我第二次入鲁院读高研班时，这种感觉愈加强烈。我感谢发现、培养我的《当代》的常振家、杨新岚、谢欣及所有的老师，感谢《十月》的王占君老师，他亲自指导我修改作品，约我谈心；感谢《中国作家》的杨志广老师，当然还有许多要感谢的人，这里不再赘述。

正是因为这样，这几年尽管我活动较多，但仍然潜心读书，认真创作。我觉得我身上有一种无形的压力，这种压力是我自己施加的。我觉得我不潜心写作，多出成绩，就对不起鲁院，对不起鲁院所有的师长，对不起对我厚爱有加的《当代》《十月》《中国作家》《小说月报》《小说选刊》等刊物的老师和编辑。所以，我每年都有数量可观、质量亦还可以的作品在全国重点刊物刊载，连续几年保持云南创作、发表作品第一的位置。

正因为这样，我在昭通这个盛产文学的地方才能义无反顾地担当起发现人才、培养人才的责任。我从自己的成长历程中感受到许多师长对我的关爱，没有他们，我无论如何也不可能取得今天的成绩。所以，我从他们身上学到了宽厚、博大、无私、奉献。昭通作者上百人，我多年来坚持为他们看稿、改稿、推荐，不仅在创作上关心他们，在工作和生活上也尽可能地去帮助他们。有时发现了一个好作者，就到深山里去探访，帮助不少作者改变了命运。不少作者从山区、从农村调到机关任秘书、记者等等，改善了他们的生活条件，发挥了他们更大的作用。

鲁院是文学的殿堂，鲁院是作家启航的港湾，这座以文学伟人的名字命名的学校，是我永远的向往。我在这里不仅学到了知识，还学会了怎样做人——做一个勤奋刻苦、正直善良、有良心和良知的人。鲁院还是一把犀利无比的雕刻刀，她把你身上的卑污、琐碎、阴暗、狭隘等多余的东西雕去，剩下的就是美好的、让人珍视的了。

胸中波澜　笔底柔情

算起来，我写小说已有二十余年。这些年中做的事大抵就是三件，日常工作、读书、写作。认识我的朋友都知道，我基本没有什么嗜好，下棋、打扑克、搓麻将、钓鱼乃至到歌厅吼上几嗓，基本不会。所以，我是个令人感到兴味索然的人，是个生活质量很差的人。但我自觉生活充实，自觉活得有滋有味，其原因就是读书和写作。读书和写作支撑了我的精神世界，让我在书的世界里精骛八极、神驰九荒，让我与书中的人物同喜共悲，时而忧愤、时而欢乐、时而击节赞叹、时而拍案而起。书中波澜迭起，你无法淡出时世，无法闭眼自适。书将我与外部世界千奇百怪的生活和芸芸众生的生活联系起来，也为我知识的积累、写作技巧的提高定了基础。读书之外便是写作，写作是件艰苦的劳作，满纸荒唐言、一把辛酸泪，酸甜苦辣、五味杂陈，个中滋味，唯写作者自知。

在写作上，我算是成功的人。尽管数十年呕心沥血、宵衣旰食，不计晨昏、无论寒暑，只要有创作冲动，必然伏案写作。认识我的朋友都知道我是个生活中十分随意、十分马虎的人，衣不求华丽，穿暖就行，食不求精炙，吃饱就行，以至于在生活上养成了许多坏习惯，丢三落四，粗率至极。上飞机时找不到身份证，衣服皱了也不会自己抻。在随中国作家访日代表团出访时，出尽洋相，受尽折磨，也受尽冷眼。我自己也要求自己在生活上谨严一点，但一时半会儿，恐难做到。对于创作上的成功，我觉得自己只是个幸运者，比我刻苦、比我勤奋，资质、天赋比我高的人有的是，所不同的是，我遇到了许多关心人、培养人，以扶持作者为己任的领导、编辑、同行，于是，我就比别人多了一份成就、一份荣誉。扪心自问，我非常理解那些对文学痴迷执着，一旦认准，勇往直前，九死而不悔的作者，理解他们的苦闷和焦虑，尊敬他们的痴迷和执着。所以，对于写作者，只要他诚心写作，我都会以自己的绵薄之力，给予一点帮助。即使帮不上什么，我也会给予一点精神上的温暖，伸出自己并不暖和的手，去握住另一双更为冰凉的手，传递一点关爱、传递一点柔情、传递一点使他坚强起来的信心和勇气。

这些年，我的生活逐渐好起来，温饱之余尚有余裕，虽住不上豪宅，却拥有宽敞、安静的房子。我很知足，很满意现在的生活状态和生活水平。我不仰慕大款富商，对于他们的宝马香车、豪宅名庭以及一掷千金的生活，既不嗤之以鼻也不垂涎欲滴。我知道他们之中的不少人的钱都是肮脏的沾满细菌的。钱为身外之物，能过上简单而有结余的日子就好。相反的，我对农村、农业、农民却有一种解不开的结。身居小城，你想不见到他们、不想到他们都不行。他们苍老疲惫、孤立无助的面孔老在你眼前晃动，他们不光在经济上贫困，还有许多在社会生活秩序中难以解决的问题。看看他们疲惫的身影，看看他们畏畏缩缩的神态，听听他们絮絮叨叨的哀述，安能无动于衷？

从法律的角度来说，任何人都是平等的。可事实并不如此，有钱人和贫穷者，城里人和乡下人，公务员和上访者，执法者和被执法者，会是平等的么？我在《好大一棵桂花树》中讲述的就是城乡差别，城里要建广场要栽大树古树名树，建广场栽名树的人并不是为自己建为自己栽的，享受的仍然是广大的市民。可为什么有棵好树有块好石都要弄进城，农民就没有权利去欣赏、去享受？这就是城乡差别。在贫富差别上，更是反差极大。《冰冷的链条》写的是一群贫穷的山里人，他们在冰天雪地里为了积攒读书的费用，为了瘫痪的老人，为了求得温饱而互相争斗，互相抢夺，人性在金钱的重压下已完全扭曲、变形。可他们愿意这样做么？路上寒风肆虐，身上冰凉，肚里饥饿，谁不愿自己坐在温暖的家里，烤着温暖的火，吃着热气腾腾的饭菜？可他们能吗？贫穷驱使他们走上冰刀霜剑的茫茫原野，贫穷使他们互相争斗，但坐在豪华轿车里的人，就能说比他们高尚么？坐轿车和上链条，这就是贫富差别。所幸，这篇作品里的人在特殊环境和特殊时刻里，人性得到复苏，善良得到回归。生活无论怎样严酷，人性无论怎样扭曲，但真善美的光辉，必然要掀开沉重的天幕，给人以信心和力量。

每念及我生活的土地，每念及我笔下的人群，我的胸中，都涌现出难以自抑的情感波澜，我无法用一种平静、平和、安详的心态写作，我不能气定神闲地写一些充满趣味、充满温馨、充满诗意的小说，也无法写些风花雪月、纵情山水、沉溺人欲的文章。我只能按我的方式、按我的思考、按我的感受来抒写。也许有人会认为我的作品写得太冷，太残酷，其实我的作品以冷为基调，但不乏温暖、不乏柔情、更不乏悲悯和同情。在《好大一棵桂花树》中，冰凉的气候和严酷的环境的底色上，弥漫着一股柔情，闪烁着人性之光。作品里在冰天雪地里烤火的一幕，就是人性和爱情的描写。那高原上茫茫雪海里的一蓬殷红的火光，谁说不是人性之光的闪烁呢？为了抢救濒危的产妇，为了对生命的尊重和敬畏，放弃了对钱的索要，齐心协力、舍生忘死去推车，谁说不是沉重生活中的华美乐章呢？

桂花树，是美好的树，是芳香四溢、沁人心脾的树。一粒一粒碎米似的桂花，像天上无以计数的繁星，连缀成串，熏染着我们的生活空间，熏染着我们的襟怀和灵魂。我愿我一个一个的文字，能像碎米似的桂花，连缀成文，给人以深深的思考，给人以沉重的叹息，给人以美好的享受，给人以灵魂的熏染。

凤鸣瑶池　雏鹰展翅

凤池中学要出书，校长钟大勇先生嘱我写序，此事我颇为踌躇，一则请我写序的人多，我恐误人，大多推辞；二则为教育类的书写序，于我实在太难，我虽然搞创作，但与教育实在联系不多，是真正的门外汉，误人误己，罪莫大焉。但由于钟大勇校长和其他老师的热忱，让我却之不恭，便硬着头皮应下来，敷衍成文，贻笑大家。

读完几百页的书稿，我是真正的震撼，真正的感动，乃知凤池中学享誉全省。昭通一中所办的学校，渊源是创办于清雍正八年的凤池书院，依托凤池而诞生的昭通一中，文墨悠远，书香传承，从这里走出了一大批名流学者，以师长论，张本钊、姜思敏、戴猷鸿等，都是学贯中西的饱学之士；以学生论，姜亮夫、刘敬才、李诗新等，不是鸿儒大学，就是科技英才。面对一长串熠熠生辉的学术长空中的星星，你不由自主地心生肃穆敬仰之情。薪火相传，文脉流韵，难怪昭通一中，凤池中学俊彦辈出，成为昭通乃至全省教育系统的翘楚。

一所好的学校，必然有好的管理者，好的教师。“没有名师就没有名校”，此言不谬。作为百年名校的市一中，衍生了以培养初中学生为主的凤池中学，文风馨香，岂能不惠及自己办的中学。以师资

论，凤池中学的教师多为中青年，并以青年教师居多。这样一所中学，既有经验丰富、敏于思索、勤于实践的管理者，又有系统而先进的管理理念，还有严格的规章制度和人文化的管理模式，这所百年名校，名师的身影尚未离去，名师的教诲言犹在耳，名师的风范入耳入心。青年教师生气勃勃、思想活跃、鼎故创新，开创了在传承中不断创新的教育路子。凤池中学，焉有不办好之理。

长期读书和阅稿，是我的职责和习惯。长期阅读，容易倦怠，会产生审美疲劳。说实话，很多好的作品调动不起我的情感共鸣，读之昏昏然，茫茫然。然而，凤池中学的这本教学类的书，却打动了我，感动了我，使我热泪盈眶，情难自禁。教学论文是枯燥的，以论证和说理为主，何以能打动我，使我几次胸热眼湿？一句话，就是一个“爱”字。爱为何物？爱有承载，爱有语言和行动，爱是无限的，大爱无疆即是。因为有爱、有情，无论是授道、传业、解惑，还是制定严格的规章制度；无论是赞赏教育还是挫折教育，“惠风和畅”还是“电闪雷鸣”，目的和功效都是一样——教书育人，培养人才；家国天下，视为已任。

我特别赞赏学校提出的建设特色学校、人文校园的目标。目前，教育体制暴露出来的各种积弊，已为众多人所诟病，学生成为应试教育的牺牲品，成为考试机器，沉重的学习和机械的考试，磨灭了多少学生的灵性，扼杀了多少学生的创造力。因此，尊重学生，爱护学生，挖掘和培养他们的潜力，使之成为德、智、体、美、劳全面发展的人，是众望所归。建设特色学校，让校园充满生机，充满活力，让学生各尽所能，各展其才，让学生在宽松和谐、画意诗情的氛围里健康成长，才是教育追求的终极目标。正是如此，凤池中学才有了这样一部皇皇巨著，正是有了这部作品，我们才有机会走进教师和学生的心灵，与他们同悲同歌、同忧同喜。

人文校园是一个诗意的、充满情感色彩的词汇，是一个有温度、有厚度，有感染力的词汇。人文精神，自古以来就是文明与野蛮，民主与专制，尊重与摧残的分水岭。具有人文精神的地方，不仅是知识、智慧、历史文化积淀的地方，还是人的个性和精神世界得到充分尊重和爱护的地方。

这本书最使我感动的地方，正是在于人文精神被发扬光大，深入人心，弥漫于校园，释放出令人陶醉的馨香。

首先是爱。为一个爱字，多少教师殚精竭虑、鞠躬尽瘁，辛勤耕耘于教坛。爱是宽泛的，大爱无疆，可以延伸到各个领域的各个方面，从外表到形式，从方法到方式，爱的内涵何其丰富，岂是一两句说得清的。凤池中学的教师，用自己的思考，用自己的行为，用自己的心血，诠释和丰富了爱的内涵。

当我读到"你的教鞭下有瓦特，你的冷眼里有牛顿，你的讥笑里有爱迪生"这句话时，我的心不禁备受感动。教育界的前贤陶行知的话，成了凤池中学教师身体力行的格言。从他们的文章里，我看到了不少感人事例，看到了他们用爱呵护幼苗的拳拳之心，看到了他们为之付出的艰辛和汗水，为他们的有教无类，凡人皆材的苦心而感动。

教师是一个神圣的职业，教师的责任可谓重于泰山。房子垮了可以重修，但人垮了就贻害无穷，一代人垮了，国家就没有希望。正是如此，许许多多的教师甘于清贫，厚德载物，托起明天希望的太阳。在教师中，班主任是一个特殊而又重要的岗位，班级的好坏，成绩的优劣，班风的建设，乃至具体到每一个学生，具体到每一个学生的各个阶段，莫不牵扯着班主任的心。一个教师无限深情地对一个新教师说："没有当过班主任的教师生涯是遗憾和残缺的。"这位青年教师接受了前辈的提点，在班主任工作中经验得到了积累，阅历得到了增长，心灵受到了洗礼，情感也变得更加丰富，同时，我们也从中看到青年教师的努力和牺牲。面对莘莘学子，面对的是一个个有各异的性格、有独立的思想、有丰富的情感的个体，他们个性千差万别，内心世界不尽相同，如何雕琢他们，就是教师和班主任的神圣责任。因人而异，因材施教，把不同的璞玉雕琢成各具特色的精美玉器，却是教育者的根本目的。

这样，就有了对教师和班主任的高标准和严要求。教育家加里宁说，教师一举一动都处在严格的监督之中，世界上任何人都没有受过这样严格的监督。凤池中学的教师们正是用这种严格的标准来要求自己，他们首先做到的是——正人先正己。孔子说："其身正，不令而行；其身不正，虽令不从。"由此可见言传身教的重要。他们宵衣旰食，伏案备课，披风冒雪，先于学生进入教室。他们在朗月清风、花木扶疏的校园里和学生促膝谈心，关心学生的情绪变化，为他们稚嫩的羽翼能够搏击长天，倾注一腔心血。

爱心教育，是我们目前所处的社会生活中最为重要的一环。目前，我们国家正处于经济飞速发展，社会矛盾日益凸显的转型时期。贫富悬殊、贪污腐败、司法失衡、社会不公等现象确实存在，物欲横流、利益至上、尔虞我诈、造假成风、人情冷漠、道德滑坡等现象日益腐蚀人心。在这样的背景下，爱心教育就显得特别的难能可贵。学校是社会激流之中的一方净土，是用爱心去塑造这些单纯的学子，还是让冷漠、自私、阴冷、残暴去摧毁他们，这是关乎国家的前途与民族命运的一件大事。

思想家、教育家卢梭说，凡是教师缺乏爱的地方，无论品格还是智慧都不能充分地或自由地发展。只有真心实意地去爱学生，才能够精雕细刻地塑造他们的灵魂。凤池中学的管理者和全体教师，就是把爱作为学校教育的最重要手段，把爱像甘露一样洒向学生。他们的爱，像润湿的空气，像玫瑰的馨香，像皎洁的月光，像太阳的芬芳，普照所有学生。从教师的文章里可以看到，他们怎样关心学生，从他们身上发现闪光之处，及时给予赞扬；怎样处理一桩桩具体而微小的事，用爱作基础，艺术地处理，既严亦宽，既慈亦爱，既细且恒。

爱是最具有普世价值的力量，爱是柔软的，是温暖的，是最有渗透力的。爱如滴水，持之以恒能滴穿顽石，难怪我看到一篇篇文章中的生动事例会热泪盈眶了。良好的教育一定能给无助的心灵带来希望，给稚嫩的双手带来力量，给迷茫的双眼带来希望。凤池中学的教育有口皆碑，这就不能不归功于默默耕耘的教育工作者。他们信奉的“爱”字，内涵和外延都是十分宽泛的，如果他们不爱教师这个职业，他们就不会无怨无悔地坚守自己的岗位；如果他们不热爱教育，他们就不会在辛勤的工作之余，认真钻研，勤于思考，写出颇有见解的理论文章和教研文章，使教育水平、教学质量不断提高；如果他们不爱学生，他们就不会关心学生的点点滴滴，从学习到生活，从行为到内心，从性格到思想。

孔子曰：“知之者不如好之者，好之者不如乐之者。”善教之人，其实更是乐教之人。坚守住自己的内心，坚定住教育的崇高，是何其感人，何其神圣。

爱人者，人恒爱之。尊敬的教育工作者，你们为爱而献身教育；为爱而恪职尽守，无私奉献；为爱而汗洒校园，滋润莘莘学子；为爱而刻苦攻读，撰写论文，以皇皇巨著为人们献上甘饴的精神食粮，作为读者，我要说的是谢谢你们。

这部书稿，我是认真读了的，但其关于教学研讨的文章，恕我直言，并没有读，究其实，是我的学识浅陋所致。举凡英语、数学、物理、化学，凡此种种我是不懂的，故此略去，望诸君谅解。

祝凤池中学这所古老而又年轻的学校，成为昭通乃至全省的名校，为昭通教育事业的发展，作出更大贡献。

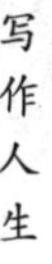

背影远去风范存

朱君和先生的文集终于出版了，这是使人欣喜也使人心碎的事。作为昭通老一辈作家，朱君和先生受过系统的国民教育，加之对文学的酷爱，读过巨量的文学以及其他学科的书，有着广博而精深的学识，写过大量各种体裁的文学作品，是昭通乃至云南较早进行现代文学创作的作家。由于种种原因，朱君和先生在生前没出过一本自己的书，想起这件事，就叫人心生叹息。在朱君和先生逝世十多年后，这本书在有关部门的关心下终于出版，弥补了昭通文学的空白，把昭通现代文学的创作推至中华人民共和国成立初期，连接了昭通文学的历史，意义深远。

朱君和先生是昭通进行现代文学创作最早的作家，我之所以这样说是因为昭通历史悠久、文化积淀深厚，受其风气影响，近年来写作旧体诗词的人不少，其中不乏有影响的精品力作，但真正与现代文学接轨的似乎不多。以我有限的学问和见识来看，朱君和先生是为数不多并且有建树的人。朱君和先生从事现代文学创作，始于中华人民共和国成立之前，那段时间他创作了数量不少的诗歌、散文、小说。朱君和先生创作的鼎盛时期应该是 20 世纪 50 年代初期，那个时候，人民群众充满对新生活的期盼和激情，百废待兴，万马奔腾，生活里处处都有激动人心的事，让人心潮澎湃，激情难抑。作为一名早期加入共产党、以各种身份从事地下工作的知识分子，那种走出阴霾迎来光明的喜悦之情自是难以言喻。那段时间，朱君和先生在繁忙的工作之余，以饱满的热情，以对新生活的热爱和对旧制度的仇恨，创作出了一大批脍炙人口、影响深远的作品。为了配合土改的深入开展，朱君和先生满怀激情地创作了大型山歌剧《大寨农民翻身记》，这出剧一经上演，立即轰动了云横雾锁的乌蒙高原。演出之时，人头攒动，群情激昂。歌剧以发生在昭通的真实事件和真实人物为依据，采用典型的戏剧创作手法，用昭通民众熟悉的语言和山歌，创作成一部内容和形式、剧情和音乐都符合广大民众的审美习惯的流传广泛、影响深远、深受欢迎的经典作品，在土地革命中起到了唤醒民众、激发斗志的巨大作用。时隔半个多世纪，《大寨农民翻身记》的剧情，仍然能为许多上了年纪的老人所熟记。剧里的山歌，仍能为他们传唱。由此可见，好的作品，必须内容和形式融合得很好，符合人民群众的审美习惯，与时代、大地、民众息息相关，才能具有长远的生命力。

在那个激情似火、热血沸腾的时代，朱君和先生的创作数量很大，质、量俱佳。云南人民出版社出版了《大寨农民翻身记》的单行本、《云南日报》副刊用大版面刊载他的长诗《白鹤》以及其他文学作品，这在当时是很了不起的事。当时，刊物和报纸数量极少，要求很高，能单独出版或长篇刊载都是非常不容易的，朱君和先生开了昭通文学创作的先河，谱写了早期昭通文学的辉煌，为昭通文学奠定了基础。

在时代面前，个人的前途和命运是无法自己把握的。作为朱君和先生的学生，我亲耳听他讲过，中华人民共和国成立初期，北京召开第一次全国作代会，他曾被列为代表通知出席会议。当时，他请假去却没有获准。那时的人，对组织是绝对服从的，他尽管内心不甘，但还是放弃了。多年后，他不无惋惜地说，如果当时他坚定地走创作之路，也许已经是一个有所作为的作家了。是的，朱君和先生在当时的文学界，是一位学历较高、生活阅历丰富、写作技艺不俗的作家。他在四川凉山任职时，曾多次接待到凉山收集素材、体验生活的彝族老

作家李乔。李公后来写出了巨著《欢笑的金沙江》，在中国文坛占据了一席之地。这不由得让人感慨，个人命运在强大的时代面前是无法把控的。

朱君和先生是我文学生涯中对我影响最大的一位，时隔多年，每每念及他，我的感激之情便油然而生，对他的思念日益加深，他的音容笑貌也时时出现在脑际。我出生于平民家庭，弟妹众多，家境清贫，少年失学进入工厂做学徒，凭着自己的坚韧，初学画后为文，得以调至鲁甸文化馆从事专业美术工作。20 世纪 80 年代初期，冰河裂隙，万木萌发，文学创作一时昌盛。我自幼酷爱读书，受其感染也动手写起作品来。当时，时任地区文化局领导的朱君和先生应上级要求筹备戏剧创作室，这在当时是唯一的专业创作机构。这个创作室不乏作家，其中还有不少是写作多年，在昭通已有名气的人。当时我才学写作，名不见经传，写作水平不高，初生牛犊不怕虎，凭着年轻的勇气，托已故的昭通文学界前辈杨力先生转交两篇习作给朱君和先生，本没抱任何希望，谁知两个月之后，地区文化局打来电话，让我去面见朱君和先生。记得那是一个星期天的下午，怀着忐忑不安的心，我在地区文化局朱君和先生家里见到了仰慕已久的朱君和先生。朱君和先生长者风范，蔼然可亲，问了我一些基本情况，谈到读过的书和一些文学上的事后，朱君和先生说："行了，你回去办手续吧。"就这样，我调到了地区文化局戏剧创作室。

如今想来，当时的我学历不高，阅读不广不深，写作稚嫩，浅薄无知，竟被朱君和先生看中，不能不说这是我的幸运。更重要的是，我与朱君和先生仅有一面之缘，谈不上有何背景有何交情，朱君和先生能够摒弃俗念提拔我，真令我感动万分。朱君和先生的人品、人格魅力，深深地影响了我。在以后的日子里，我能够以自己绵薄之力帮助了不少人，朱君和先生的影响尽在其中。

滴水之恩，当涌泉相报。朱君和先生惠我何止滴水，但我却无以为报。我调到地区文化局后，因资历和创作不丰，更因我耽于小说创作，对戏剧创作不甚感兴趣，一些对我的调动不满的人对我多有非议，是朱君和先生一直暗中支持我、保护我。面对其他人对我的质疑，朱君和先生却认为我是个可塑之人，以后会有成绩的。

在朱君和先生身边的日子，是我受益最多的时期。朱君和先生身为领导，但对文学痴心不改，常常嘱咐我多读多想多写。每到星期天，我登门求教，朱君和先生总是兴致勃勃，谈他在昆明读书时听闻一多先生、沈从文先生讲座的感受，谈他对外国名著、古典名著的感受，谈他对文学创作的见解。曾几何时，先锋文学已影响至昭通，我亦步亦趋地写了两篇小说请朱君和先生指点，朱君和先生一脸严肃地说写小说还是以现实主义为正宗，现实主义犹如书法中的楷书，先练好功底，再融汇其他的。至此，谨遵师训，我按朱君和先生之嘱认认真真地写，打好了基础，再融入其他流派，真是受益匪浅。

朱君和先生离休后，我仍然常常去拜访他。每次去他都很高兴，必然兴致勃勃地谈上一两个小时。朱君和先生为人旷达开朗、善良而有仁爱之心，对于后生晚辈，竭尽全力扶持。他谈吐幽默诙谐，随时保持乐观的心态，不以物喜不以己悲，沉沦也好，受人排挤也罢，依然一副豁达开朗、乐天知命的样子。

朱君和先生不仅文学功底深厚，创作颇丰，而且写得一手好书法，闲暇时也画画梅兰竹菊之类的水墨画。他写字画画纯为遣兴陶情。以书画抒发个人情怀，也寄托对人生的理解和思考，更多的是用书画言志。逸笔草草的兰花，表明了他如兰居于深山不为人所识，唯暗香自释的心态；横枝斜逸的梅花，冷俏孤单而不自伤，悄然绽放的花朵透露出自信的芳香。他曾送我几幅字画，针对我性格的弱点点拨于我，让我在漫漫人生旅途的坎坎坷坷中一路走来却未曾因跌倒而停下脚步，抚摸伤口，让泪往心里流，咬咬牙又坚持上路。如今，我虽有了不少虚名浮利，但总不敢轻狂。仍然在踏踏实实做人，认认真真做事，这和朱君和先生的教诲是分不开的。

以朱君和先生深厚的生活积累和广博的学识修养，他本可以写出厚重的、深刻的、影响深远的大作品来的。但在那个年代，朱君和先生服从组织要求，放弃了写作而投身行政管理工作。对于文学锥心刺

骨的热爱，使他对文艺人才倍加爱护，尽其所能为他们排忧解难，在关键时刻挺身保护他们。人生如梦，转瞬已到晚年，朱君和先生对创作仍心有不甘，又提笔写起了小说，我曾编辑过朱君和先生的中篇小说《荆棘路上》，只是“日暮乡关何处是，烟波江上使人愁”，朱君和先生因年事已高且身体欠佳，他的文学“乡关”终究难以完成，这也成为他乃至昭通文学的一大损失。

朱君和先生逝世前半年，他对自己的生命似有预感，打电话让我去他家。那时他已病卧在床，嘱咐老伴取出一大摞手稿，颤颤巍巍地交给我。那是一方布单包裹着的稿子，叠放得整整齐齐，包裹得方方正正。师母说这些稿子是他一生的心血，躲过了抄家，东埋西藏总算留下来了，让我好生保管。接过稿子，我心情异常复杂，异常沉重。一个视文学为生命的人，稿子对他来讲是如同生命一样重要的。命运多舛，在那个特殊时代，作为当过多年领导的朱君和先生，竟不能出版一本书，这叫人何等伤感。同时，朱君和先生把手稿托付于我，这是何等的信任，何等的荣耀，这也是两代文化人之间的挚交默契。

遗憾的是，书稿在我手里终究没变成书籍。朱恩铸同志在昭通任职时，主张暂不出书。他的考虑是对的，人言可畏，正当的出版可能会招来一些人的非议。现在，朱君和先生已辞世多年，恩铸同志退休，连我这个当初的小青年也退休了，终于可以完成朱君和先生的夙愿，这是何等让人高兴的事。昭通文学又多了厚重的一页，现代昭通文学多了一个站在前沿的人。朱君和先生远去的背影，正是昭通文学的源头之一啊！

在朱君和先生的著作出版之际，想起了许许多多的往事。在时光的长河里，往事随波而去。往事并不如烟，往事铭刻在我的心头，往事化作了朱君和先生的著作，在朱君和先生的作品里，朱君和先生的音容笑貌、思想情感又再次复活。朱君和先生所期待的昭通文学的繁荣已初步实现，仅以此告慰朱君和先生的在天之灵。

一片赤心问苍生

在多年前的一个日子里，我去洒渔采访，在乡政府遇到一个素昧平生的年轻人，年轻人自报了姓名，他是乐居中学的教师刘平勇。他非常热忱地和我探讨了一些文学上的事，说他痴迷文学，读了不少书，也写了不少东西，但无人指导，希望得到我的帮助。我不善于拒绝人，无论什么人找到我，能办的事就尽量去办，唯恐拒人千里，伤了人的心，摧毁了一个有希望的文学青年的自信和自尊，罪莫大焉。于是就答应了他的请求，并为他们正在策划的《乡村教育》出了些点子，也欣然答应当这份刊物的顾问。

以后的日子，平勇就常来找我，他热情健谈，喜欢读书，并且有自己的思考和见解。与此同时，他还经常拿稿来给我看，我虽然忙，但还是忙里偷闲地帮他和其他文学作者看稿，看到他写作勤奋，并且又有进步，自然十分高兴，常说些勉励之类的话，使他们有信心，充满自信。

实事求是地说，那时他的写作多是散文，写些乡村生活的感受，文字好，也有情感，虽质朴亲切，但难免显得稚嫩。对于他这样既有生活感情和文学功底，又执着痴迷的作者，我从来是鼓励多于批评

的，我是不忍心在绿地上跑马，践踏一些还脆弱的嫩绿的小草的。文学本身就是寂寞的事业，能有人喜欢它，并且把它看成生命的重要部分，这本身就不易。因此，推己及人，惺惺相惜就成了我的一贯做法。

现在，昭通文学现象及昭通作家群常被人们提起，事实上，它成功的背后，它取得成绩的背后，是有许多辛酸的、感人的、令人激动又令人叹息的往事的。贫困对人心的挤压和戕害，对人灵魂的扭曲和变态是客观存在的，贫困地区的人囿于自己的见识，囿于生活的重压，迫使许多人用各种各样的方式向城市进军，向权力进军，文学大概也是一种方式。这本无对错，改善自己的生存状态，追求好一点的生活是人的天性。问题是如果你真正地从骨髓里把文学当作自己最崇高的追求，当作自己生命中最重要的部分，那你无论干什么，都会把文学这面旗帜扛下去，都会把文学看成是鲜活的、震颤的心脏中最敏感、最疼痛的那部分。只要心脏还在跳动，那最敏感、最疼痛的部位就不会麻木，更不会衰竭。平勇就是这其中最真诚的一位。昭通文学现象中最具实质意义的，其实就是昭通拥有许许多多的甘于寂寞、甘于贫困、拒绝诱惑，用心、用鲜血和用生命写作的人。

那些年，乐居这个物产丰腴的坝子，不光收获了大米、苹果，还收获了文学。那些年，洒渔河畔聚集了许多文学青年，他们办刊物、搞活动，创作很活跃，活动也很有特色。我曾被邀请去讲课，一个乡竟然有上百人来听讲座，使我欣慰不已。正是在这种良好的氛围里，平勇脱颖而出，这是在人们的预料中的。昭通文联主办的刊物《南高原》，曾专门刊发“乐居专号”，其中平勇的作品所占篇幅不少，也较有质量。我曾为此撰文，对他和其他作者的作品进行点评，相信那是他们创作生涯中一段最令人难以忘怀的日子。洒渔河，是他们文学创作的摇篮。

调来报社后，平勇写作更加勤奋。文学和新闻是相通的，有良好的文学基础来搞新闻，是会搞得比较出色的。最近看了他得到省级新闻奖的报道，我是一点也不诧异的。他一边尽职地工作，一边用业余时间写作，写得很苦却也很愉快。当时的昭通市报，现在的《昭阳报》，有一个良好的文学氛围，大家经常研讨些问题，谈论阅读过的作品，谈些创作构思的话题。这样良好的氛围，培育了许多人的文学情操，交流了许多文学信息，这里一度成了昭通文学的一块绿洲。平勇在这里是比较活跃的一位，进步也比较大，他的创作重点渐渐从散文转移到小说创作上来，短短的时间内写了不少作品，其中不乏好的篇章。

我一直坚持“生活是创作源泉”的观点，这个观念在后现代派、后后现代派的时候是不讨好的。也许是我的愚钝，是我的才气不足，离开生活我是写不出好作品的。有才气的人坐在阳台上看到从街上飘然而过的几袭红裙子，就可以写出洋洋洒洒的长篇大作，于我却不能。我坚持生活、读书、写作并举的写作路子，这个观点影响了一批年轻人，孰是孰非自不待言，但他们确实写出了不少作品，当然不是篇篇好，但我觉得路子是对的。平勇是农家子弟，对生活很熟悉，对生活有着敏锐的感受。他又当过村主任，那是不入流的官，但那段生活于他是很重要的。千万别小看村这级组织，它和农民的诸多生计有直接联系，同时也是联系上一级的纽带，有了这段生活，他的创作就多了一块阵地，感受自然比旁观者深，写作也多了许多素材，这是他的优势之一。

近年来我参加了不少省里的活动，知道了外地人才断层的现状。不少经济发达地区的文联动辄每年花几十万元来培养作者，但作者队伍老是建立不起来，尤其是二十多岁的青年作者越来越少，甚至出现断层，只有几个和我年龄相仿，甚至更大一些的所谓“青年作家”，何其的冷清。可昭通倒好，呼啦啦起来一批又一批，平勇他们就是这些年轻作者中较为突出的。每当谈论起作者，大家都感慨，昭通如果保持这种势头，再有一些较强的作者脱颖而出，数年后渐有建树，昭通文学就不乏后劲，并且会渐有成绩，直到超越我们这批“青年作家”。

平勇的小说，基本上是取材于农村，他对这块土地有深厚的感情，对生活在这块土地上的弱势群体充满同情，为他们卑微的命运、遭际，发出内心深处沉重的呐喊，为各种邪恶势力对小人物的伤害而愤怒。他用细腻的笔法，揭示人性的秘密，展示惊人的乡村发现。作品中那些“小人物”刻骨铭心的爱恨，凄婉的心路历程，让人揪心，令人思考，其作品的指向是较深刻的。他勤奋、执着，努力写作，不断地思考，使作品渐渐成熟起来。近来，他的作品已渐渐引起关注，省级刊物已刊发了他的一些作品，有的编辑、作家也对他印象颇深，开始撰文评论他的文章，甚至一些大刊物的编辑，也对他有印象。这是很不容易的。一个创作时间不算太长，又在闭塞之地的作者，到这份上已是不错的了。当然，路漫漫其修远兮，文学的桂冠还悬在很高的地方，那桂冠是差一寸也摘不到的。唯有心不浮、气不躁，一点一滴地做起，待那文学之土累积得差不多时，才可能摘到。

出书，是件可喜可贺的事，这是昭通文学的又一朵浪花，当然也是作者的一份答卷，一份总结。希望平勇和其他作者仍然保持一颗赤子之心，用作品去敲开文学的门，那门里珍藏着的，是我们鲜活的心脏，是我们的灵魂。

真实之羽

艾焱要出第一本诗歌集，请我写序。对于我来说，写序是件十分头疼的事，第一是我精力有限，毕竟要参加许多开不完的会，和许多推辞不掉的社会活动；第二是为别人写序，你必然要认真读别人的书，耗时不少，更主要的是，写序的人未必对所有艺术门类了然于心。譬如说诗歌，虽说不是一点不懂，但要说真懂是骗人的话。为小说或散文写序，我还可以勉强应付，为诗歌写序就勉为其难了。

但艾焱执意要我写序，我为其诚挚所打动。我想，不少年轻人请我写序，无非是我出道早一些，更主要的是对我的信任和信赖。被人信任和信赖，是很幸福的。因此我常常不揣浅陋，将自己浅薄的话说了，便作为序言，但我的真诚和真挚，却是真的。

昭通烟厂是昭通的大企业，作为一个大型企业，有着与它相适应的企业文化。二十世纪八十年代乃至更早的时候，昭通烟厂就活跃着一大群热爱文学的人，他们当中有写诗、写散文的，也有写小说、写剧本的，各类人才都不少，还创办过文学社团，出版过文学小报和期刊，一度很是活跃。在我的印象中，有不少有才华的人，写过不少好的作品。尤其是诗歌，不少好诗至今还为人称道，成为对远去的文学的美好回忆。这些在文学的天空中倏然而逝的作品，虽然短暂，但毕竟曾经划过文学的天空，曾有过灿烂的一瞬。而艾焱呢，他的可贵之处就在于坚守，就在于他默默地以顽强的毅力，克服着内心的孤寂，克服着喧嚣和浮华背后的落寞，矢志不渝地坚守在自己那一方清凉而纯净的诗歌领土，默默地前行着。终于有了丰硕的成果，终于可以将自己的成果奉献于人。

中国是诗歌的国度，中国人生来便与诗歌有着不解之缘。从楚辞到诗经，从唐诗到宋词，从李白到杜甫，从古体诗到自由诗，诗歌在这块沉厚而广袤的土地上生生不息，从未间断。就是在没有文化的民间，山歌、民谣，也口口相传，或即兴创作，滋润着人们的生活。很多搞文学创作的人，大体上都有过写诗的经历。艾焱也是如此，他在读中学的时候，便对诗歌产生了浓厚的兴趣，常常在课余去找很多诗歌方面的书来读。其中一些优秀的诗歌，让他和朋友们爱不释手，互相传阅，互相探讨。这种探讨甚至争论促使他拓宽了自己的阅读面，尽管当时从理性的认识上不甚了了，但内在的情感连接，使他产生了对诗歌的热爱，以至于涌动出创作的冲动，将青春期的迷茫、困惑、热情、冲动，通过诗的形式表达出来，一抒胸中的激情。

艾焱的诗歌写作大体上可以分为三个时期。第一个时期的诗写得很真诚很稚嫩，年轻人内心的焦灼和苦闷，对生活的困惑和对未来的迷茫，对青春的短暂的慨叹，和对爱情的追求和向往，凡此种种，都会成为诗人的倾诉。这种倾诉和宣泄是自由不羁而无节制的，是散漫而又随意的，也是真诚而真挚的。在写作方式上，艾焱不由自主地向古体诗靠拢，尽量合辙押韵，这样读起来朗朗上口，当然也显得生涩，有模拟痕迹。这样的写作方式，限制了他的情感和才思。飞翔的思想，背负上了沉重的顾虑，他感到写作的空间越来越窄，路子越来越艰难。

“口语化”写作的出现，拓展了艾焱的写作空间。诗人可以用直白的语言，表达内心最敏感的东西。但在随后的写作中，他又再次对自己的写作产生了质疑，他重新审视自己走过的诗歌创作之路后，开始清醒地认识到诗歌写作应该有自己的个性和自己独特的语言表达方式，模仿的东西永远只能是在重复别人。他这次新的审视是站在理性思考的高度上的，因此是痛苦的，痛苦的诀别犹如凤凰涅槃，焚烧的是过去，迎来的却是崭新的自我。

因此，艾焱的想象空间、艾焱的生活积累、艾焱的情感展示和内心活动，找到了适合自己的表现方式，他的诗歌有了质的变化，进入到一个比较自由且自信的创作时期。

文学是神圣的，诗歌是神圣而纯洁的，是诗人内心世界对世间一切美好事物的语言表达，是诗人心灵深处对生命的理性思考，是诗人用心灵和鲜血反刍的灵魂告白。文学创作需要激情，需要对生命的悲悯和对人性的关爱，需要对灵魂的表白和拷问。好的诗歌是用诗人的心血滋润出来的。

《第十个太阳》所选的是艾焱三个创作时期的部分诗歌。据艾焱说，出版时本来可以对一些早期作品做一些修改，以使其更完善些。但他想把真实的写作历程展现出来，让读者看到他完整而又真实的写作，这种不虚饰的写作态度让人感动。《第十个太阳》里的诗歌就是艾焱的心脏，他要对生活和生命说的话都在里面存放，他把自己的心脏袒露在岁月的阳光里，任由世间所有善良的人们用“真实之羽”来把它细细称量。

衣带渐宽终不悔

——序《别人演绎的故事》

文学是美好的，而文学又是残忍的。事实上，我们身边有许多才华横溢、文采照人的年轻朋友，他们的才华，在浩瀚无垠的文学天空中，被巨星们、被脱颖而出的新星们的光芒遮掩，人们在注视文学的天空时，很难发现他们。他们黯淡了，但他们顽强地坚守在他们的位置上，也许，假以时日，他们会闪烁在文学的天空中，在难以数计的文学星星中，或大或小，或明丽或微弱地发出自己的光。

杨云彪就是其中的一个。

云彪是我众多学生中的一个。说这话时我一点也不汗颜，论文学成就，我不敢妄言，但论培养作者，我则真是下了一番功夫的。云彪与我相识，是他的好朋友孙显维领来的。后来我去大寨子，将云彪领到昭通来了，这一来，他不光站稳了脚，而且在文学上也有了成绩，这事令我欣然。但云彪不满足于自己的成绩，常常满怀愁苦地向我诉说他在创作上的失意，他总跟他们这群人中的佼佼者做比较，因此他感到了惆怅和压力。事实上，他在创作上是在不断前进的，以我浅陋的目光来看，他的散文已写得很成熟，很有个性了。最近，因为要为他写序，就重读了他的散文，他怕我累，圈了一些篇目让我看，但看完他圈的那些散文后，我忍不住又读了些他没圈的散文，论其原因，是因为那些散文里有许多令人揪心的、刻骨铭心的东西在感动着我，使我像他一样的忧伤，一样的快乐，一样的失落，一样的痛悔，一样的流泪，一样的流血。能使人动容的作品，我以为就是好作品；能使人动心的作品，我以为就是成功的作品。

和昭通大多数搞创作的年轻人一样，云彪依然属于出身卑微的一类。卑微的人心灵容易受到伤害，卑微的人生存尤其艰难，卑微的人眼在流泪，心在流血，灵魂在受煎熬，而这样出身的人，总要寻找些安慰，总要寻找些宣泄，总要寻找些精神支撑。于是，文学就成了他们的必然选择，就成了他们的价值体现，就成了他们锲入社会的一颗坚韧无比的钉子。这枚钉子会使社会震颤，使社会疼痛，也使社会得到抚慰。这枚钉子上悬挂着的，是一颗颗鲜活的心，是一个个赤裸裸的灵魂。

哲学家告诉我们：存在决定意识。我想这是很正确的话，犹如我不能写五光十色、浮华虚靡的生活一样，我的写作从动笔开始，只能与我生活的这块土地紧密相连。苦难成了我终生的枷锁，我渴求幸福，渴求富足和温馨，渴求明丽和绚烂，渴求理解与爱情，正因为渴求，我才把笔对着沉重的苦难，只有对准沉重与苦难，我才能得到渴求的东西。

云彪的生活和生活经历，和昭通作者大体一致。他的家乡大寨子乡，是个山高水竭、生存环境十分艰难的地方，许多人家临崖而居，人或动物一摔下去必是粉身碎骨。那里的土地不仅贫瘠，而且十分稀少，许多地块其实就是挂在大山上的。这样的环境，就决定了作者的创作意识。在云彪的散文集中，我看到了忧伤而美丽的文字，看到了许多令人触目惊心的东西，看到了自然环境的险恶和人性的坚韧。《祷山狗》中，一个小男孩，在背水的路途中摔下悬崖，一个小小的生命，一个清纯如水，尚未绽放的生命，就这样消失了，这让人感到无比沉重。作品里写到一条狗，它的命虽然卑贱，但这卑贱的生命却有着令人感动的忠诚，使我们在人情冷暖、世态炎凉中有了些许的抚慰。

在大寨子山区，等水是令人伤心的一幕戏剧。且不说乡政府驻地只有一个水龙头，派了专人掌管，每天天不亮，就有睡眼蒙眬的人排成长队等候挑水，这些水是要用来洗菜煮饭，用来洗碗喂猪洗衣服的。一水多用使人心酸，生存艰难使人喟叹。更使人感动的是作者描写在老家挑水的场景，为了水，一家人半夜起床，耐心静候，在水的滴嗒声中酣然入睡，没有真切的生活体验，没有对水的来自生命最深层的渴求，是写不好这类散文的。

《红月亮》是一篇令人肝肠寸断、痛楚万分的散文。这篇散文写了大山深处交通的艰险，写了生命的卑贱。人活着是一种生命的本能，人死了，犹如虫子一般无声无息。红月亮，那流着鲜血的月亮，在山谷里冉冉升起。这篇散文写得超脱，写得飘逸，但在超脱和飘逸的背后，却是一种令人伤心欲绝的惨痛，一种人对自然和命运无法把握的无奈，是对生命意义的沉重诠释。三副盖着白布的担架，三条因车祸而失去的生命，在人们简单地一句“在哪里翻车？”中结束，活着的人对死者的漠然，勾画出活着的人的生命意识的淡漠，更引起我们无限的悲哀。

云彪的散文，文字优美，意蕴丰沛，流畅恬淡。他也有许多写家乡如诗如画的风景，民风淳朴的田园牧歌似的作品，比较起来，我还是更喜欢如上面提到的篇什，满月轻盈、人面桃花一类作品不是不好，也不是应该排斥。这些作品虽也写得真切、写得诗意、写得酣畅的，但这类作品缺少对生活、对生命的独特感受，是任何文字好的人都可以写的，当然质量也有高下之分。而对生活、对生命的深入骨髓的体验，心灵的震颤和灵魂的刺痛，就不是人人可为的了。所以，我一再主张要感悟生活，要把自己融入生活中去，在生活中去爱、去恨、去拥抱、去鞭笞、去赞美，用心、用血、用泪。

云彪的另一类作品，是情感类的。说实话，我不大喜欢情感类的作品，尤其不喜欢小资情调的情感作品。我们的生活太沉重了，不少人为生计而奔波、而拼斗，不少人在流汗流血，而你却写些轻飘飘、无病呻吟、卿卿我我、呢呢喃喃的小儿女的话，寒不寒碜？可是读了云彪写的情感题材的散文，我却改变了看法。其实，情感类的作品，重要的是用心去写，写得真切，写得透彻，写得锥心刺骨，写得双泪直流，我觉得仍是能写出好文章来的。

也许是人到中年，也许是屡遭挫折，也许是表面的辉煌掩盖不了内心的苍凉，我现在坚硬如冰的内心深处常常涌出难以言喻的忧伤、惆怅和悲凉。在这样的心境下，我在读《别人演绎的故事》《孤恋情怀》《今宵苦短》《无言的结局》《爱你的天空雪飘不停》等文章时，才有了情感的波澜，才有了爱的苦楚和惆怅，才有了无奈与忧伤。云彪是性情中人，有才华、有激情，爱得真诚、爱得热烈，当然也爱得悲凉与凄婉，也爱得锥心刺骨，爱得地老天荒。爱是人类永恒的话题，但爱不是游戏，不是交换，不是矫情，不是虚情伪意。这就是感动我的地方。

这本散文集文章质量略有参差，有的文章显得稚嫩，但瑕不掩瑜，有瑕疵的玉石才是真正的玉石。希望云彪认真读书，诚实生活，笔耕不辍。如果轻慢了文学这位美丽的姑娘，那么距离被她抛弃的日子就不远了。

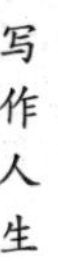

郁结终生的乡村情结

——序《大农门》

由于写小说的原因，我近来很少读散文。在我有限的散文阅读中，能打动我的似乎不多，或太矫情，或太做作，或太玄虚，冠以这种主义那样流派，云山雾罩，令人不知所以。滇南的王必昆寄了厚厚一摞稿子给我，请我作序。由于各种事务缠身，心力交瘁，本想推辞，但必昆言辞恳切，其情感人，我只得应允。

说真话，现在有的人写序，多是看看篇目，择其几篇匆匆阅过，然后讲一通无可挑剔的，适用于任何文章和任何人的话。然必昆的散文，我是花了三个整天无一遗漏地全部看完的。这样做是因为我觉得答应了别人为之写序，就应该认真地阅读作品，写序不是写评论，一般来讲用不着太花工夫，但我不愿违背做人应有的诚信。此外，必昆的散文真切地打动了我，我是把它当作佳肴来品尝的。这样系统地阅读，不仅有利于我对必昆为人为文的理解，还有利于我自身知识的积累和对另外一种生活的间接体验。同时，阅读必昆的散文是愉悦而快乐的，是沉重而忧郁的，是能打动人、使人沉浸其中而不能自拔的，这样的阅读，从另一个方面说明了必昆散文的价值和力量。

必昆的散文，走的是写实的路子，几乎所有的散文，都有他的影子。也许是我个人的偏好，我喜欢阅读那些贴近生活、贴近大地、贴近底层人生活的作品。我不排斥那些心骛八极、神驰八荒、宇宙天体、亿万斯年的气魄宏大的作品，也不排斥那些通过一点小事情、一点小情怀就可以洋洋洒洒写大散文的作者，我尊重他们的才情，但我总不能进入作品，这也许是我的浅薄所致。像必昆这样真实地写作、真实地思考、真实地抒发情怀的作品，我想会为大多数读者所喜爱的。

从必昆的作品里面，我们可以看出他强烈的乡土情怀、人文精神。必昆是农家子弟，通过顽强的拼搏、艰苦的努力，终于跳出“农门”，不光在城里立住了脚，还在事业上有了成就。即便在城里人中，也算是成功人士。但透过他的文章，我看到他的正直、善良、诚朴，看到他对乡村的忧患、对农民的悲悯。作为一个写作者，如果没有人文思想与民本意识，如果忘记了生于斯长于斯的土地，如果身份一变，就以“精神贵族”自居，我想是写不出感人至深的作品来的。我厌恶那些进了城就忘记土地和农民的人，厌恶他们装腔作势故弄玄虚的作品，厌恶他们用各种莫名的手法写的使人看不懂的东西。必昆的散文使我感到亲切，他强烈的乡村情结使他写出了不少脍炙人口的好作品，如《大农门》《守望山脉》《远去的手艺》《穿行梯田》《我的遥远的生产队》《永远的骑马坝》《逢年过节》等。读这样的散文，如品乡村酿酒师酿制的苞谷酒、荞麦酒，原汁原味，醇厚甘美，不掺杂，不虚饰，虽比不上名酒华美的包装和虚假广告词的包装，但它真实，真实得可以透过苞谷酒、荞麦酒的酒味而看到生长苞谷、荞麦的土地，看到湛蓝的天空和灼热的太阳，触摸到土地的厚重和馨香。在这些文章里，可以看到必昆的平民意识和浓浓的乡土情结，这是必昆内心世界的高贵之处，他对于乡村的贫穷，对于拮据的生活和农村恶劣生存环境的反映，对于农民的忧心、理解和同情，显示了他作为一个正直、善良的写作者的宝贵品质。他虽进了城，有了一定的地位和成就，但他依然情系乡村，正如他文中所言："我虽出农门却不过是乡亲们放飞的一只风筝，农民这根线永远牵着我，农村这道门永远关着我，我的心永远也走不出如铁的大农门。"

必昆的散文，生活气息浓郁，生活感受真切，对于农民的贫穷，对于生活的沉重，对于疾病，对于饥饿，对于精神生活的贫乏，他都有非常贴切而到位的描述。他的《饥饿震撼》使我读后真正产生了震撼，那场已经远逝了的、被人遗忘了的、为年轻一代所不知的大饥馑，必昆竟然写得这样的真实、这样的透彻。我想，以他的年龄是没有经历过那次灾荒的，但以他的生活体验来看，他是感受到了的。因此，那触目惊心、透彻骨髓的饥饿被他写得入木三分，以至于连我这个经历了饥馑年代的人也自愧写不出这样让人震撼的文字来。《我的遥远的生产队》以细腻、真实、生动的生活细节，写出了特殊年代的特殊生活场景。必昆带着一种复杂的感情，伤感、怀念交织在一起，沉重的生活，童年的欢乐，生活的情趣，乡村的淳朴，组成了一幅农村风俗画。这幅画的色调是复杂的，但它是作者复杂心情的真实写照。《穿行梯田》用富有情感的笔墨，描写了故乡梯田以及梯田里劳作的乡民，在字里行间透露出对于土地的热爱，这正是人对土地根性的把握。必昆的散文写得厚重而富有生活情趣，他对乡村生活的熟悉和热爱，是深入到骨髓里的，所以他的散文不仅醇厚还优美。对于乡村的美的认知来源于他对乡村的挚爱。《逢年过节》对乡村的习俗有着认真的研究和记叙，对于乡村习俗的认真考证和深深眷恋，让我们仍感觉到必昆是个不忘故土、不忘乡村的人，他细腻的描写说明他对乡土的挚爱和融入血液，如《没人理睬》，写的虽是粪，却也透着泥土的清香。他的乡村散文写得很美，是那种淳朴的美，那种没有经过雕饰的美，那种原生态的美。但并不是说他的散文语言粗放而失秀丽，粗糙而失细腻，他的散文语言是质朴的，是简洁而有张力的，不是那种缠绵而又疲沓的语言，一如农民的淳朴而强劲，但又融入了典雅而灵秀的特质，因此显得流畅、清新、质朴。

文学作品忌平直、贫乏，尤其是思想的贫乏。写得再好的散文，如果仅仅是美，虽不失为美文，但我认为作者的思想和深度，对于散文写作来说，才是至关重要的。必昆是个有思想有见解并且有一定深度的人。在《温柔的绞杀》中，他看到了自然界的绞杀状况，绞杀者往往是柔弱柔软的，被绞杀者多是强大强悍的，由此看出人生中许多玄机，也悟出人性中的缺憾。在《乡村暗疾》和《活着病着》中，可以看到作者对乡村缺医少药、人如草芥的状况的思考，对城市和农村、对有权有钱阶层和贫苦农民之间的差距的思考，和对现行医疗体制的拷问和改革医疗体制的思考。在《不找不行》里，通过城里流行吃野菜的现象，反映出城乡之间不可弥合的差距。在《弱者的道德》里对道德价值的评判和道德与强势者之间的反差，反映出弱势群体的道德体现。

王必昆不光是个有思想的人，还是个有正义感、有良心和良知的作家。对许多丑恶的社会现象，他敢于直言，敢于讲真话，敢于直抒胸臆。他对时下的社会生活，有话就说，不遮遮掩掩。在《酒事》里，他对喝酒的种种行状有细腻的描写，同时对“酒文化”背后的种种不良现象，敢于揭示，让人知道喝酒的背后，还有很多无奈和许多交易。《狼出人没》里以独特的视角描绘了社会的变迁，将当今的文化现象与昔日村庄的遥远记忆联系起来，对那些怀念兽性漠视人性的倾向提出质疑和批评。《文人、大文人、小文人及其他》里，对于流行于文坛、被很多人津津乐道的小资文学及文坛各种现状的分析和评判，更是一针见血。作为一个对中国农村现状有着深刻了解的作家，他十分反感那些远离当下生活、沉浸在虚縻生活里的作家们，消费文学消解了人们对广大群众的关注，粉饰了日益憔悴的生活，误导人们对中国现状的真实了解的写作倾向。有鉴于此，作为一个有良心和良知的作家，必昆痛心疾首，提出自己的质疑，并以强有力的事实、切身感受和真实数据告诉人们生活的真相，以期引起社会的关注并期盼获得改善。这是文化人基本的良心，虽无扭转乾坤之力，却以拳拳之心，捧出鲜红的心呈现给养育自己的土地。

作为一个坚守在基层，长期利用业余时间进行写作的作家，必昆已在各级报刊发表了大量的散文作品，有的被选载，有的被多家报刊转载，有的获了奖，有的被文学期刊作了重点推介。从总体来说，必昆是个有潜力、发展势头较好的业余作家，是我省散文园地里的一位新秀。但从更高的要求看，必昆还需扩大阅读量、扩大知识面，使自己的作品更加充满灵气，纵横飘逸，文采焕发，使人们在扎实的生活积累上更看到灵气之光、才气之光，给人以思想的启迪、知识的裨益、阅读的美感、行文的诗意。盼望必昆写出更多更好的作品，相信必昆会写出更多更好的作品，为人们奉献精美的精神产品。

山河情怀

俯下身去，亲吻脚下的土地

中国人的家乡观念是很强的。“少小离家老大回，乡音未改鬓毛衰。”说的是离家几十年仍是乡音未改，积习难离。古诗中有许多诗是写乡愁的，写得愁肠百结，感人至深。我生在昭通，几十年从未离开过家乡，偶有短短的外出，也会陡然升起淡淡的乡愁。我是有机会调离昭通的，但至今仍坚守在昭通，也是家乡情结使然。

昭通是贫困的，广袤壮阔、连绵起伏的大山上，生活着几百万人，加之地处偏僻，交通闭塞，经济基础薄弱，贫困成为必然现象，但我仍然热爱昭通。昭通这块热土以并不丰盈的乳汁养育了我，岂有背弃之理。况且，昭通的经济，正快速发展着。内昆铁路的开通，圆了昭通几代人的梦，钢铁巨龙飞快驰骋，为昭通经济建设作出了巨大贡献；昭通机场的重建，缩短了昭通和外地的联系；即将开通的昆水高等级公路，使昭通天堑变通途；大型水利工程——渔洞水库，高峡出平湖，干旱缺水的昭鲁坝子，变成稻香百里，果木连片的膏腴之地；正在建设的巨型电站——溪洛渡电站、向家坝电站以及即将建设的白鹤滩电站，将彻底改变昭通经济落后的状况。昭通城，一座古老而又年轻的城，正以它的独特魅力，展现在世人面前，吸引各地游客。作为一个生于斯长于斯的昭通人，作为一个本土作家，我是亲历者和目击者，对昭通，我有着发自内心深处的热爱。

昭通的历史是悠久的，灿烂辉煌的历史文明，使我作为昭通人倍感自豪。掩埋在崇山峻岭、深壑峡谷中的五尺道，曾经有过何等的辉煌。马背上驮来的物质和文化，曾经使昭通雄居全省之首，中原文化、荆楚文化、巴蜀文化和滇文化在这里交汇融合。持节册封南诏的大唐遣使袁滋，在摩崖上留下了传之千古的文字，壁立万仞的绝壁上，僰人悬棺留下万古不解之谜。残破陡峭的石级，被马蹄凿下深深的蹄痕，使人思古之心油然而生。千年风雨、万里行程，历史留给我们的不是时光的碎片，不是岁月的积尘，而是层层金沙，是厚重文明。作为昭通人，我不能不为自己的家乡拥有的深厚的历史积淀而自豪。没有历史的民族，是没有灵魂的民族，没有文化积淀的地方，是苍白贫乏的地方。昭通，则拥有独特的历史文明。

过山洞村岩壁上的缕缕青烟，早已在历史的天空中散失，过山洞村里熊熊的篝火，早已不见半点遗存，但昭通智人的一枚牙齿，使我们知道自己的祖先在洪荒的年代就在这里生存。一块斑驳的汉碑，讲述了一段凄美的故事，它的文章、它的字体、它包含的文化内涵，震惊了梁启超、章太炎、罗振玉等一大批海内学者。晋墓，则为我们研究古代少数民族的典章制度、民族习俗、生活风尚等提供了最可靠的信息。一条穿峡而过的河流，两壁怪石狰狞的岩壁。老鸹岩，谁也想不到这竟是彝族祖先灵魂的回归地，其神秘、神圣、肃穆而令人生出敬畏之心。葡萄井，彝族的圣水，口渴要喝三口，口不渴也要喝三口，用以纪念祖居之地和痛失家园的惜别留恋之情。

作为昭通人，深受这里深厚悠久的历史文化的熏染和浸润，在骨子里有着崇尚文化的天分。姑且不说古代昭通“其民好学”，留下了那么丰厚的文化遗产，就是现在，崇尚读书、尊重知识、尊重人才，在昭通也有很好的传承。小小的昭通城里，随处可见大大小小的书店、报刊亭，随处可见捧书静读的人。即使在特殊年代，昭通仍然尊师重教、尊重有知识的人。所以，昭通才会产生昭通文学现象，产生昭通作家群，才会使一批人卓然而出，让全民阅读蔚然成风。生活在昭通，会让你感到充实、感到踏实、感到自尊、感到自豪。

昭通的人文环境、历史文化是和谐而深厚的。昭通的自然景观是雄奇秀美、幽深壮阔的。昭通天空湛蓝，空气清新，惠风和畅，清凉宜人，是适宜人居的二十个城市之一。昭通有广袤壮阔、连绵起伏的高海拔的大山，有空明澄碧的高原湖泊，有舞姿翩跹、优美高贵的黑颈鹤，有壁立万仞、云遮雾锁、恍若仙境的鸡公山大峡谷，有奔腾不息夺关穿隘的金沙江，有高耸云天、神奇美丽的大药山，有幽深邃密、迷离梦幻的大黎山，有千姿百态、摇曳飘逸、喷珠溅玉的黄连河瀑布群，有郁郁葱葱、层层叠叠、深不可测的小草坝原始森林，还有数不胜数的奇异的民族风情、民族风俗、民族服饰、民族习俗。

走进昭通，你就走进了悠久的历史，走进了物产丰饶的坝子，走进了风光绚丽的山区，走进了民风奇异的民族。

作为昭通人，耳濡目染，不可能不受到历史文化的浸润，不可能不受到奇丽风光的熏陶，不可能不受奇风异俗的感染，我有机会走过不少名山大川，有机会看到很多厚重的历史文化的遗存。但我觉得昭通有它独特之处，有它不同寻常的魅力。作为三省交会之地，边地文化以它独特的形式形成了独特的风格，作为南方丝绸之路五尺道入滇的门户，昭通的多元文化有着独特的形态与独特的价值。汉文化和少数民族文化的交融，又形成了昭通人正直、刚毅、勇猛、坚韧、宽容、仁爱的性格。和昭通人打交道，不必有太多的心机，不必有更多的设防，只要真诚相待，人与人之间就能友好相处。所以，我爱昭通，爱昭通秀美雄奇的风景，爱它悠久深厚的历史文化。翰墨醇香的历史文化影响了昭通人，形成了昭通人独特的文化心态，这对于一个昭通人，对于一个作家来讲是至关重要的。昭通人有与生俱来的文化情结，让人感受到无所不在的文化浸润，这成就了昭通作家群，也成就了我个人。昭通文风昌盛，民风虽强悍，但充满正义感，昭通出了不少英雄豪杰就是明证。

昭通风光神奇美丽，民风奇独，民族风情奇异，置身昭通广袤壮阔的土地上，你感受到的是大山的壮丽、雄浑、神奇，感受到的是大峡谷的幽深神秘和惊心动魄的险峻，感受到自然风光的千姿百态和造物主不可思议的构思，神奇的自然创造出人类难以想象的美丽，人与自然是多么的和谐。作为昭通人，我对这片土地的热爱是无与伦比的。不妄虚言，我相信每个踏上昭通这块土地的人，都会热爱它的。

钢铁是怎样炼成的

提起玉溪，人们首先想到的是中华人民共和国国歌的作曲者聂耳；想到的是碧波万顷、沙鸥翔集、清澈见底的抚仙湖，想到的是蕴藏着古滇国文明，出土了“牛虎铜案”等一大批稀世珍宝的李家山，想到的是位居亚洲卷烟之首、称雄于国内的红塔集团，想到的是沃野千里、阡陌交通、肥沃富庶的玉溪坝子和绿树掩快、清流环绕、整洁美丽的玉溪城。可是，近年来，一颗灼热的熠熠闪光的钢铁明珠，却在玉溪这块秀美的大地上冉冉升起，成为玉溪市的经济支柱之一，也使玉溪成为我国西部地区重要的矿产与能源基地，更是我国西部地区重要的钢铁企业代表之一。

昭通是云南的经济欠发达地区，在地处偏僻、变通落后的昭通，是很难看到大型企业的。所以，我对钢铁公司的概念是模糊的，以我之愚见，钢铁厂必然是矿石成山，黄尘滚滚，铁坯遍布，灼热难当的。然而，当我们云南作家采访团的中巴车沿着高等级公路进入玉溪新兴钢铁公司时，映入眼帘的却是各种各样的说不出名目的花木，高低错落，排列有序。无限春光，融入淡远的碧空。当然，钢铁厂就是钢铁厂，钢铁厂自有它的特点和粗犷。当我们的车进入厂区时，一座巨大的厂房兀然而立，黑森森占据了好大一片面积，让人感觉它不是厂房，而是一座钢铁城市。这是一种由坚硬、粗犷、雄伟和力度组成的钢铁厂房，与玉溪山的秀美、恬静、纤丽形成鲜明对比。这是坚硬、力度、力量、脊梁的化身，这是支撑玉溪经济社会发展的骨架。坚硬而强有力的骨架，加上丰腴、鲜嫩，富有弹性的肌肉，不就是一个力拔山兮气盖世的英雄了么？

建立玉溪新兴钢铁有限公司，是玉溪市委、市政府高瞻远瞩的正确决策。玉溪市委、市政府并不满足于目前在全省经济建设中的领先地位，故而为进一步巩固地方经济建设的领先地位，加快地方经济建设步伐，调整产业结构，保护生态环境，合理利用资源、交通等优势，变资源优势为经济优势，看准昆钢规模化运作的市场能力，引进昆钢。而昆钢集团按照省政府有关整合云南钢铁行业，实施以新代老，关小建大，实施省政府的“倍增计划”“做大做强”，发展云南经济的举措，在玉溪建立了新兴钢铁有限公司。

滇中大地，自古不乏规模大、制作精的冶炼技术。远在公元前109年，汉王朝派兵入滇，滇王降，赐王印，乃统治其地，设益州郡，领渝元等24县。由此可见，玉溪在很早的时候就和中央政权建立起了关系。经过两次发掘，李家山共出土青铜器3000余件，其数量之大，制作之精，堪称全国之最。闻名遐迩、轰动世界的牛虎铜案等一大批文物，以构思奇巧、制作精美让世人赞羡不已。直到今天，人们仍然折服于古代玉溪先民的冶炼和制作水平。遥想当年，抚仙湖畔，群山之下，一定是高炉林立，炉火熊熊，一批赤臂裸身，仅以少量衣物遮体的古人，热汗淋漓地冶炼着大量的青铜。一批手艺精湛、智慧超群的匠人，精心制作出各类青铜器，为后人留下了一大批精美绝伦的稀世珍宝。

而今，敢为天下先的玉溪人，以超前的胆魄、宏大的气势、无比的智慧，引进西部钢铁代表企业之一——昆明钢铁公司，成立了玉溪新兴钢铁有限公司。蓝天湛碧，群山环列，绿野清流，兀然而立的钢铁厂，犹如一颗巨大的钢铁宝石，引人瞩目，令人赞叹。

在玉钢的会议室里，一位玉钢的领导简短地向我们介绍了玉钢建设、发展的情况。他没有铺张的叙述，没有渲染的言辞，平静如水的语调，实实在在的数字，勾画出玉钢的发展历程。

2003 年 11 月 1 日，是个值得纪念的日子。这一天，玉溪新兴钢铁有限公司奠基仪式举行。一位巨大的钢铁婴儿，在这一天诞生了。玉溪开户了 100 万吨的钢铁工程，这无疑是一项浩大的工程。100 万吨，是云南钢铁巨头昆钢经过半个世纪的努力才达到的标准。半个世纪的酸甜苦辣，半个世纪的砥砺磨炼才达到的目标，玉溪钢铁公司却在成立之初就达到了，这是何等的气魄，何等的辉煌。玉溪钢厂本着生产条件的优越性和技术上的可行性，以实现高产、优质、低耗、安全、清洁、长寿为目的，依据先进、可靠、实用的设计原则，在设计时，就以高起点、高标准、高产量、高效益作为指导思想，勾画蓝图，科学实施。玉钢 100 万吨总投资约 25 亿元，这个数字对于相对贫困地区的人来说，像天文数字。但也由此可见，投资者是颇有实力的。雄厚的经济实力、正确的决策、科学的管理、高起点的技术水平和较为先进的生产设施，决定了玉溪新兴钢铁有限公司宏伟辉煌的前景。玉钢占地 1360 亩，这个场地不可谓不大，但比起年产量同样为 100 万吨的昆钢本部，已节约了不少用地，高科技的设备，出现在方方面面。玉钢现有职工 2000 余人，这是一支年轻而充满生机活力的队伍，是一支能征善战、吃苦耐劳、富有奉献精神的坚强队伍。

玉溪新兴钢铁有限公司的企业目标是：立永固企业，构和谐社会，铸优强企业，谋科学发展；企业科技理念是：以人为本，取人之长，创新领先；企业宗旨是：创造价值，创造文明，造福社会。目标是企业进取的标准，人无目标，百事无成，企业没有目标，就没有进取精神。科技理念是企业发展的指导思想，以人为本，取人之长，说明了玉钢对人的尊重，对科技人才的尊重。同时善于学习，善于借鉴，创新领先更说明了其创造性的发展思路，以及对创造性的科学管理和创造性的科技劳动，给予了充分的肯定。玉钢的企业宗旨更是人性化，创造价值对企业来说自不待言，创造文明，造福社会就有了崇高的意味和广阔的胸襟。铁肩担责任，妙手绣华章，是玉钢人的真实写照。

正是这样，玉钢在短短的两年时间里，创造了辉煌的业绩。两年，在历史的长河中，仅仅是瞬间，而玉钢却完成了从建成到投产的过程，这是何等高的战略目光，何等顽强的拼搏精神。

苏联作家，奥斯特洛夫斯基曾写过一本脍炙人口的长篇小说《钢铁是怎样炼成的》，这本名著向我们讲述了一位普通的青年怎样在残酷的战争中成为英雄的故事。这本书至今仍闪耀着英雄主义的光辉。在玉钢，真正的钢铁是怎样炼出来的呢？这里我们不由得想到玉溪市委、市政府和昆钢的领导，如果不是他们立足实际，志存高远，胸襟宏大，深谋远虑，就不可能在玉溪建成这样一座高起点、高科技、高效益，创造价值、创造文明、造福社会的钢铁新城；我们不由得想起玉钢的管理队伍、技术队伍，没有这支队伍，就没有一流的管理水平和一流的先进技术，就不可能在短短的时间里创造辉煌；同时，我们不由得想起玉钢的工人队伍，这是一支吃大苦、耐大劳，勇于奉献、奋力拼搏的坚强队伍，他们有着钢铁般的意志，从矿石到成型的钢材上，都有他们流下的热汗。他们是企业的脊梁，他们钢铁般的脊梁，支撑起社会主义经济建设的框架。历史，正是由这样一群普普通通的人们所创造的。

走完一个厂房，没有停歇也要 40 多分钟。走在高高的、钢板做成的空中过道上，我们感受到了巨大的震撼、震动和感动。我们为如此庞大的厂房，为各种各样的炉子和设备而震撼，这是一种坚强的震撼、力量的震撼、强大的震撼；我们为各种各样的先进设备所震动，也为厂房内逼人的气温、发烫的扶手、热汗直流的劳动场面所震动。我们没有劳动，只是在短短的时间里参观，就已大汗淋漓、气喘吁吁、脚软手抖，而第一线的工人、技术人员、管理人员们，则要长期坚守在这里。这不能不使人感动，但感动的同时，我感到沉重和艰辛，感到责任和压力、奉献和牺牲。泪水，模糊了我们的眼睛。

钢铁，就是这样炼成的。

毕节抒怀

昭通与毕节的联系，不仅是地缘的，还有文学的。20 世纪 80 年代，中国文学经过长期的寂寞，突然变得热闹非凡。因“文化大革命”结束，在地下积蓄已久的地火，左冲右突，突然爆发，形成文学喷薄而出的壮丽景观。那时，同处西南边陲，贵州的文学却先于云南登上全国文坛，何士光、叶辛、李发模等作家异常活跃，写出了一大批优秀作品。文风流布，与昭通毗邻的毕节，同样也比昭通在文学上领先一步。

从那时候起，毕节和昭通就有了文学上的交流和互动。作为文学初学者，我最初的作品也是在毕节文联主办的刊物《高原》上发表的。当时的喜悦心情，不亚于今天在大刊名刊上发作品。从那时起，我就有个心愿，想到毕节走走、看看。但由于各种原因，近三十年了，却一直没去成，这成了我的一件憾事和一个心结。

机会终于来了，11 月接到《高原》主编彭澎邀请，终于踏上了去毕节的路，了却了一桩心事，圆满了一段文缘。从威宁到毕节，全是高速公路。这大大出人意料，过去贵州交通状况之差，是出了名的，“天无三日晴，地无三尺平，人无三文银”，说的就是昔日贵州。

去过贵州的人对贵州交通之差啧有烦言。记得过去从昭通到威宁，一路坑坑洼洼，弯大坡急，尘土飞扬，把人颠个半死。现在，从威宁到毕节，高速路笔直宽敞，道路设施完善，两边青山飞速退去，前方胜景扑面而来。载我们去毕节的是威宁的作家唐福德，他也是应邀去参会的。他有个极好的名字，既有福又有德，顺着念倒着念都好。唐福德为人热情、好客、待人诚恳，他在路上给我们介绍了很多情况，他说他先是在毕节工作，后来调回威宁，过去走这趟路，要七八个小时，从早到晚，一天才能到达，而且路况极差，坑塘很多，把人颠得七荤八素、死去活来。现在，一个多小时就可到达。事实上，我们也就是七十来分钟就到毕节了，始信此言不谬。

路好走，车行其上，犹如在风平浪静的水面行舟，两岸青山排闼，白云悠悠，心也悠悠。在昭通，我听朋友说贵州这几年变化极大，交通、教育、文化、城市建设、医疗卫生都发生了巨大变化。很多方面是要慢慢去体会的，但交通和人居环境，是一目了然的，在高速路上，我看到坐落在山顶、山腰、山坳里的农居，这些房屋之好、之精致、之有特色，让我感慨不已。我去过贵州很多次，以前的贵州，其贫穷程度似乎超过云南，具体到人居环境，更是糟糕透顶。过去毕节农村的房子，大多是土墙瓦顶，年代久远，东倒西歪，瓦塌墙裂。由于长年烧柴，屋里熏得一塌糊涂。还有不少茅草房、杈杈房。村里道路泥泞，没有一寸水泥路，到处都是牛屎马粪，蚊蝇铺天盖地。而现在，目之所及，全是两层、三层的小洋房。毕节虽是农村，但洋房的数量却令人难以想象，不管是密集的村落，还是分散在山上的房子，全是造型独特，既有现代元素又有地方特色的建筑。这些年，昭通的发展速度也很快，但小洋房多是在中心城市周围，且不成规模，其间夹杂着土房、砖房、平顶水泥房。在山区和半山区，小洋房就鲜见了。而这里则是清一色的小洋房，让人惊奇、惊喜、惊叹。由于时间关系，我们没有机会了解详情，但我相信，政府投入力度一定是很大的，农民自身的努力，也是值得称道的。

毕节是一座古老的，也是新兴的城市，对于这座城，我们的认知是粗浅的。一座城，内涵太丰富，一座城，体积太庞大，没有较长时间的了解，所能谈的都是浅显而表层的。毕节的历史、建筑、民俗、人文是浩大的，我们走马观花地参观，其实只是一种印象。印象粗浅，但显像也是重要的。我对这座城的印象是，新旧交替，发展很快，林立的高楼和过时建筑并存，宽阔的街道和城市管理有些差距，但总体是欣欣向荣、生机勃勃的。

毕节和昭通毗邻，两个地区有很多相似之处，山川地貌、物产气候、生态环境、民风民俗，惊人的一致。就是贫穷，也是一致的，都属于国家级贫困地区，都是国家重点扶贫对象。这些年，作为土生土长的昭通人，对昭通的发展变化了解得多一些，目睹了昭通发生的变化，目睹了昭通在交通、教育、城市建设等各方面取得的成绩，尤其是素以脏、乱、差出名的昭通城，现在的变化，说翻天覆地也一点不为过。但从经济发展、社会发展上看，感觉毕节速度更快一些。这里面有各种各样的原因，得地利之便？得风气之先？得政策扶持？似乎都是，也似乎都不是，到底是什么原因使原本极度贫穷的毕节高速发展，一时想不清楚。但毕节确确实实地快速发展起来了。

参观毕节金海湖新区高铁站规划展厅，让人心灵震撼，使我有种穿越的感觉。历史的发展，有时真的是在短短的十多年里，跨越了几个时代。高速公路、高铁曾在我们印象中是神话般的事物，但交通极其落后的毕节，很快就会建成高铁。驱车驶出金海湖新区响水收费站，成贵高铁、叙毕高铁两条交通大动脉平行延伸，站在落脚河畔眺望，已经合龙的成贵高铁和落脚河大桥犹如彩虹，横跨两岸，蔚为壮观。高铁时代的到来，大大缩短了毕节与外界的距离。到一个遥远的地方，朝发夕至在过去算是快捷的，现在甚至可以朝发朝至了。杭瑞高速、厦蓉高速毕节段已全线贯通，成贵高速铁路、昭黔铁路、隆黄铁路建设完工后，新区将 1 小时融入黔中，1.5 小时融入“珠三角”经济圈，成为对内连接成渝、滇中、黔中经济区，对外通达东南亚、南亚的重要通道。穿境互通的杭瑞、厦蓉高速已建成通车多年，与新区贵毕高等级公路、碧阳二道、梨寨大道、小瓦路、同心大道、新双大道、双水路、飞双路等形成高速便利的立体交通网络。

我有机会见过一些城市的经济区、开发区、工业园区，搞这些区似乎是形势使然，各地争相而建，不建这些区，显然就跟不上快速发展的经济速度，有搞得好的，有流于形式的，有真正为当地经济发展带来活力的，有做表面文章没有多少实际内容的。金海湖新区，不仅规模大、起点高，而且与现代经济发展新理念和新的科技成果融合在一起，具有长远发展的潜力。

这个新区，成立于2015年12月6日，它由毕节双山新区和贵州毕节经济开发区整合而成，是毕节与贵阳、遵义成为贵州“金三角”的重要组成部分，是毕节市大力实施工业化、城镇化，带动战略的主战场，是把毕节打造成川滇黔接合部区域性中心城市、综合交通枢纽和物流中心的核心。这个新区面积之大，叫人瞠目，面积达589平方千米，工业产业园区规划面积143平方千米，工业园产业规划园23.6平方千米。

毕节的变化之大，让我想起了曾在贵州任职的胡锦涛同志。作为一个知识分子，我敬仰他的人品、才识、胸襟和人文情怀。他初到贵州时，是多么的年轻、多么的富有生气和多么的关心贫困地区。他才到贵州任省委书记的第三天，就前往毕节搞调研了。从过去的老照片中，我们看到的不是前呼后拥、浩浩荡荡的走马观花式的调研，而是深入到了作为邻省邻居的我都耳熟能详的威宁等深度贫困的山区、农村、城镇、矿山、工厂、学校、农户去调研，他不止一次来到这些地方，有的地方来了几次。看到他凝思的眼神、沉重的表情，他是动了真感情的。贵州的发展是天翻地覆的，毕节更是如此，我以为胡锦涛同志是功不可没的。胡锦涛同志经过深入调查研究，针对毕节发展面临的经济贫困、生态恶化等难题，创造性地提出了建立毕节“开发扶贫、生态建设”试验区的构想，围绕“开发扶贫、生态建设、人口控制”三大主题，引领毕节走出“越穷越生、越生越垦、越垦越穷”的恶性循环怪圈，开辟了贵州发展的新路子。

“越穷越生、越生越垦、越垦越穷”像个魔咒，过去在贫困地区莫不如此。昭通和毕节山水相连，两个地区有很多相似之处，尤其以人口众多、生态恶劣的镇雄最为典型。贫穷导致人们素质低下，又间接导致人口增加，在贫困地区，在恶劣的生存环境里，人是主要劳动力，因此，增加人口就成了重要的生存手段。这个怪圈，是贫困地区长期走不出贫困的原因。但走出这个怪圈，我以为外力是很重要的，贫困地区就是想发展，没有外力也是无法发展的。

贵州的发展、毕节的发展，我认为无外乎就是两条，贵州人想发展，这是内力，另外，中央的关心、社会各界的支持，是非常重要的因素。有关领导协调、联系了许多中直单位，尤其是民主党派来贵州扶贫，民主党派汇聚了大量社会精英，各种人才都有。别以为扶贫主要是资金投入，其实，智力扶贫、科技扶贫效果更长远。民主党派中不少人都是专家、学者，有忧国忧民之心，有智力报国、以智力扶持弱小之心。我相信，贵州以及毕节的快速发展，是和他们的无私奉献和拳拳爱国之心分不开的。

毕节“开发扶贫、生态建设”试验区，是胡锦涛同志深入调研、科学决策，经当时的省委、省政府研究决定，报国务院 1988 年 6 月 9 日批准建立的综合改革试验区。三十年来，有关领导心系毕节、亲自关怀和倾情推进试验区坚定不移深化“开发扶贫、生态建设、人口控制”三大主题的改革试验，矢志不移践行“近期作示范，长远探路子”的光荣使命，在乌蒙大地上谱写了中国贫困地区科学发展、攻坚克难、赶超跨越、同步小康的壮丽诗篇。

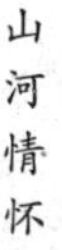

煌煌大关

一

大关，一个雄奇响亮、阳刚壮美的名字，藏于千山万壑之中，孕于千秋万世之际，得日月之精华，蓄物产之精美，构景观之奇妙，蔚文风之茂盛，开风气之领先，藏大智于内拙。有煌煌史迹，有济济人才，有朴实民风，有开创精神，更有果敢顽毅、拼搏有为、不畏艰险、勇于创新、前赴后继、改天换地的英雄主义精神。

大关县位于滇东北乌蒙山区，地处云、贵、川三省接合部的昭通市腹心地带，东北与盐津县接壤，东南与彝良县毗邻，南面与昭通市委、市政府所在地昭阳区接界，西与永善县相连。全县东西横距43.7千米，南北纵距73.2千米，总面积1692平方千米。地势南北高、中间低，最高海拔2785米，最低海拔492米。洛泽河、洒渔河、高桥河、大关河、木杆河5条主河道和30余条溪流分割全境。全县除罗汉坝、大寨、大地、甘顶4处共有12平方千米平地外，其余全系V形山坡地，复杂的地形构成众多雄关险隘，如石门关、大关垴、关卡、关寨构成名副其实之大关。

大关之雄奇、壮美，尽在莽莽群山、深深河谷之中，登高览胜，但见大关境内，群山蜿蜒，迤逦排列，高峰低谷，错落有致，云环雾绕，群峰雄峙，状如岛屿，云天一色，蔚为大关。走近大关河谷，大关之名的真正含义，展示于人。大关的山隘险关如刀劈斧削，壁立千仞，多呈垂直状，雄关险隘，气势逼人，其像森森然、苍苍然。置身谷底，仰首观看，但见天空邈远，逼为一线，即便在开阔处，天空也被切割为条形；山峰之上，流岚缭绕，云蒸霞蔚，观全峰而不见全貌。山峰崔嵬，以巨石组成，或以线状铮然而下，或以纵横交错之状网住大山。其形其状，尤似中国画皴法，舒缓疾驰，顿挫转折，妙法天成。壁立之巨崖上，怪树斜张，藤萝密布，于缝隙中横生旁逸，叫人叹为观止。大关的关隘，其实就是陡然垂直的山崖构成，犹如大地之石门，其险可据可守，开合自如。作为景点，大关关隘之多、之险、之雄奇、之多姿，是足可夸耀于世的。一条河谷，就是一幅画卷；一条河谷，就是一束诗篇，一条河谷，足以让人惊心动魄，神气荡然；一条河谷，足以让人魂牵梦绕、流连忘返。

大关历史悠久，县城虽远居僻地，但历史文化积淀仍然是非常深厚的。史载，大关在夏、商时代属梁州，周属窦地甸，秦属蜀地，西汉属犍为郡，东汉、蜀汉均属益州，梁属成州，隋唐相继属秦州、协州，宋、元属潼州府路，云南行省，明和清初相继属四川布政司，云南行省，1913 年直属云南省，设大关县，1950 年属云南昭通专区。由此可以知道，大关建制古老，沿袭至今，历史并未发生断层，薪火相承，世世不息。

大关历史文化积淀深厚，有史为凭。新石器时代，人类就在这片土地上留下足迹。秦开“五尺道”，汉凿“南夷道”后，中原移民纷至，荒遐无征之地得以开发。由此可见，大关虽在乌蒙山腹地，关山险隘，林莽蒙蔽，交通不便，但与中原文化的交融、碰撞，其实早就存在。历史证明，大关乃至整个昭通地区，并非化外，而是与中原文明水乳交融，形成了自己独有的特色。

大关系滇川咽喉，中原通南中必经之地。唐贞元十年（794 年），御史中丞袁滋奉命出使云南，册封南诏王异牟寻，取道大关（盐津原属大关）。在豆沙关留下了名闻遐迩的“袁滋摩崖”，“袁滋摩崖”是中央政府和边疆民族地区有着密切关系和权属关系的实证，也是中原文化进入边疆地区的实证，其意义非同一般。清雍正年间，云贵总督鄂尔泰施行改土归流，数万大军在境内争关夺隘。改土归流是历史进步的必然，数万大军争关夺隘可见投入人数之多，战场之壮观、惨烈。雍正八年（1730 年）正月十六日夜，清将怀远将军刘昆为改土归流在境以羊子阵攻破土司禄鼎坤重兵坚守的要塞险隘灵官岩。刘昆在灵官岩壁所题之大字，至今仍赫赫在目，记载着一段历史。清咸丰年间，河东乡屯上（今天星镇斜文村）爆发的李永和、蓝朝鼎农民起义，是中国近代史上一件大事，这支农民起义军发源于大关，初仅几千人，经过南北转战数省，队伍发展为数十万大军，最多时达七十万人。这支农民起义军目标明确、纪律严明、英勇顽强、战绩卓著，是一支给予清朝政府重创的队伍。宣统三年（1911 年）九月，大关人赵端在回龙、滩头（今属盐津），发动关河起义，率三千义军入川，配合孙中山先生领导的辛亥革命。义军沿关河而下，一路披靡，攻城略地，取得重大胜利。关河起义是大关的光荣，是史载千秋的重大事件。孙中山先生领导的旨在推翻清朝统治的民主革命，是中国近代史中最具有伟大意义的革命之一。但推翻清政府之后，建立共和的革命之艰辛，是难以想象的。孙中山先生发动许多次起义，均告失败，但孙中山先生意志坚定，坚韧顽毅，不为失败所挫志。谁也想不到，一场名垂青史的民主革命，起义成功的重要人物之一竟在大关。大关人赵端，在偏僻壅闭之乡，在交通不便之地，竟然率义军三千，取得伟大胜利，实属惊世之举。

由此可见，大关英雄俊杰，代不乏人。

山川壮美，浩气沛然，云蒸霞蔚，人文蔚起。历史上，大关出了许多有影响的杰出人士。尤其在近代史上，英雄志士、文人墨客、一代枭雄、革命先驱，尽占一时风流。官居四川提督的唐友耕，在清代也可谓风云人物。他出身卑微，靠战绩累至高官。尤其值得一提的是大关文风昌盛，文脉悠远，出了好几位有重大影响的历史人物。曾为云南省政府秘书长的吴良桐，幼聪慧，有神童之称。后到昆明，入经正书院。清光绪丁酉年中举。曾署理四川云阳、新繁、江津县知事。辛亥革命后回滇任临安、开化、广东南三府观察使。其后曾任民国云南省高等检察厅厅长、交通司长、财政厅长、省政府秘书长、参议、顾问等职。吴良桐古文功底深厚，又得新学之熏染，文章结构谨严，文气沛然，词采瑰丽，常有佳作。吴政余，勤于学习，医术甚精，常有疑难病症请之诊治。其书法、美术造诣亦深，并广搜博寻图书珍藏，仅医籍就收藏有 800 余种、3000 余册。著有《馋园诗文稿》《子伯医案》等。

大关著名文人中，龚自知极有影响，其声名远播滇域之外。龚自知，字伯钧，大关翠华镇人，北京大学预科毕业。回云南初，在政务厅任英文秘书兼中学教员。1922 年任昆明市政公所教育科长。其间积极推行义务教育，经各省教育会实地检查，全市适龄儿童入学率为各省之冠。1928 年任云南省政府秘书长。1929—1945 年任云南省政府委员，教育厅厅长。1945 年被选为云南省参议会会长。1945 年、1947 年两次当选国民党中央执行委员。1948 年 5 月任国民党立法院立法委员。中华人民共和国成立后，任云南省人民政府副主席、副省长。1950 年加入中国国民党革命委员会云南省地方组织，任第一届民革云南省委主委，第三届中央委员。

在大关有重大影响的历史人物中，张维翰不失为一个饱学之士。张维翰，字季勋，大关翠华镇人。先后毕业于省法政学堂，日本东京帝国大学。1917 年，加入国民党。曾任云南都督府秘书，省行政公署科长、盐兴、个旧县知事、护国军督军公署秘书长、昆明市政督办、省政府委员兼外交部驻滇特派员、省民政厅厅长。1930 年进入南京后，先后任国民政府立法院第二、三、四届立法委员、立法院秘书处秘书长。1939 年至 1946 年初，任中华民国政府内政部政务次长。1946 年 1 月任云贵监察使。1949 年去台湾后，曾任国民党监察院副院长，代理院长。

张维翰任昆明市政督办期间，重视教育，积极推行义务教育。同时，还主持编纂《昆明市志》，1978 年在台湾审订出版《大关县志》。

大关风光佳丽，文人荟萃。吴良桐之子吴恢量，20 岁考入北京大学，后留学日本，于巴黎大学毕业，获法学博士学位，回国后曾任云南高等法院院长等职。吴恢量学有所成，曾编纂《法华大辞典》，他晨昏不辍，广寻博求，四方搜集资料，终因操劳过度，积劳成疾，《法华大辞典》一书未完，四十多岁即溘然逝世。他短暂的一生，体现了一代学人刻苦治学的风范。

大关群山雄峙，山崖陡峭险奇，不仅文风昌盛，叱咤风云的志士仁人也不缺乏。辛亥革命的英杰赵端，我党我军的高级将领罗占云，都是彪炳千秋、流芳百世的人物。

罗占云，大关县小街人，参加过闻名于世的南昌起义，其部归朱德指挥，留守三河坝，与国民党钱大钧部 10 个团兵力激战三昼夜，歼敌千余，首战告捷。后随朱德上井冈山，与毛泽东领导的工农革命军在宁冈砻市会师，并加入中国共产党。1934 年 10 月，罗占云随中央红军长征。直罗镇战役后，曾任陕北作战分区司令员，陕北军事部参谋长。抗战后，罗占云曾任新四军第二师第五旅副旅长，津浦路东军分区副司令员、司令员等职。1946 年，罗占云进中共中央华东局党校学习，毕业后，被任命为淮北军区副司令员。罗占云是一名骁将，作战英勇，战术娴熟，克敌制胜，战功卓著，是一名难得的优秀指挥人才。

陈方，大关翠华镇人。1935 年加入中国共产党。曾任中共云南省临时工作委员会、省工委委员、组织部部长、中共第七次代表大会代表、吉林省军区敌工部长、滇军工作委员会副书记、中共沈阳市委宣传部副部长、云南省民政人事厅副厅长、云南省人民政府副秘书长、中共云南省委统战部副部长、部长、省委常委、省政协副主席、体委主任等职。

曾万钟，大关悦乐镇人。云南陆军讲武堂毕业，辛亥革命时，参与光复云南之役。北伐战争时，先后任国民革命军第三军第七师、九师、十二师师长，第三军代理军长。抗日战争时，先后任国民党第二集团军、第三军军长、第五集团军军长、第三十五军团长。1939 年升任第五集团军总司令。1941 年 5 月，曾万钟率五个师的兵力参加抗击日本侵略军的中条山战役。曾万钟战功显著，为抗击日本侵略军作出了较大贡献。

李华英，大关翠华镇人。在四川武备学堂日本步兵专门学校高级班毕业，日本早稻田大学肄业。李华英从 1911 年起，先后参加过辛亥革命、护国运动、护法运动和北伐战争。积极赞同国共两党合作。1936 年授国民革命军陆军少将军衔。1945 年授国民革命军中将军衔。抗日战争结束后，任中国首次赴日代表团团长。1946 年回国，厌蒋内战隐退居沪，支援过上海解放战争。

“江山代有才人出，各领风骚数百年”。大关历史上曾出现许多仁人志士，英雄豪杰，这些精英在各自的领域以其不平凡的业绩影响着大关、昭通以及全省。尤其是文化教育方面，在当时的历史条件下，交通闭塞，经济落后，信息不畅，竟然能够出现一批才华斐然、学贯中西、著作文章、惠泽后人的教育家、学问家，这是很令人感慨、令人赞叹的。大关文脉悠远，文风昌盛，人才荟萃，星光灿烂，必然影响着今天的大关人。因此，我们就不难理解现在的大关为什么格外重视教育、重视科学技术、重视提高人的素质、重视文学艺术了。因此，我们就不难理解为什么大关县委、县政府除对教育、科学技术等高度重视之外，在经济并不宽裕的情况下，大力发现、培养人才，提出培养一批有一定影响的大关作家群的构想，为大关的精神文明建设服务，为提高大关的知名度，创建大关文化品牌的原因了。令人感动的是，大关县举办文学艺术的研讨会，县委书记、县长以及县里几套班子的领导都参加了。在许多地区，这种现象是非常罕见的。尊重知识、尊重文化、尊重人才，蔚然成风。

大关的交通建设源远流长。和昭通市其他县（区）一样，大关境内群山纵横，山高峰险，沟深壑切，“蜀道之难，难于上青天”。大诗人李白感慨蜀道之难，难如上青天，其实，在乌蒙山深处，道路交通之艰难，才真正是难于上青天。尽管如此，大关的交通起源较早，秦时就有常继李冰凿岩拓修的“五尺道”，纵贯全境。隋唐时，沿关河开通的“石门道”沟通南北，形成有名的南方丝绸之路。“五尺道”如一条坚硬的血管，穿越高山巨壑，悬崖绝壁，顽强地蜿蜒而行，将中原文明不断输入云南，把各种物资输送进来运送出去，使云南偏远闭塞之地，和中央政权、中原文明保持着长久的联系，为开发云南，建设云南作出不可磨灭的贡献。

但是，在漫长的历史发展中，大关的交通发展毕竟是缓慢的。“五尺道”犹如日渐枯萎的血管，已承载不起现代经济社会发展的重任了。从中华人民共和国成立后到现在，大关的交通发展是引人注目的。到1993年，全县共有公路26条，全长441千米。境内10乡1镇和37个行政村通公路。内昆铁路建成并投入运营，并在天星镇建成较大的大关火车站，为大关的经济建设、社会发展提供了前所未有的机遇和条件。昆水等高级公路全线建成，通县油路在“十一五”全部建成。便捷的通道优势和独特的区位优势，为大关县发展电矿业和旅游业、建设物资基地和把县城建成昭通市卫星城市提供了便利条件。

大关的教育事业始于清雍正年间，过去曾有人认为云南是偏僻之地，人民蒙昧，教育欠缺。事实上，像大关这样处于乌蒙山腹地的县，教育很早就已开始，由办义学、书院讲舍、私塾到办小学、中学。民国时期，以云南省教育厅厅长龚自知为代表的大关籍仁人志士关心重视家乡教育，通过发展教育，培育出一批进入国内高等院校和出国留学的学生，成为一代栋梁之材。党的十一届三中全会后，全县按照“百年大计、教育为本”的指导思想，狠抓基础教育，使全县教育事业蓬勃发展。1993 年，全县有各类学校 419 所，在校学生 39572 人，专职教师 1274 人。一批学子不仅考入国内大专院校，有的还到德国、英国和其他一些国家留学。近年来，大关县委、县政府确立教育立县战略，教育事业稳步发展，基本实现“两基”目标，初中毛入学率达到 96.02%，文盲率降至 3.07%，高考、中考都实现了新的跨越。大关县在“十一五”期间的主要目标是：巩固“两基”成果，幼儿学前教育率达 50%，小学适龄儿童入学率达 99.5%，初中毛入学率达 98% 以上，高中毛入学率达 45% 以上，青壮年文盲率控制在 3% 以内，素质教育取得实效。

中国是农业大国，在过去漫长的历史岁月中，由于封建制度的制约和长期的闭关锁国，科学技术十分落后。民国前，大关县科学技术更是落后于其他地方。农耕社会自给自足的小农经济、地理位置的偏僻、经济力量的落后，使科学技术得不到传播和发展。1950 年至 1978 年，科学技术有所发展。1978 年后，大关县委、县政府按照“科技兴县”的思路，重视和加强科技事业，全县科技事业有了较快发展。1993 年，全县科技事业单位 11 个，科技人员 1819 人，中职以上专业技术人员 397 人。全县 10 个乡 1 个镇有科学技术委员会 11 个，1705 个农业生产合作社成立科技组。引进和推广科技成果，主要有良种推广、畜种改良、科学养殖、科学种植、科学施肥等。研究成果有营养钵育苗移栽技术、玉米良种大单 1 号选育等。

在“十一五”规划中，大关县委、县政府结合实际，着眼未来，紧紧围绕农业产业化、特色工业化，带动服务业发展，推进科技进步。围绕优势农产品培育，着力加大科技引进和推广力度，抓好优良品种的引种、培育、推广，以实用技术作为科技兴农的突破口，提高产品附加值和市场竞争力，确保粮食基本自给和农业增产增效。把突破资源和环境的“瓶颈”制约放在优先地位，引导企业成为科技应用的创新主体。以节能降耗、环境保护、防污染治理、循环经济、产品升级换代的科技应用为重点，提升资源节约型和环境友好型社会的科技支撑能力，重视贫困地区和少数民族边远高寒山区的科技进步。

科技进步，非一朝一夕能够达到。大关县的科技进步，立足于实地，立足于实用技术，其目的是用科技推动县域经济的进步。大关县委、县政府制定的“十一五”规划，目标明确，科学可行，体现了大关县领导机关的科学发展观。

走进大关，给人的感觉是群山起伏，林莽遍布，青山耸翠，流水清澈，人家分散，竹树环合，空气清新。但不能忽视的是，由于历史上开垦过度，人口增长过快，加上人为破坏等因素，大关的生态建设仍然面临着许多困难。由于人口多，许多坡度较大的山地也被开垦种植。但大关县坚持以科技为先导，恢复森林植被为中心，抑制水土流失和搞好水流域为重点，实施生物措施、工程措施、农艺措施，大力开展封山育林、植树种草、节能改灶和农田水利基本建设，治理水土流失、滑坡泥石流、石质荒漠化，改善生产生活条件，建立相互联结、结构合理的林草植被、水土流失防治、农田生态三个系统，构建可持续发展的生态系统。通过“十一五”的努力，森林覆盖率达21.4%，新增治理的水土流失面积248平方千米，完成退耕还林（草）面积10万亩，封山育林8万亩，人工及飞播造林10万亩，建设沼气池1万口，节能灶2万眼。

纵观大关的生态，经过历届县委、县政府带领全县人民坚持不懈的治理，已经取得了较大成绩。相信大关人民在县委、县政府的带领下，在“十一五”规划的设计安排下，脚踏实地、奋发努力，生态保护、治理将会取得更大成绩。大关的天空，会更加湛蓝、纯净、高远；大关的崇山峻岭，会更加秀美；大关的河流、溪水，会更加明丽清澈。高天流云，青山秀树，林榛莽莽，碧水环流，藤萝青翠，秀竹摇曳，山花绚丽，人与自然和谐共处。

大关自古以来人杰地灵，重视教育，人才辈出。如前所述，从清末民初到中华人民共和国成立后，大关就出现了许多有影响的杰出人物：民国云南省政府秘书长吴良桐、中国国民党中央监察院副院长、代理院长张维翰、民国云南省高等法院院长吴恢量、云南省人民政府副省长龚自知、中共云南省委常委、省政协副主席陈方、国民党第五集团军总司令、第一战区副司令、陆军中将曾万钟、国民党陆军中将李华英、少将李余生、周炎、宋载之、中国人民解放军淮北军分区副司令员罗占云等。他们在各自的领域，都是具有较大影响力的人物。历史的天空群星璀璨，大关的英雄豪杰、仁人志士在群星璀璨的星河中都有着自己的地位。

文化与人在大关这片广袤的土地上相伴繁衍。大关有着丰富的民族民间文化遗产。山歌、民谣、传说、民间故事、汉族的"打鼓草"歌、苗族的芦笙舞、彝族的火把节，多姿多彩，蔚为大观。民国时期开始盛行评书、要龙灯，大关的楹联、碑记、美术、书法、雕塑、篆刻、诗文创作也都颇具特色。1951 年，时任大关代理县长、昭通文学界的老前辈、著述甚丰的朱君和先生，以真人真事为原型创作的大型戏剧《大寨农民翻身记》，在城乡多次演出，引起强烈的反响，被喻为南方的《白毛女》。此后，剧本被云南人民出版社以单行本出版，直至今日，这个剧仍然有着鲜活的生命力，在民间广为流传。

大关县委、县政府对文学艺术高度重视，对文化事业和文化产业的发展倾注了大量心血。他们拟在现有基础上，加大对文化事业的投入，逐步形成覆盖城乡的公共文化服务中心、青少年文化中心、电子图书室、乡（镇）文化站和村级文化室建设。培育和繁荣文化市场，实现文化与旅游业的有机结合，引导经营性民间文化发展，加强文物和民族民间文化遗产的保护，增强文化产业的整体实力和竞争力。尤其使人振奋的是，大关县委、县政府积极营造尊重文化、尊重人才、发现人才、培养人才的良好气氛。县委、县政府主要领导亲自抓，他们积极推进文艺创作，创办《大关文学》，建立自己的文艺阵地，提出培养有一定影响力的作家群的宏伟构想，举办研讨会、讲座，邀请作家到大关讲课，并以多种形式开展活动。大关的文学活动，生动而扎实，大关培养文艺人才的措施，具体而细致。目前，大关形成了一支思想活跃，学习刻苦，创作努力，志存高远的作者队伍。这支队伍将会在大关县委、县政府的领导下，认真深入生活，潜心创作，逐渐提高写作水平，逐渐走出昭通，走向云南和全国，我们满怀信心并真诚地期待着。

我们惊奇而欣喜地看到，大关县在制定“十一五”规划中，郑重其事地把文学艺术纳入规划，这在过去是几乎看不到的，是非常使人感动的。大关在“十一五”规划中，强调办好《大关文学》，培育出一批有一定影响的作家群，实施文化“四个一”工程（“写好一本书，唱响一首歌，拍好一部片，演好一台戏”），完成党史正本（第一卷）和《大关县志·续志》的编修、出版和发行任务，强化文化市场管理，建立规范有序的文化市场，营造扶持健康文化、抵制腐朽文化的社会环境。

目前，大关的文化建设，已取得可喜成绩。通过县委、县政府的规划、引导，我们已经感受到春风和煦、万物萌动、鸟啭莺鸣、百花齐放的文艺春天已经来临，感受到文献之邦的文艺盛世，正在孕育，正在发展，正在逐渐走向辉煌。

二

大关各具特色的旅游景点之多，在全国来说都是十分罕见的。过去，由于地处偏远，交通闭塞，大关的旅游景点，犹如养在深闺不为人所识的美丽少女，鲜为人知。但随着交通的改善，基础设施得到加强，宣传力度不断加大，大关的美丽，大关的魅力，大关的风情，将会得到外界青睐，将会变得越来越有吸引力，并且历久而不衰。黄连河风景区的开发，已引起外界强烈反响，不少游历过很多名山大川的人，提起大关的黄连河，仍然津津乐道，仍然兴趣未减，他们认为黄连河之美，是独具特色的，是天工造物的精美之作。由此可见大关旅游资源的丰富和魅力。

在过去，大关有十景。这些景点由文人雅士命名，名字典雅，富于诗情画意，极有文化内涵，如洗马晴岚、龟山烟树、笔架朝晖、云幅积雪、吊桥渔火、董峰甘雨、苍岩石燕、翠华蟾桂、龙洞清泉等。1987 年之后，大关又发现了新的自然景观和人文景观。新景区定名为大关县黄连河风景名胜区，由黄连河、上高桥、天星罗汉坝、三江口四个自然片区和玉碗至吉利一线人文景观构成。

走进黄连河，就是走进古典诗词的意境，就是走进经典音乐的旋律，就是走进历史名画的画卷。哪怕你是一个心如古井、微澜不兴的人，哪怕你是一个心灰意懒、百事倦怠的人，只要你走进黄连河，你就会被她的雄奇幽深、壮美精致所震撼、所感动、所迷惑。不能使人震撼和感动的风景，是平凡、平庸的风景。而黄连河的壮观和精致，奇丽和秀美，是能打动所有游客的心的。

黄连河之美，美在山险、峰奇。站在黄连河风景区入口处，抬目远眺，但见群山嵯峨，气势逼人，山如排闼，联袂而来，交错而去，远处流云缠绕，近处雾岚迷漫，山谷峰峦之间，云海茫茫，舒缓流溢。云雾遮蔽之外，是绀青色山崖，如海边巨礁，任惊涛拍岸，卷起千堆雪。风入树林，林涛轰鸣，仿佛卧于海边，听涛声击石。

黄连河之美，美在崖险，这里的不少山崖，状如刀劈斧削，上摩青天，云雾缠绕，苍鹰盘旋，仰视难见峰顶，俯视头晕目眩，山峰壁立千仞，气势逼人，石纹变化万千，令人赏心悦目。苍苍古树，丛丛荆莽，横生旁逸，变化万千，置身其间，感受大自然奇妙的造化，胸中万千俗念，荡然无存。

黄连河之美，美在生态。不难设想，如果这里仅有山之雄、峰之险，而没有良好的生态，就不可能有她秀丽的外貌、润湿的空气、深厚的内涵、诗意的魅力。黄连河景区树木苍苍，植被茂密。无论是山崖、坡地还是谷底，到处都是种类繁多的树林，高低参差，杂花生树，浅黄老绿，层次丰富。在这里天是湛蓝的，天空纯净，幽深邈远。空气是纯净湿润的，各类草木净化过的空气，有如巨大的氧吧，沁人心脾，令人心旷神怡。行于林间，千姿百态的树木，葳蕤繁茂的野花，互相纠缠，互相覆盖的荆棘，只闻其声，不见其影的小鸟，如闪电般在枝头倏然闪现的松鼠，令人目不暇接。生态之美，美不胜收。

黄连河之美，更美在瀑布。黄连河景区以瀑布为主体，集山、水、林、洞于一，游览面积达25平方千米。黄连河瀑布之水，令人惊奇，称之为中国瀑布之乡，并非溢美。景区内大小瀑布47挂，其中最大的一道瀑布高140余米。瀑布各有名称：少女、对歌、迎客、团圆等。这些瀑布形态各异，特点显著，或湍急，或舒缓；或长峰一线，或宽阔壮观；或激情四溅，或婉约轻漫；或丝弦铮铮，或长歌浩叹；或慷慨激昂，如壮士立志；或妩媚轻柔，如少女倾诉。

情郎瀑飞流直下，长瀑如练，瀑布急湍，喷珠溅玉，水雾蒸腾，水声如雷，在深壑里久久回荡，情郎瀑令人遐想，令人激奋，令人感慨，它犹如一位痴情男子，为了寻找美好的爱情，明知前面是悬崖峭壁也不管不顾，飞身跌入崖底，被摔得粉身碎骨。它痴情、专一，勇往直前，不计后果，尽管被摔得粉碎，仍然坚守自己的诺言，为了爱情，永不言悔。它激溅的水珠，它蒸腾的水雾，使这里空气清凉、纯净，它滋润着崖上、崖底的树木，使这里的树木格外青翠，格外明丽。

情丝瀑，一个充满诗情画意，充满柔情爱意、温馨浪漫的瀑布。情丝瀑两边树林茂密，层层叠叠，幽深静谧，情侣们喜欢来此谈情说爱，抒发情意。情丝瀑上层穿越丛林，舒缓地飞下险崖，它的水丝飘飘溅溅，丝丝缕缕，如剪不断、理还乱的情丝，如轻轻柔柔的无限心事，如缓缓幽幽的无尽语言，如爱人柔软的手，为你拂去身上的尘，如手之轻颤，撩拨心灵的弦。情丝瀑的下段，水流变得湍急，它似乎要用更强劲、更奔放的语言，用更粗犷、更激情的姿态，不再遏制自己的情感，不再顾及初恋的羞涩，不怕炽烈的情感焚烧自己，大胆、奔放地抒发自己的情恋。情丝瀑，柔情而又奔放的情丝瀑，令人无限遐想，无限神往的瀑布。

玉盘瀑，瀑分几挂，瀑面有宽有窄，有分有合，合则瀑面如帛，洁白洁莹；分则瀑面如练，千丝万缕。瀑布分合之间，跌入潭底，潭如玉盘，空明清澈，瀑布落处，飞花溅玉，如倾万斛珍珠。珍珠纷纷坠落，互相撞击，如大珠小珠落玉盘，訇訇然、铮铮然，令人目迷心醉，感叹不已。

最叫人愉悦，最让人惊叹的是水帘长廊。千百年来，《西游记》里的孙悟空深入水帘洞的故事，吸引了多少代人。水帘洞的美丽、神奇，让人流连忘返，叹为观止。这是一面半圆形的山崖，它的里面有一道半圆形的走廊，走廊外面，是飞流直下的水帘，这道珍珠似的水帘，犹如龙王居住的龙宫门上悬挂的帘席，悬挂在走廊之外。走廊外重峦叠嶂，悬崖陡立，几挂瀑布，错落有致地跌入深潭，潭水澄碧，呈青绿色，洞外瀑布，奔涌而至，其声轰轰然，如千军万马、列队而驰。帘内长廊，可容几人并行，壁内不断渗出水珠，滴在人头上、身上，沁人心脾。廊内观瀑自有另外一番风味，但见万箭疾发，万马飞腾，银丝激溅，飞瀑如织。瀑布将廊外景观遮了，朦朦胧胧，但见白光一片。耳内充塞之声，轰轰隆隆，如地铁行驰，如铁甲奔驰，鸣声发自内部，使人荡气回肠，激情迸发，恨不能披襟而吟：力拔山兮气盖世，安得猛士兮守四方。

大滑板堪称世之一绝。有石板而无水处有之，有水而无石板处有之，有水有石则石板断裂粗粝者有之。像黄连河之大石板，则是几者之优点的完美组合。这是大自然独具匠心的杰作，这是大自然恩赐于人的瑰丽赠品。一块天然的屏幕似的巨大滑板，铮铮屹立，石板上的水清澈而柔润，大滑板经过不知多少年的冲刷，光滑如玉，连盈盈少妇、纤纤少女的皮肤也不会磨伤。天气热的日子，来大滑板冲浪、滑坡的人密密麻麻，穿着各式泳装的人把大滑板点缀得五彩缤纷，犹如一朵朵绚丽的会移动的鲜花，把清碧的水冲刷到坡底。坡底水面上，漂浮着艳丽的花瓣，水声、笑声、惊叫声，唱歌的声音，呼叫的声音，把峡谷搅得沸沸扬扬，充满生气、充满活力。到大滑板去滑坡，是最为刺激、最有生气、最有冒险精神的活动；到大滑板去滑坡，是最能焕发人的青春、激情，让人身心特别愉悦，特别快乐的活动。

黄连河风景区，集山、水、林、洞、瀑为一体，集秀、美、幽、奇于一身，蔚成大观。这里可供旅游、观光、访古、寻史、休闲、度假、登山、娱乐。近些年，经过多方努力，景区内的基本建设已初步形成，栈道、石梯、亭台、楼阁、茶室、宾馆、餐饮等一应俱全。交通便利，服务上乘，是一处难得的休闲、观光风景区，也是一处独具特色、开发前景十分广阔的风景名胜区。

大关县城南 40 千米的上高桥乡，有一片由漉水岩瀑布、清龙洞、小石林组成的风景区，名曰上高桥风景区。

上高桥风景区最具特色的景点首推漉水岩瀑布。流经昭鲁坝子的洒渔河，是乌蒙高原上难得的一条河流，被昭通人称为母亲河。洒渔河两岸阡陌纵横，稻香百里，河边遍植柳树，高大茂密，摇曳多姿的柳树随洒渔河的走势迤逦而行，树影葱茏而生水雾，旧称洒渔烟柳，是昭阳八景中有名一景。而洒渔河流至大关上高桥，地层断裂，形成峡谷。峡谷深长陡险，全长 8 千米。平缓舒徐的洒渔河到这里，突然跌入幽深大峡谷，形成一系列跌水和跌梁，总落差为 630 米，其中尤以大、小漉水岩最为壮观。第一跌水，落差 35 米，瀑宽 13 米；第二跌水垂直落差 17 米，漉宽 14 米。大漉水岩在小漉水岩下游 500 米处，垂直落差 65 米，漉宽 20 米。

漉水岩瀑水给人最大的感受是惊心动魄。不难设想，一条在高原坝子里缓缓而行的河流到了这里突然跌落是一幅什么景象。如果河流是人，这个神情安详、心闲气定的人突然从高处跌落，肯定是惊心动魄。洒渔河从平缓到急剧跌落，完成了转换，这个过程造就了气势辉煌、摄人心魄的漉水岩瀑布。黄连河瀑水以群落多、变化大、优美而著称，漉水岩则以气势辉煌、激烈壮观而著称。游漉水岩瀑布，让人体会到了什么是雄奇，什么是壮美，什么是气势，什么是力量，什么最荡气回肠，什么最荡涤胸襟。身置峡谷底部，又是一番景象，这里绿树成荫，流水高悬，声若洪钟大吕，催人斗志，催人奋进。

从大滮水岩下游 4 公里处，一个溶洞悄然而出。溶洞位于洒渔河东侧悬崖峭壁之下，藏于深山，匿于峭壁，洞口处有 5 亩的扇形开阔地，绿树翠竹成荫，杂花芳草遍布。洞北岩头，有一段十米高的小瀑布垂下，青龙洞犹如龙之巨口，悄然张开。洞口高悬，石壁坚硬，洞内幽深莫测。在已探明的 2000 余米洞内，测得水面平均宽 30 余米，高 40 余米。洞中清泉，不急不湍，平滑如镜，水深几米，清澈见底。水中之物，一览无余，若至空明。从洞口乘舟赏景，水碧崖青，清凉沁人。洞内时宽时窄，石顶忽高忽低，变化万千，赏心而悦目。洞内水旱道交织，可荡轻舟，也可弃舟而行，洞中变幻无穷，如入魔幻世界。洞中有洞，大洞套小洞。洞中最奇，一为洞中幽深之泉水，二为洞中之钟乳。钟乳石千姿百态，变幻无穷，或独树而摩立，或披悬而垂立，或盘或踞、或卧或蜷、或敛或张，如狮、如虎、如熊、如豹，如长龙翻腾、如烈马奔驰、如珠帘悬挂、如莲花盛开。洞内置光，彩色灯光下各种钟乳石五彩斑斓，绚丽夺目。青龙洞宽大幽深，有水道、有钟乳石，还可行旱道，百转千回，饶有情趣，是个清凉怡人、赏心悦目、探幽寻奇、惊奇多多的好去处。

上高桥风景片区内的小石林，距上高桥乡政府 10 余千米。面积约 6 平方千米，路南石林天下闻名，每年国内外游客，数以万计，莫不徘徊流连，啧啧称奇。而上高桥风景区的小石林，虽规模和可游览面积不及路南石林，但它仍有自己独特之风貌。小石林小巧精美、秀气可人，其造型千姿百态，难以形状，造化之工巧，出人想象。在小石林游览，因其对石林景观尚未命名，你尽可自由驰骋奇思妙想。眼前景观，扑朔迷离，移步换形，使你的思维不断变化，足可幻化出美丽的神话故事。小石林具有很大的开发前景，若假以时日，投以资金，做好宣传，必然又是一个绝妙的景区。

大关县的旅游资源，丰富而各具特色。罗汉坝风景区，旅游内容

丰富，景区面积十分阔大，可供游览的面积约60平方千米。景区距天星镇政府约15千米，海拔为1500—2000米。景区秀竹林海、山花草甸、奇峰深壑、涓涓溪流，组成一片可供游览观光、避暑度假、登山攀崖、水上游乐之妙地。

青山之高，有梯可登。天星镇沿河村东侧有一片群峰，称九层岩。这里的群峰，绵延突兀，犹如一匹匹骆驼列队而行。它们来自遥远的沙漠，抑或来自浩渺的星空？它们结伴而行，互相鼓励，克服了多少困难，涉过了多少险流，登过了多少山崖，风餐露宿，日夜兼程，才终于来到了云南，来到了大关这个美丽如画的地方。

九层岩的骆峰陡壁上沿，因岩层风化剥蚀而形成几级台梯，故名九层岩。九层台梯沿峰而上，使人产生幻想，天空之高，遥不可及，月宫折桂，陡唤奈何。有九层之石阶，由此攀援，不是可以上天揽月，到月宫折桂了么？

这里不仅有上天之天梯，还有龙塘之飞瀑。沿河村龙塘组北100米处的龙塘飞瀑，从阶梯形陡坝上跳跃跌落，形成银珠飞龙瀑。瀑布上窄下宽，犹如少女之裙。瀑布周围遍布苍松翠竹，松竹之青黛与瀑布之银白，形成强烈的色彩反差，涛声、松声，声声入耳，瀑布、山花，样样入心。

景区内有骆驼远来，有瀑布飞悬，有竹林万亩，有原始森林，自然就有天外来客。罗汉坝水库北4千米处，是天星东堰取水口，水库之水经转转河蜿蜒曲折奔龙塘坡。就在东堰取水口处，一巨蛙石将水分为两股，水绕石后又合二为一。此石如蛙，卧水而伏，憨态可掬。和巨蛙对峙的就是天外来客。此为一墩高15米，形如人头的巨石。石奇而多秀木，石上树木葱郁，似巨人的一头秀发。此客双目微闭，毕竟是天外来客，作深思状，看凡间情。鼻梁高挺，口张舌伸，又如刚品尝过玉液琼浆之后的陶醉状。天公造物奇特，必有美景、胜景伴生。这里四周青峰苍翠、林木葱郁，天高风静，如入仙境。

三

中国人喜竹，自古以来竹就与中国人的文化情怀融合在一起，成为中国人之精神的一部分。竹高洁、竹修长、竹俊逸、竹清丽、竹不畏严寒、不惧朔风劲吹。雪花飘舞的时候，竹仍然傲然而立，枝虽垂而节不折，叶虽凋而韵不改。是故，竹为中国文人推崇的“岁寒四友”之一。古人云：“宁可食无肉，不可居无竹。”可见竹与中国人的精神生活联系何其紧密。清人郑板桥画的墨竹，劲节清癯，疏朗有致，但那只是庭院之竹，湖石之竹。而大关景区之竹，则有上万亩，万亩竹海，绿波荡漾，绿烟氤氲，接天摩云，连片延伸，浩浩乎，荡荡乎，绿满天涯，气势夺人。

竹海里幽深邃密，不计其数的竹竿，密密麻麻。竹竿之上，是连成云海、连成波浪的竹冠。竹海里藏着无数的神秘，鸟在不知处啁啾，风在竹海里咏哦，清泉潺潺，山花葳蕤，空气润湿而微甜，涤心沁肺，清爽宜人。行走于林间水径，竹影摇曳，天光粼粼。竹海中有斑竹、水竹、茨竹、筇竹、箭竹等多个品种，青翠多姿，叫人赞叹不已。走进竹海，人会忘了尘世的烦扰，忘了闹市的喧嚣，身心松弛，得到极好的休息。

在生态日益恶化的今天，拥有一片绿色多么珍贵。在城市里，耗时耗力，好不容易才植活一片小小树林。相比之下罗汉坝景区拥有的一片原始森林，就弥足珍贵了。罗汉坝原始森林有 2 万余亩，森林内分布着大量林冠茂密、林相整齐、树形优美的峨眉栲。原始森林里有黑熊、野猪、山牛、金钱豹、苏门羚、岩羊、黄鹿、灰头鹰、锦鸡、野鸡等动物和银杏、五叶枫、雪松、茶花、杜鹃花、兰花、二月花等珍贵树种和观赏花。林中古树参天，藤蔓缠绕，苔藓垂吊，神秘幽深。在原始森林里，可以探幽访微，可以登临览胜，可以赏花识草，可以坐卧吟咏。不去原始森林，不知生物世界之博大；不去原始森林，不知造物之繁多而神奇。

“高峡出平湖”“当惊世界殊”此两句诗写的是工程浩大的水利工程，但镶嵌深山里、恰似夜明珠的罗汉坝山顶水库，不也同样的美丽动人？罗汉坝水库位于海拔1944米的高山顶，蓄水380万立方米。水库坐落在一桌状台面上，汇流面积9平方千米。水库东临莽莽原始森林，西连浩浩苍翠竹海，前后山丘起伏，植被覆盖率高达99%。罗汉坝水库，是大自然镶嵌在深山里的一颗明珠，这颗明珠有高达99%的植被覆盖，是有福的了。银光闪闪的明珠，在翠竹环拥、林木簇立的环境下更加明丽，而竹海林莽因明珠反衬更加青翠。湖光山色，蓝天，白云，朝辉夕阴，流岚飘逸。乘舟荡漾，别有一番风味。湖水清碧，湖面流光溢彩，山影交映，树影摇曳，波光微漾，静谧安详，诗情画意油然而生。高原湖水，不是仙境，胜似仙境。

转转河，以字面析意，乃环绕旋转之河。转转河位于罗汉坝水库与龙塘坝之间，河长3千米。河不在长，有景则灵；水不在深，有特色就引人。转转河河道蜿蜒曲折，河水流势变化莫测，故此得名。转转河从水库大坝流出500米后，河床骤然变深变陡，在婉转仅3千米的流程内，总落差就达500米，此段河流峡谷幽深，峭壁陡立，植被茂盛。沿河观赏，道路崎岖，怪石嶙峋，水曲路回，飞瀑迭水高低错落。

中国画布局忌平直，中国庭院结构讲究取小见大，见微知著，曲径通幽，峰回路转，“山重水复疑无路，柳暗花明又一村”。讲究环环相连，互相映衬，画中有景，景中有画。而转转河虽不算大，但深得中国画和中国庭院构造之意趣，短短3千米河流地段峰回路转，高低错落，移步换形，错位变景，河水飞迭，怪石嶙峋。转转河，确实是一个值得去探幽访胜的好去处。

此外，罗汉坝还有大草甸、三股水等景点。

三江口景区主要以森林为主，景区距县城北约100千米，在木杆镇境内，这片森林约4万余亩，其中1万亩是原始森林，故称三江口原始森林，属自然保护区。“213”国道公路直达林区。

三江口森林随山赋形，苍苍莽莽，迤逦起伏，雾霭弥漫，林涛声声。登高观景，犹如岸边观海，森林绵绵，漫漫无涯，气势非凡，令人襟胸开阔。这片原始森林系亚热带山地常绿阔叶林，树冠浓密，林相整齐，林木高大，树干挺直。每棵树木高擎树冠，树冠连接，密不透风。千姿百态，各有风姿。尤为难得的是这里有成片成片的筇竹，筇竹是珍稀竹种，在其他地方难觅，而这里却连片生长，葳蕤蓬勃，翠绿欲滴。筇竹制作的手杖，轻便灵巧，紧实柔韧，是难得的旅游产品。筇竹的竹笋色泽明丽，犹如象牙，晶莹圆润。筇竹笋清脆香甜，细腻无渣，口感极好，营养丰富，是有名的山珍。森林中还有世界珍稀物种珙桐，俗称“鸽子花”。花开时节，千百只状如鸽子的珙桐花，在树枝密叶中随风起舞，跃跃欲飞。森林中还有珍贵药材竹荪、天麻、虫草等等，是天然的动物和植物的宝库。

在大关的风景区中，玉吉风景区以人文景观取胜。从玉碗乡至吉利乡沿昆水公路约 50 千米的游览线称玉吉人文景观。此线自然景观与人文景观相结合，以人文景观为主。只有自然景观而无人文景观，景色虽美，而缺少内涵，就像人虽美而无内涵，则少厚重；有人文景观而缺少自然景观，人文景观则没有附丽，缺少承载。玉吉风景区融二者于一体，殊为难得。玉碗至吉利，沿峡谷河流走向，两边多为险峰绝壁，即使有开阔处，也是重峦叠嶂，云山雾罩。峡谷中有河流顺势而行，河水清澈而湍急，河道忽而狭窄忽而开阔，忽而浪花激溅，万马奔腾；忽而水流平缓，沙石晶莹。河边山峰，如画如屏，有的陡峭峻拔，峰面开阔，纹理流畅，如图画中的披麻皴。峰中石隙处，杂树扭曲虬结，姿态奇异；有的危崖壁立，垂直而下，怪石嶙峋，石壁垂直而至峡底，犹如天设奇关，关隘狭窄险奇。可谓“一夫当关，万夫莫开”，是防守之重地，也是绝妙之风景。沿峡谷，山虽险峻，生态却良好。山色青翠，树木浓密，修竹沿河而植，郁郁葱葱，村庄房舍，立于陡坡岩上，仿佛画上人家。滇川孔道、秦汉五尺道、南方丝绸之路、明清古道、今昆水公路、213 国道、渝昆高速均穿山越岭从此通过，是昭通乃至云南入川之要枢，是经济、文化交流的必经之地。

这段河道，既为古道，又是现在的重要交通通道，必多文物古迹。人类的活动多以交通沿线而展开，历代士工农商、官员、文人墨客必然留下许多遗迹。这里有灵官岩石刻，字大如斗，凿于一长方形石壁之上，犹如青翠雄伟的大山上的一枚篆刻；翠华寺虽小而形制险，古朴而精巧；青冈林废墟发人思古之幽心，启人邈远空灵之慧思；黄葛铁索桥悬于河面之上，颤颤悠悠，如摇碎之弯月，使人想起历史之遥远，岁月之悠悠；岔河东汉岩墓群遗址，蕴藏了大批文物，凝固了岁月风雨；石门关古塔、大关垴古道、秦汉五尺道，古意苍苍、古道茫茫，漫步其间，引人遐想。历史，向我们慢慢走来。古道，是连接现实的链条，虽然锈迹斑斑，虽然残败破损，却更加引人向往；李、蓝农民起义遗址，位于高山顶部，山顶高拔、平旷，天风飒飒，怒云翻滚，草木惊色，遥想当年场景，叫人荡气回肠；靖国军黄荆坝殉难地，使人想起革命之艰难，路途之险恶，天崩地陷，壮士殒命，扼腕叹息，心情惆怅……

吉利人文景观，是自然的画卷，是人文的诗章。走走看看，领略自然风光，赏析人文景观，确是一条极佳风景线。

四

在过去漫长的岁月里，大关人民在历届县委、县政府的正确领导下，经济社会、教育文化、工业交通、农林牧副、城市发展、基础建设、生态治理、人口生育等各个方面都取得了很大的成绩。尤其近些年，各项建设、各类指标，成绩突出，引人注目。“十五”期间，全县人民以经济建设为中心，以加快发展为主题，打基础、强后劲、抓机遇、谋发展，团结拼搏，锐意进取，开拓奋进，经济建设和社会发展走出低谷，开始步入快速发展轨道。

2005 年全县生产总值完成 69246 万元，比“九五”末的 47300 万元，年均增长 5.3%，人均生产总值达 2666 元；经济结构明显改善，三次产业比重由“九五”末的 57∶12∶31 调整为 47∶15∶38；农业稳步发展，农业总产值达到 32736 万元，年均增长 5.65%；电矿结合工业发展模式初步形成，工业总产值达到 13681 万元，年均增长 15%；旅游业发展有了良好开端，城乡市场初步繁荣，社会消费品零售总额达到 14254 万元，平均增长 8.49%。

固定资产投资高速增长。2005 年固定资产投资完成 232.57 万元，五年累计完成投资 72102 万元，年均增长 23.29%。道路交通建设实现历史性突破，内昆铁路、昭麻二级公路投入使用，水麻高速公路开工建设，大关县际油路竣工，新建、改建通村公路 293.2 公里，基本实现村村通公路；开工建设中小水电站 13 座，建成电站累计装机容量达到 7.38 万千瓦，电网改造取得新成绩，户通电率达 90.5%；以农田水利为主的农村基础设施明显改善，水利化程度达 18%；电话普及率提高 5.9 个百分点，广播电视人口覆盖率达 90%；财政收入稳定增长，2005 年地方财务一般预算收入完成 1441 万元，比“九五”末的 1179 万元，平均增长 4.1%；全县可用财力由“九五”末的 5491 万元增加到“十五”末的 14157 万元，平均增长 20.85%。

可持续发展能力明显提高。人口与计划生育工作取得较大进展。根据 2005 年 2% 人口抽样调查，全县总人口为 25.97 万人，人口自然增长率控制在 12‰以内；土地、水、矿业秩序整顿稳步推进；实施封山育林、退耕还林、生态环境保护与建设工程，森林覆盖率达 18.5%，比“九五”末提高 4.9 个百分点。

城镇化步伐明显加快。2005 年城镇化水平达到 14.74%，较“九五”末增长 5 个百分点，以县城为主的城镇化基础设施建设得到加强。县城连接线实现油路化；建成县城净水厂、垃圾处理场主体工程；县城电网改造基本结束；水网改造有序推进；天星等重点集镇建设启动。

教育立县战略有实质性进展。教育事业稳步发展，基本实现“两

基”目标，初中毛入学率达到96.02%，文盲率降至3.07%，高考、中考实现了新的跨越。科技、文化、体育、卫生、广电事业取得新进步。

城乡居民生活持续改善。扶贫攻坚取得实质性突破，解决了2.99万人的温饱、稳定脱贫和5257户的安居问题，农民人均纯收入达到1155元，年均增长8.79%。实行积极的就业政策，城镇登记失业率降到4.6%，城镇居民人均可支配收入达到6000元，居民存款余额达到33983万元，是“九五”末的2.15倍。城乡居民人均住房面积分别达到28.16平方米，分别增加12.4平方米。社会保障体系逐步健全，实现了基本养老、失业、医疗、工伤、生育保险五险统增，城镇低保实现应保尽保，农村困难群众及时得到救助。

改革开放成效明显。三年企业改革任务如期完成，改制企业活力增强。农村税费改革成效显著，全面取消了农业税。农村信用社改革试点取得成功。坚持对内对外开放，努力改善投资环境。洒渔河、洛泽河水电开发顺利推进，高桥电站建成投产，引进以电矿开发为主的企业16户，累计使用民间资金2.4亿元。

数字是最枯燥的，但数字又是最具有说服力的。在写大关出水堰的这本书里，作为基本情况的介绍，我们不得不使用数字。这些看似枯燥的数字后面，是一串串坚实的脚印，是一颗颗热辣辣的汗水，是决策层的科学态度和求实精神，是他们不辞辛劳、披肝沥胆带领全县人民艰苦努力、开拓进取，为人民谋幸福，为推进大关经济社会进步的胆识、气魄、毅力和决心。在这些枯燥的数字背后，是大关全县人民精诚团结，群策群力，不甘落后，奋发有为的成果和结晶。同时，我们不能忘记的是，大关具有优良的革命传统和艰苦创业的精神，这种精神是大关出水堰的革命英雄主义精神。一个国家、一个民族是不能没有精神的。没有精神的国家和民族是萎缩的，是虚弱的，是缺少精神支撑、缺少推动历史进程的内在动力的。大关历史虽然悠久，但大关的现实与发达地区相比差距巨大；大关自然风景虽然美，但大关地瘠民贫、物产不丰；大关杰出人物虽然众多，但大关群众的教育程度、整体素质不是很高。大关历史上是五尺道必经之地，但山高崖深，现代交通仍显落后。大关人民清楚地看到了自己所处的地区和发达地区的差距。看到差距就需要奋发努力，浴血奋斗，艰苦创业，这就需要一种精神。大关县的出水堰工程就是这种精神的源头地。由这种精神产生出的力量，是无敌不克、无坚不摧的，这种充满理想主义的不怕困难、不怕牺牲、坚忍顽强、百折不挠的精神，使大关的山河得到改造，大关的经济社会得到长足发展，大关的各项事业取得巨大成功。仅就上述一些数字，我们就看到了大关奔小康社会实现的可能性，看到了更加美好生活的昭示。

经济要发展，社会要进步，必须清楚自己的家底。摸清家底，科学规划，分步实施，制定规划，稳步进行。大关的经济发展，有着得天独厚的优势，把资源优势转化为经济优势，是大关县委、县政府和大关人民的一致愿望。规划已经出台，蓝图已经绘就，前景令人振奋。大关人民以出水堰工程的精神，团结一心，脚踏实地，艰苦努力，坚韧不拔。同时，大关的资源优势，势必会引起国内投资者的关注，进而加大投入，加快大关经济社会进步的速度。

大关水利资源丰富，深山切割参差变化，河床陡、落差大、水能资源丰富。境内“五大”河流水能资源实际可供开发量（界河按比例计算）41.52万千瓦，已开发7.38万千瓦，占可供开发的17.8%。在建14.72万瓦，占可开发量的35.5%，正在开发和尚未开发的水能资源是“十一五”乃至今后的一段时期，培育壮大电矿产业的优势资源。

大关境内有煤、铁等18个矿种，其中原煤储量达8000万吨，铁矿资源地质储量1000万吨，铝土矿800万吨，硅矿及石灰石矿超过亿吨以上。

特殊的地理环境构成的自然景观和历史发展进程中形成的人文景观，造就了黄连河瀑布群省级风景区，面积达180平方千米。黄连河，青龙洞、罗汉坝、三江口和云台山“五尺道”四片一线旅游景点，拥有峡谷、溶洞、石林、原始森林、竹海、山顶湖泊、地质历史遗迹、古道、古墓、史前遗迹、民族风情等众多景观，具有秀、奇、

古、幽的特点。

独特的立体气候和多元气候造就了境内生物资源的多样性。国家一级保护珍稀植物珙桐数量较多，三级保护珍稀植物筇竹达十余万亩，占世界筇竹资源唯一分布区域中国西部地区的43%，还有云南独特的小叶“翠华茶”以及名贵中药材天麻、杜仲等。人无我有，人有我优。

至于通道优势和区位优势，大关地处昭通市腹心地带，紧邻市政府所在地昭阳区。历史上自秦开“五尺道”以来，这里就是中原通往南亚的“南方丝绸之路”的必经之地。内昆铁路建成运营，并在大关天星建有较大的大关火车站。昆水高等级公路即将全线建成，通县油路在“十一五”期间全部建成。便捷的通道优势和区位优势，为“十一五”发展电矿业和旅游业、建设物资集散基地和把县城建成昭通市卫星城市提供了便利条件。

五

经过数十年的不懈努力，特别是改革开放以来的快速发展，大关经济实力明显增强，农业生产条件不断改善，交通、能源、水利，城镇基础设施明显进步，生态环境、生产生活条件不断改善，教育、科技、卫生、通信等社会事业发展加快，城乡居民生活明显提高，民族团结，社会安全。

从以上数据表明，大关县在县委、县政府的正确领导下，在全县人民的共同努力下，已经取得了较大的成绩。通过以上资料表明，大关县的资源优势是很突出的，各类自然资源的蕴藏量是丰富的、巨大的，丰富的自然资源为大关县的持续发展，提供了资源支撑。我们为大关的资源优势感到欣喜，大自然对大关人民是厚爱的，资源的优势是很重要的，没有资源的优势就是无源之水、无本之木，发展就要受到限制。但同时，把资源优势转化为经济优势，让自然资源更好地为人类服务，让自然资源充分地发挥作用，让自然资源成为大关经济社会进步的推动力，使大关人民过上更为美好的生活，就更加需要正确的领导、科学的决策、合理的规划、有力的措施。而所有的一切，都必须有一种精神力量做支撑。实践证明，精神力量的作用是无比巨大的，精神力量对社会的全面发展起着任何条件都无可代替的作用。有了精神力量的支撑，社会就会稳定而持续的发展。大关精神确切地说是以出水堰工程的精神作为基础而形成的。大关精神的内涵，是革命英雄主义和革命理想主义的结合，它体现在以饱满的革命激情，以理想主义的光辉，艰苦奋斗、不惧困难、顽强拼搏、百折不挠、开拓进取、努力创新。

大关出水堰作为一项宏大而艰巨的水利工程，已经建成并发挥了巨大的作用。除工程本身的水利功能，它留给大关人民的精神作用，是不可低估的。在困难年代，大关人民靠这种精神的支撑，做出了感天地、泣鬼神的伟大业绩。当今天我们站在雄伟峻峭、陡险壁立的出水堰沟道上，看着清澈而湍急的水流顺着人民的意志，流进肥沃的田地，流进城乡人民的水管之中，滋润大地、养育万物，使大关人民的生产生活有了保障，生产得以发展，事业得以进步时，我们不禁心潮澎湃、感慨万千。当初漫长的工地线上，红旗飞扬，人头攒动，挥汗如雨的场面不见了；当初在凌空绝顶，绝壁悬崖上靠一条绳索吊着，猿猴一般在半空中挥锤劳作的人不见了；当初顶着烈日、冒着大雨、背着孩子，顽强劳动的妇女不见了；当初一家三代同时上阵，互相勉励，咬紧牙关，为改变家乡面貌而拼命的人消逝了；当初为将石灰背上山，像蚂蚁一样来回往返，像黄牛一样负重而行，流出的汗浸湿了石灰将肩背灼伤的年青姑娘也不见了；当初为了工程的进度，为了保护其他工友，冒险点炮的英雄麻旺成和利用工休时间去掏空从山上滚下的巨石而被巨石压死的姑嫂，永远永远地离开了人间，但他们理想的光辉却像星星一样照耀着人们。

历史的画面可以从山川大地上消失，但精神将会永远留在人间。正是因为这样，富于远见卓识的大关县委、县政府领导，并没有因为时间的渐行渐远而忘记这段历史，并没因物是人非而忘记当年的劳动

大众，更没有因历史的进程、社会的变迁而摒弃这种精神。恰恰相反，他们高屋建瓴地从更高层次来理解出水堰精神，以自身的实际行动，不断地丰富和完善它，逐步形成极有内涵的大关精神，他们深深知道出水堰精神永远不会过时。随着改革开放以来社会各项事业取得非凡成就，随着现代化建设的推进，市场经济的建立，脱贫致富奔小康和社会主义新农村建设，出水堰精神——大关精神将会成为人们为理想而奋斗的精神力量。并且，这样极具历史意义和现实意义的精神不会终止，大关人民将从更深层次来理解它，以更加深刻的理论来观照它，以更具体的体现人生价值的行动来丰富它，不断赋予出水堰精神新的思想内涵，使这种精神日益完善，更加充实、更加完美、更具包容性、更团结人、更有战斗力。

大关的过去，是成绩突出、与时俱进的，大关的未来，会更加美好、更加灿烂、更加辉煌。从大关县委、县政府制定的“十一五”规划中，我们具体而又清晰地看到了一幅美好的蓝图。有了美好的蓝图，有了近期和远期的奋斗目标，有县委、县政府的正确领导，有全县人民的勠力同心，有出水堰精神——大关精神的支撑，大关的山河会更加美丽，政治更加文明，经济更加发展，社会更加进步，人民更加进步。

愿大关越来越美好！

愿大关精神发扬光大，永远成为人们前进的动力！

建水文庙览胜

前些年，就听闻友人叙说建水文庙之盛况，心仪久矣。偶有机会到建水参加一个大型笔会，报到住宿诸事完毕，尚有余暇，就独自寻找文庙去。

才入大门，心灵便为之一震，建水文庙先以恢宏阔大的气势震慑了我。整个文庙，碧水浩渺，古柏森森，纵横深邃。其规模，除山东曲阜孔庙外，居全国第二。它始建于元朝至元二十二年（1285 年），经明、清两代 50 余次增修扩建，成为国内大型文庙之一。坐北朝南，占地 7.6 万平方米。现存主要建筑有一殿、二庑、二堂、二阁、三祠、四门、八坊。共有六进院落，大门“太和元气”坊。高 9 米，石木结构。气象森严，高大巍峨，未入其门已生敬畏之心。坊后为泮池，亦称学海，水面广 40 余庙。在人口稠密，寸土寸金的闹市之中，有这样阔大的水面实为罕见，学海无涯，诚信斯言。学海之中有一小岛，有堤相连，岛上有一精致亭子，名钓鳌亭。南面焕文山倒映池中，相传昔时每逢火把节之夜，焕文山上的火把星星点点映入池中，水面上浮光耀金，火星越多预兆来年开科取士中榜者越多，谓叫“学海文澜”。建水文风之盛，由此可见一斑。学海后为半月形台，有石栏杆相围，逶迤而去，整洁规范。东西有“礼门”“义路”两座石碑坊，坊旁各有一石碑，上刻“官员兵民人等于此下马”，当年无论权势多么显赫的人，到此皆要恭恭敬敬下马，步行进去。于此可见对文化知识的尊重。在脑体倒挂的年代，胸无点墨而腰缠万贯的人趾高气扬，倍受欢迎尊重，这种现象叫人感慨万千。

从唇台登上数级石阶，有“洙泗渊源”坊，高 9 米，木石结构。巨型石雕龙、麟、狮、象高踞于坊座上。坊左右两幅砖雕壁画，一为“二龙戏珠”，一为“双凤朝阳”，做工精细，栩栩如生。坊后东西横向各陈列砖石结构牌坊四座，上书“道冠古今”“德配天地”“圣域由兹”“贤关近仰”，令人肃然起敬。其后为棂星门，三开间，四根木柱穿脊而出，柱上有木刻饰物。棂星门后有一大园林，其中古柏森森，蟠龙虬爪，苍翠凝碧。

从大成门至先师庙为孔庙主体建筑。左右两厢为东庑、西庑，围成一个廊庑式大庭院。先师庙建在庭院后部丹墀上，琉璃黄瓦，歇山顶端庄肃穆。殿上的“先师庙”三个鎏金大字，每字长 2 米，宽 1.5 米，笔力遒劲雄浑，气势非凡。殿由 28 根巨柱支撑，其中有 22 根为青石大柱，高 5 米，全由整块石料凿磨而成，令人叹为观止。双扇屏门透雕出近百飞禽走兽，为屏门之珍品。

殿内悬清代皇帝御书贴金匾额 8 块。孔老夫子塑像和教科书上的形象差不多，睿智深沉，慈眉和目，很有人情味。可惜一代文宗，万世师表，前来瞻仰者寥寥，远远不如佛教庙宇。其原因，无外乎文人清贫，什么问题也解决不了，而佛教庙宇里的菩萨，可超度凡人，免了轮回之苦，还可许愿还愿，远比孔老夫子实惠，难怪孔老夫子只得霭然而座，以人清淡了。

先师庙前有乾隆时铸造的铜香炉一座，高 2.8 米，精雕细镂，有极高的工艺价值，只是无香烟缭绕，供人清玩。丹墀下有古桧两株，古柏数株，古木苍苍、新花盈盈，暗香浮动，确是修身养性的好地方。又有石雕白象两头，驮有高 1.2 米的青铜花瓶，瓶内鲜花悬垂，生机盎然。

建水文庙确实是个好去处。它阔大深邃，包容大千世界，是传统文化的精髓和象征，它清寂、淡泊、宁静，是冶炼情操、陶冶性情、修身养性的好地方。

砚池云川滔滔来

无论从地理位置还是从文化渊源上，鲁甸和昭通自古就有密不可分的关系。说昭通文化，撇不开鲁甸；说鲁甸文化，离不开昭通。这样的关系，犹如评论孪生兄弟，其特点和物质常常混淆在一起。

鲁甸的文化传承和昭通大体一致，几千年的历史风雨，几千年的世事沧桑，五尺道马帮驮来的历史文明，汉碑上漫漶的文化精髓，千顷池的风雨吹拂，野石的历史碎片，老君山的熊熊炉火，朱提银的熠熠光彩，互相辉映，蔚为大观。就是蜀王杜宇，也诞生在这片千古高原上。在这样的文化背景下，鲁甸文学与昭通文学同期发展，渐渐成熟，成为昭通文学和昭通作家群中的一支劲旅。

对于鲁甸，我是很熟悉的。我曾在那里工作过五年，那段时间，是铅云低垂，风雨如磐、冰河裂隙，春风劲吹交替的时期。即使在那样的日子里，鲁甸仍然有一批酷爱读书，潜心于文学艺术专业的人，他们不计得失，不惧诋毁，坚守着自己的心灵阵地，为时代而歌而泣，为民生而舞而呼，体现出鲁甸人的精神气质和守护心灵家园的顽强毅力。

三十多年过去，历史的脚步留下深深的痕迹，物是人非，变化之大令人感慨，鲁甸现在不仅城市建设处于领先地位，文化建设也呈现

出欣欣向荣、百花争艳的态势。

作为一名文化工作者，近年来，我多次有机会到鲁甸参与文学活动，鲁甸作者队伍庞大，文学传人不断涌现，老作者勤奋创作笔耕不辍，新作者英姿勃发锐气逼人，叫人感到欣慰。综观鲁甸的文学创作，已出现了一批有理想、有追求，起点转变，出手不凡的作者，他们已经在全国有影响的刊物，如《诗刊》《中国作家》《星星诗刊》《中华散文》《民族文学》等上发表了大量的作品。作为一个地处滇东北偏僻地区的县能发表数量较多、质量较好的作品，是难能可贵的，比起发达地区的文学创作毫不逊色。最为可贵的是，不少在文学创作上曾经欣欣向荣、佳作迭出、人才较为密集的地方，由于市场经济的兴起和消费时代的到来，不少人改弦易辙，掷笔从商去了，而鲁甸却在文学处于边缘化的时代涌现出一大批作者，涌现出一大批好作品，这就印证了贫困地区的人恰巧具有坚韧不拔的精神，更加注重精神追求的品质。

在我的印象中，鲁甸这样集中出版文学作品大概是第一次。在之前也出版过其他作品，但把全县作者的作品汇集起来，精心选择，以优入选，全面展示鲁甸的创作水准，是件很有意义的事。集子由三大板块构成，小说、诗歌、散文。三个板块里的作者，有的我认识，有的不认识。他们当中的一些作者写作已经十余年，无论工作怎样么，都没有丢掉文学丢掉梦想，一直坚持写作并且质量越来越高。年轻作者中不少人很有才气、很有锐气，写作之初就有佳作，这些作者是文学创作中最有希望的一代。文联、作协可以为他们多提供一些写作条件，使这批作者迅速成长起来。

涓涓细流可以汇为浩瀚江河，鲁甸的作者和昭通的作者一样，是中华人民共和国浩瀚的文学江河中的组成部分，昭通文学和昭通作家群已取得不菲的成就，但和发达地区相比仍有很大差距。昭通处于文学创作的初始阶段，写作者多，作品数量可观，文学创作氛围好，但放在全国范围来看，出类拔萃、有较大影响的人还不多。昭通现在需要顶级人才的出现，而鲁甸是大有希望的，一些作者已初露端倪，希望能够出现更多的人才与更好的作品，昭通文学是能够再创辉煌的。

走进苏甲

我在洒渔代职时，乡上经常要组织人夜里去洒渔与苏甲交界的山里堵木料。那时，偷伐木料的人很多，有时候一夜截来的木料堆在乡政府院子里，小山样高，就知道苏甲是出木料的地方。望着成堆的木料，我心里犯堵，再是多宽多大的山，这木料经得住伐么？想必苏甲的山，也是童山濯濯，草木不多了。

今年有机会去苏甲，却改变了我的印象。进山的路多是顺着山谷走，路况不错，虽然没铺柏油路，却维护得好。车子在路上的声音是沙沙的，没有大的坑洼，人就不颠簸，也就有了心情看沿途景致，一路看下来，怎一个绿字了得。路两边的山坡里，陡崖上，尽是层层叠叠的绿，山坡上的树冠盖相接，看不见树干，是挨挨挤挤的树冠的海洋，随着坡势的起伏，迤迤逦逦，随势奔涌，绿色的海涛，竞相扑向谷底，使人担心绿满山谷泛起汹涌的河流。那气势，是使人叹服的。路边的一些陡崖上，看到的就是些形态各异、临风而立的大树了。因为近，看得清树的整体，虽倏然而过，但能体会到树的清凉、树的细语、树的生命、树的活力，也因为树，才使一条山谷生动起来。谷底有潺潺的、晶晶莹莹的小河，有不规则的田畦，有顺河谷而建的村舍。村舍皆古朴，黄土舂的墙上挂着一排排黄灿灿的苞谷，一串串红艳艳的辣椒。我在好些摄影展览里看到过类似的画面，这么多的苞谷和这么多的辣椒挂在屋外的墙上，是农村富足的表现，至少是粮食有剩余的表现。经过维修，交通变得好多了，农民少了坐船之苦，货物进来出去的费用自然也减少了。苏甲乡街子是个宁静的乡街子，是个典型的山区乡街子。这个乡街子极小，也就几百米长吧，街上的人家也不多，加上地处深山，贸易就不兴隆。

车到苏甲乡政府要过一条河，那条河叫什么名字，我一直没搞清。这条河上有一座桥给我留下了深刻印象，当地人称它为“断头桥”，我曾经用这个名字写过一个中篇，以至于好些人都以为是写这里。其实，文学作品里的人和事，都是虚构的，虽然说文学作品来源于生活，没有生活的底蕴，就是虚假的，但文学作品更多具有的是代表意义，不是具体写哪个地方的人和事。

因为渔洞水库的修建，苏甲淹没了许多农田，搬迁了不少人家，所以，说苏甲人民为昭通的发展作出了巨大的牺牲与贡献是一点不过分的。一段时间里，因为断头桥，苏甲和外界的联系只有靠水路，但水路价格贵，农民是难以承受的。现在，修了新桥，路经乡场，街上仅有的几家商店、几家馆子生意都显得冷清。好在街道铺了水泥路，街面平整光洁，也辟了新街。有些钢混平房贴了瓷砖，虽然还不成规模，但也显示出了新气象。

苏甲乡政府在街的尾部，乡政府给人崭新的印象。任何一个地方，都要有代表现代文明的建筑，才能保持与社会进步的一致。不难想象，苏甲如果不通电，没有乡政府的建筑，给人的印象可能就是一个古老封闭、时光停滞的山区。但乡政府的建筑为山区昭示了现代文明，它不仅与最基层的权力相关，还是辐射现代文明、传播现代文明的所在地。

苏甲乡政府坐落在蓝天白云之下，青山环抱之中。乡政府的布局设计得好，几排高大的建筑，相对而立。院子里筑了花坛，花坛里青草碧绿，月季盛开，还有开阔的绿地，里面玉兰等珍贵植物，设有休憩的石桌石凳。水泥路面光洁，没有纸屑、杂物和痰迹。

当我们在乡政府食堂就餐时，我感到这里的文明程度是不错的。乡政府食堂虽然没有美味佳肴，但餐厅明亮、整洁，没有污渍，地面纤尘不染，桌子光可鉴人，可以看出管理者的水平。

我对农村很熟，知道一些地方的杂乱无章，然而苏甲乡政府的清洁和有序出乎我的意料。看见各间办公室的井然有序，看到环境卫生的良好，看到拭擦得干干净净的桌椅，看到挂得整整齐齐的报表，我内心的喜悦是不言而喻的。文明不仅仅是体现在建筑上，更是体现在管理者的观念、修养、认识和实践上，也体现在乡机关所有工作人员的整体素质上。文明既是物质的，又是精神的。在苏甲这样偏僻落后的地方，既要抓物质文明，同时，也要抓精神文明，苏甲的进步，就是完满的进步了。

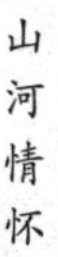